20세기 초
조선인의
중국 여행기록 연구

韓中文化交流研究叢書 5

20世紀初朝鮮人的中國旅行記錄研究

崔海燕

한중문화교류연구총서
5

20세기 초

조선인의
중국 여행기록 연구

—

최해연 지음

보고사
BOGOSA

머리말

이 책은 20세기 초 조선인들이 쓴 중국 여행기록을 중심으로 한 연구를 담고 있다. 이전 시기의 연행록과는 달리 20세기 초 조선인들이 중국의 다양한 지역을 여행한 경험에 주목하고, 그들의 여행기록을 주요 대상으로 삼았다. 또한 그동안 알려지지 않았던 20세기 초 조선인의 중국 여행기록을 발굴하고, 다양한 자료들을 수집하여 목록을 제시하고 검토한 후, 전체적인 존재양상과 그 시대 조선인들의 중국 인식을 살펴보는 것을 목적으로 한다.

전통시대의 연행록이 중국의 북방을 중심으로 다뤘던 것과는 달리, 20세기 초의 여행기록은 중국 전역을 여행할 수 있는 특이한 점을 강조했다. 또한 연행 폐지 이후 조선인의 중국 여행이 새로운 여행 조건을 갖추게 된 배경과 여행의 활성화에 대해서도 다루었다. 또한, 중국에 대한 지식인들의 인식 변화와 중국 여행 전의 고정관념, 여행 후의 새로운 시각 변화에 대한 연구 결과를 제시한다.

이 책은 20세기 초 조선인의 중국 여행기록이 중국에 대한 다양한 인식과 인상을 보여준다는 점을 강조하며, 이러한 여행기록을 통해 근대 전환기 조선인들의 중국 인식 변화를 탐구했다. 이 책은 중국여행에 관심이 있는 독자들에게 새로운 시각과 통찰을 제공할 것으로 기대된다.

연세대학교에서 박사논문을 쓴 내용을 중심자료로 삼아서 준비했던 《近現代時期中韓旅行敍事文獻整理與研究》라는 프로젝트가 2021년 중국 教育部 人文社會科學研究青年項目에 선정되어 3년 동안 진행하였다. 이 프로젝트도 성공적으로 완성되어, 이 책이 출판된 뒤에는 20세기 초 조선인들의 중국 여행기록을 모두 수집하여 데이터베이스로 구축할 계획이다. 한중관계가 더욱 긴밀해지고 많은 국민들이 다양한 목적으로 여행하는 단계이므로, 학계는 물론이고 국가 차원에서도 관심을 가지리라고 생각된다.

2024년 6월
최해연

차례

머리말 / 7

제1장 서론 ··· 13

  1. 문제 제기 ··· 13

  2. 연구사 검토 ··· 16

  3. 연구범위 및 연구방법 ································· 25

    1) 중국 여행기록 범주 ······························· 25

    2) 연구방법 ··· 28

제2장 20세기 초 중국 여행기록 양상과 특징 ················· 31

  1. 20세기 초 중국 여행기록의 형성과 사회문화적 배경 ········· 31

  2. 20세기 초 중국 여행기록의 존재양상 ······················· 36

    1) 대한제국기 중국 여행기록 ··························· 38

    2) 1910년대 중국 여행기록 ····························· 45

    3) 1920년대 중국 여행기록 ····························· 58

    4) 1930년대 중국 여행기록 ····························· 72

  3. 20세기 초 중국 여행기록의 공간분포 ······················· 83

제3장 20세기 초 중국 여행기록에 나타난 중국 인식 ·········· 88

  1. 전통·유산·향수의 표상 ···························· 88
    1) 전통 유학의 대면 ······························ 88
    2) 역사적 문화의 향수 ························· 108
    3) 근대적 명승의 변용 ························· 126
  2. 모더니티·식민·제국의 길항 ················ 148
    1) 전시된 제국의 낙원 ························· 148
    2) 모더니티 문화의 만연 ····················· 178
  3. 이주와 정주의 공간 ························· 185
    1) 망명인과 이방인의 애수 ················· 190
    2) 신민의 노다지 꿈과 현실 ················· 202

제4장 20세기 초 중국 여행기록의 문학사적 의의 ·············· 208

제5장 결론 ··· 214

국문초록 / 221
中文摘要 / 225
참고문헌 / 229
부록 / 237
찾아보기 / 245
한중문화교류연구총서를 기획하면서 / 259

〈표 차례〉

〈표 1〉 시기별 조선인이 쓴 해외 기행문 추이 ·· 39

〈표 2〉 대한제국기 개인문집·단행본에 수록된 중국 여행기록 ························ 40

〈표 3〉 대한제국기 신문에 실린 중국 여행기록 ·· 41

〈표 4〉 1910년대 개인문집·단행본에 수록된 중국 여행기록 ·························· 46

〈표 5〉 1910년대 개인문집·단행본에 수록된 중국 여행기록의 여행목적 ······ 49

〈표 6〉 1910년대 개인문집·단행본에 수록된 중국 여행기록의 글쓰기 방식 분류 ···· 50

〈표 7〉 1910년대 개인문집·단행본에 수록된 중국 여행기록의 글쓰기 방식 ············ 52

〈표 8〉 1910년대 신문에 실린 중국 여행기록 ·· 54

〈표 9〉 1910년대 잡지에 실린 중국 여행기록 ·· 55

〈표 10〉 1920년대 개인문집·단행본에 수록된 중국 여행기록 ························ 59

〈표 11〉 1920년대 개인문집·단행본에 수록된 중국 여행기록의 여행목적 ··············· 60

〈표 12〉 1920년대 개인문집·단행본에 수록된 중국 여행기록의 서술체재·표기수단 ··· 64

〈표 13〉 1920년대 개인문집·단행본에 수록된 중국 여행기록의 글쓰기 방식 ·········· 64

〈표 14〉 1920년대 신문에 실린 중국 여행기록 ·· 66

〈표 15〉 1920년대 잡지에 실린 중국 여행기록 ·· 68

〈표 16〉 1920년대 신문·잡지에 실린 중국 여행기록의 글쓰기 방식 분류 ················ 70

〈표 17〉 1930년대 개인문집·단행본에 수록된 중국 여행기록 ························ 73

〈표 18〉 1930년대 개인문집·단행본에 수록된 중국 여행기록의 여행목적 ··············· 74

〈표 19〉 1930년대 신문에 실린 중국 여행기록 ·· 76

〈표 20〉 1930년대 잡지에 실린 중국 여행기록 ·· 77

〈표 21〉 1930년대 신문·잡지에 실린 중국 여행기록의 글쓰기 방식 분류 ················ 81

〈표 22〉 대한제국기부터 1930년대까지 조선인의 곡부 여행 목록 ················ 90

〈표 23〉 북경 관련 여행기록 – 개인문집·단행본 ··· 110

〈표 24〉 북경 관련 여행기록 – 신문·잡지 ·· 110

〈표 25〉 남경 관련 여행기록 – 개인문집·단행본·신문·잡지 ······················· 120

〈표 26〉 소주·항주 관련 여행기록 – 개인문집·단행본·신문·잡지 ··············· 130

〈표 27〉 상해 관련 여행기록 – 개인문집·단행본 ··· 150

〈표 28〉 상해 관련 여행기록 – 신문·잡지 ·· 151

〈표 29〉 홍콩 관련 여행기록 – 개인문집·단행본 ··· 158

〈표 30〉 대만 관련 여행기록 ··· 173
〈표 31〉 '만주' 관련 여행기록 – 개인문집·단행본 ································· 186
〈표 32〉 '만주' 관련 여행기록 – 신문·잡지 ··· 187

〈그림 차례〉

〈그림 1〉 20세기 초 중국 여행기록의 공간분포도 ······························· 83
〈그림 2〉 지역별 분포1 ··· 83
〈그림 3〉 지역별 분포2 ··· 84
〈그림 4〉 지역별 분포3 ··· 84
〈그림 5〉 『中遊日記』 속 聖林과 洙水橋 ··· 97

제1장

서론

1. 문제 제기

본 연구는 20세기 초 조선인이 중국을 여행하고 쓴 여행기록을 통해 근대 중국 여행기록이 지닌 문학사적 의의를 고찰하는 데 목적이 있다. 20세기 이전의 경우, 중국과 일본을 위주로 한 사행(使行) 기록이 외국 여행기록의 주류였다면, 20세기 초가 되면서 이전 시대와는 뚜렷이 다른 여행 양상과 그 기록이 출현하게 된다. 1894년 청일전쟁(淸日戰爭)을 기점으로 500여 년 동안 지속되었던 조선시대의 중국 사행이 막을 내리고 새로운 형태의 여행 양상이 나타나게 된다. 근대로 이양하면서 서양을 위주로 하는 '세계 여행'이 큰 이목을 끌었고 상업 매체가 발달하면서 여행기록의 목적, 동기 글쓰기 양상 등이 이전 시대와 판이해진 것이다.

여행이란 "객지를 다니며 낯설고 새로운 것을 보고 듣고 접하면서 생긴 신기하고 놀라운 경험"[1]을 말한다. 이런 여행을 체험하면서 쓴 글을 여행기록이라고 한다. 즉, 여행기록은 일상의 공간에서 벗어나

타지를 여행하면서 체험한 경험을 기록한 글을 말한다.

20세기 초 조선인에게 여행은 신문명의 탐방을 위한 용도로 자리매김하였다. 20세기 초 중국 여행은 신문명에 대한 탐방뿐만 아니라 전통을 재발견하고, 이를 통해 '자기'를 재구성하는 기능도 수행하고 있었다.

유교적 교양을 체화하고 있던 지식인들은 자신의 여행기록을 개인 문집에 수록하기도 하고 단행본으로 출판하기도 하였다. 격변기를 겪은 유교 지식인들에게 중국 여행은 전통 시기의 유기(遊記)나 사행록(使行錄)과 달랐다. 그들은 중국 여행을 통하여 또 다른 중국의 내면을 들여다보고 '중화'라는 문화적 개념이 제거된 중국이 과연 어떻게 변화해 가는지를 눈여겨보았다. 한편 신문, 잡지들이 대거 등장하면서 여행기록이나 소설, 광고들이 지면에 실리기 시작하였고 그중에서 여행기록은 독자들의 해외 견문 욕구를 충족시켰다.

그러나 대한제국기의 중국 여행기록은 서양과 일본 위주의 근대 '세계 여행'에 비해 대중들의 주목을 크게 받지 못했다. 서양 여행기록은 서양문화에 대한 대중들의 관심에 부응해 서양에 관한 다양한 경험과 정보들을 다양한 지면을 통해 전달한 반면, 중국 여행기록은 한동안 침체기에 들어섰다. 하지만 1905년 을사조약을 기점으로 많은 유교 지식인들이 중국에 다녀와 한문으로 쓴 중국 여행기록을 남겼고, 이 여행

---

1) 이런 경험에서 느낀 감정을 여정(旅情)이라 하였고 이 여정을 글로 적으면 곧 기행문이라고 하였다. (최강현, 「한국 기행문학 소고」, 『어문논집』 19·20, 안암어문학회, 1977, 709~710쪽.)

기록은 신문·잡지 자본의 성장과 함께 여러 매체에 실리게 되었다.

　전통시대의 사행기록이 연경(燕京)을 중심으로 한 한정된 노정(路程)을 중심으로 하였다면 20세기 초부터는 북방 지역 외에, 남방과 내륙 지역까지, 중국의 전 지역이 여행지가 되었다. 20세기 초부터는 중국의 모든 지역을 여행할 수 있는 교통 여건이 갖추어졌고 여행에 신분적 제한이 없어졌기 때문에 사람들은 점차 '새로운 중국 찾기'에 관심을 갖기 시작하였다. 일제의 문화통치시대가 열린 후로는 '세계 여행'과 더불어 '중국 여행'에 대한 대중들의 관심도가 높아지면서 중국 여행기록은 새로운 양상과 특징을 보이게 된다.

　이 글에서는 20세기 초 조선인들이 중국 지역을 여행하면서 쓴 일기, 한시, 산문, 수필, 편지, 자유시 등을 모두 여행기록의 범주로 한정하였으며 망명인이 현지에서 쓴 기록도 여행기록 일부로 보았다. 그 당시 '만주' 지역을 배경으로 독립운동이 활발히 전개되었기 때문에 20세기 초 조선인의 중국 여행기록 중, 특히 1910년대 망명인들의 여행기록은 중요한 사료적 가치가 있으므로 '일시적인 여행자가 아닌' 장기 거주 망명인의 여행기록을 수록 대상으로 포함시켰다. 하지만 중국에서 오랫동안 생활하면서 쓴 망명일지는 제외하였다.[2]

　이 글은 중국·일본 사행기록이 중심인 전근대 시기 여행문학과 주로

---

2) 1911년 중국 '만주' 지역에 망명한 김대락(金大洛)의 『백하일기』에는 1911년 「서정록」, 1912년 「임자록」, 1913년 「계축록」이 있는데 1911년 「서정록」이 자기 고향인 안동을 떠나 '만주'에 정착하기까지의 과정을 다룬 것이므로 「서정록」을 여행기록의 텍스트로 삼았다. 나머지 두 기록은 망명생활의 일기를 쓴 것이므로 텍스트에서 제외시켰다.

서구·일본을 중심으로 한 '근대 체험' 여행문학 사이에 존재한, 근대 전환기 중국 여행기록의 제 양상을 검토하는 것을 목적으로 한다.

2. 연구사 검토

그동안 근대 전환기 또는 근대 시기 여행 관련 연구는 주로 일본 시찰, 세계 여행, 외국인이 인식한 조선 등에 관한 연구가 많았으며 중국 관련 연구는 소수에 불과했다. 그것도 공통되게 신문, 잡지에 실린 기사를 연구텍스트로 한 경우가 대부분이다.

이에 본 글에서는 연행록이 사라진 대한제국기부터 1930년대 중일전쟁 시기까지[3], 기간을 선정하였다. "중일전쟁 발발 이후 식민지 조선에서는 지식인의 대량 전향이 일어났고 민족 문제와 계급 문제의 해결을 모색해 오던 식민지 지식인들이 태도를 바꾸어 일본의 조선 지배와 대륙 침략을 지지 혹은 용인하기에 이르렀다."[4] 이러한 양상으로 볼 때 1937년 중일전쟁을 기점으로 중국에 대한 인식이 바뀌게 된다.

그러므로 이 시기 새로운 여행 조건을 바탕으로 생성된 작품들을 대상으로, 개인문집, 단행본, 신문, 잡지 등에 실린 기획물의 중국 여행

---

3) 본고에서는 제2차 중일전쟁이 시작된 1937년까지 작성된 중국 여행기록을 텍스트의 범주로 삼았다. 1937년 7월에 중일전쟁이 발발하고 그해 12월에 중화민국(中華民國)의 수도인 남경(南京)이 함락되었다. 중일전쟁을 계기로 식민지 지식인들의 대량 전향이 일어났다. 이에 대한 논의는 홍종욱, 「'식민지 아카데미즘'의 그늘, 지식인의 전향」, 『사이間SAI』 11, 국제한국문학문화학회, 2011을 참조 바란다.
4) 홍종욱, 위의 논문, 93쪽.

기록을 검토하고, 그 통시적 경향에 대해 고찰하고자 한다. 20세기 초 중국 여행기록은 전통 시기 사행기록의 연장선에서 볼 필요가 있으며, 그 이후의 여행기록은 이러한 맥락하에서 점차 근대적인 특성을 갖게 된다고 설명될 수 있다. 조선인의 중국 여행기록에 대한 연구를 본고에서는 세 가지로 나누어 검토하고자 한다.

첫 번째, 근대적 기행 담론에 대한 연구들을 살펴보면 다음과 같다.

김경남은 「근대적 기행 담론 형성과 기행문 연구」[5]에서 기행 담론에 포함된 식민성과 일본의 자본 진출 등의 요인으로 담론과 글쓰기에 불일치 현상이 발생하였음을 지적하였고 「1910년대 기행 담론과 기행문의 성격」에서는 일제강점기 기행 담론과 기행문의 변화과정을 통시적으로 기술하면서 '재현'과 '사실주의' 관점에서 근대적 글쓰기의 변화과정을 살펴보았다. 「1920년대 전반기 『동아일보』 소재 기행 담론과 기행문 연구」에서는 1920년대 기행 담론의 분포양상, 사실적 재현이라는 차원에서 보편적 글쓰기 양식 변화, 자의식과 국토 의식의 상승, 해외 기행과 유학 담론의 변화라는 입장에서 1920년대 전반기 『동아일보』에 소재한 기행 담론을 분석하였다. 김경남의 기행 담론 연구는 기행 담론의 형성과 시기별 기행문의 성격, 소재별 기행담론의 의미를 찾아내어 근대적 기행 담론에 관해 총괄적인 연구를 진행하

5) 김경남, 「근대적 기행 담론 형성과 기행문 연구」, 『한국민족문화』 47, 부산대학교 한국민족문화연구소, 2013; 김경남, 「1910년대 기행 담론과 기행문의 성격」, 『인문과학연구』 37, 강원대학교 인문과학연구소, 2013; 김경남, 「1920년대 전반기 『동아일보』 소재 기행 담론과 기행문 연구」, 『韓民族語文學』 63, 한민족어문학회, 2013.

였다. 하지만 이것은 조선인들의 근대 기행에 대한 총체적 인식에 대한 연구일뿐 중국 여행 담론이나 중국 여행기록에 나타난 인식 등을 상세히 다루지는 못하였다.

황민호는 「개항 이후 근대여행의 시작과 여행자」[6]에서 한국 근대 관광의 형성이라는 관점에서 관광 및 여행과 여가 등의 학문적 어원 및 그 의미에 대해서 살펴보고, 일제 시기 여행기를 중심으로 그 특징을 정리하였다. 하지만 일제 시기 여행자들의 경험을 분석하면서 해외 여행을 근대와 근대 문명을 보는 창구로 해석하였지만 주로 서양의 여행이나 동남아 여행의 사례를 들었고 중국 관련 여행은 언급하지 않았다.

김중철은 「근대 초기 기행담론을 통해 본 시선과 경계 인식 고찰 – 중국과 일본 여행을 중심으로」[7]에서 근대 초기의 기행 담론 속에 나타난 근대 조선인의 시선의 성격과 경계 인식을 중국과 일본 관련 기행문을 중심으로 살펴보았다. 일본을 중심으로 하는 시선에서 조선은 주변과 타자가 되며 조선의 문화 풍경은 비참하게 보였다. 즉 일본이 조선을 바라보는 시선과 조선이 중국을 바라보는 시선이 절묘하게 겹쳐지는 양상에 대해 다루었다. 그러나 그 시대 조선인의 중국

---

6) 황민호, 「개항 이후 근대여행의 시작과 여행자」, 『崇實史學』 22, 숭실사학회, 2009.
7) 김중철, 「근대 초기 기행담론을 통해 본 시선과 경계 인식 고찰 – 중국과 일본 여행을 중심으로」, 『인문과학』 36, 성균관대학교 인문과학연구소, 2005; 「근대 여행과 활동사진 체험의 '관람성' 연구 – 1920~30년대 기행문 속 활동사진의 비유적 쓰임을 중심으로」, 『현대문학이론연구』 41, 현대문학이론학회, 2010; 「근대 기행 담론 속의 기차와 차내 풍경 – 1910~20년대 기행문을 중심으로」, 『우리 말글』 33, 우리말글학회, 2005.

인식을 설명하기엔 한계를 보인다. 그 외, 김중철의 「근대 기행 담론 속의 기차와 차내 풍경」에서는 근대적 교통도구인 기차와 차내 풍경을 통해 근대 지식인들의 감각이나 인식 체계의 변화과정을 고찰하였다. 하지만 국내 기행문과 일본기 행문을 연구텍스트로 삼았기에 중국 관련 기행을 다루지 않은 한계점이 있다.

차혜영의 「지역 간 문명의 위계와 시각적 대상의 창안」과 「1920년대 해외 기행문을 통해 본 식민지 근대의 내면 형성경로」[8]에서는 해외 기행문을 식민지 근대가 갖는 타자경험과 자기구성의 관점에서 살펴보았다. 유학생들의 해외체험과 여행기록을 통해 연구가 진행되었으나 논문에서 다룬 중국 기행문은 소수에 불과하고 해외체험의 한 단면으로 언급이 되었다. 이 또한 중국 여행기록의 제 양상들을 다루지 못하였다.

곽승미의 「식민지 시대 여행 문화의 향유 실태와 서사적 수용 양상」에서도 여행문화가 일상에서 향유되는 상황과 서사화되는 양상에 대해 다루었고 여기서도 차혜영의 경우와 비슷하게 근대적 주체의 시선을 통해 서양을 관찰하면서 식민주의자로서 자신의 정체성을 찾는 과정으로 언급하였다. 이러한 과정에서 '만주' 기행을 텍스트의 연구 대상으로 인용하였으나 중국 여행에 대해 다룬 것은 아니다.

두 번째, 개인문집이나 단행본으로 출간된 한문으로 쓴 중국 여행

---

8) 차혜영, 「지역간 문명의 위계와 시각적 대상의 창안 – 1920년대 해외 기행문을 중심으로」, 『현대문학의 연구』 24, 한국문학연구학회, 2004; 차혜영, 「1920년대 해외 기행문을 통해 본 식민지 근대의 내면 형성경로」, 『국어국문학』 137, 국어국문학회, 2004.

기록에 관한 연구로서 모두 32명 저자의 38편 여행기록이다.

그중 직접적인 연구가 된 여행기록은 장석영의 『요좌기행(遼左紀行)』인데 『요좌기행』은 주로 한국독립운동의 중요한 해외 활동지가 되었던 남북만주와 시베리아 지역을 직접 답사·목도한 사실을 수록한 희귀한 자료이다. 윤병석은 「요좌기행 해설(遼左紀行 解說)」[9]에서 『요좌기행』을 주목해야 하는 이유를 두 가지를 들었는데, 하나는 1910년대 한일합병 전후까지 조선인의 이주개척지로 '서북간도'와 '남북만주', 시베리아 지역의 조선인의 동태를 파악할 수 있는 중요한 사료적 가치가 있는 자료임을 강조하였다. 두 번째는 장석영의 신분적 배경을 보면 영남 지역의 유명한 유교 지식인인 데다가 1905년 을사조약 체결 후부터 유교 지식인들이 앞장선 항일독립운동에서 적극적으로 활동한 인물이기에 독립운동의 사상적 배경을 인식하는 데 큰 작용을 했다고 해석하였다.

이승희의 『서유록(西遊錄)』은 왕원주가 이를 단초로 삼아 「한국 지식인의 중국유학 상황과 유학생의 활동」[10]에서 1910년대 초반 북경 지역의 한인과 유학생에 대해 고찰하였다.

이병헌의 『중화유기(中華遊記)』는 김준이 「근대 동아시아 지식인과 지적 공간으로서의 상해(上海)」[11]에서 다뤘다. 유교개혁 지식인이었

---

9) 尹炳奭, 「遼左紀行 解說」, 『史學志』 8(1), 단국사학회, 1974.

10) 王元周, 「한국 지식인의 중국유학 상황과 유학생의 활동 – 北洋時期 유학생 李承熙 『西遊錄』을 중심으로」, 한국학과 세계 포럼 제2회 국제학술회의, 연세대학교 역사문화학과, 2015.

11) 김준, 「근대 동아시아 지식인과 지적 공간으로서의 上海 – 眞庵 李炳憲의 上海

던 진암 이병헌의 상해 유력(遊歷)에 대한 검토를 통해 상해를 근대 동아시아의 지적 공간이라는 관점에서 고찰하였다.

박영철의 『아주기행(亞洲紀行)』은 구사회가 「일제강점기 박영철의 중국기행과 시적 형상화」[12]에서 중국에 대한 전반적인 심상지리가 대체적으로 광활하고 웅대하지만 부패하고 몽매한 지역으로 표상되었음을 근거로 침략을 획책한 일제대동아공영론(日殖對東亞共榮論)의 이데올로기에서 벗어나지 않았던 친일문학의 한 유형으로 간주하였다.

공성학의 『중유일기(中遊日記)』는 이은주가 「1923년 개성상인의 중국유람기」[13]에서 20세기 초 개성상인의 중국 체험기라는 점과 창강 김택영의 제자였던 공성학이 유교 지식인으로서 중국 남방 지역과 곡부(曲阜) 지역을 유람하면서 쓴 여행기록이라는 데 의미를 두었다.

공성구의 『향대기람(香臺紀覽)』은 진경지가 「향대기람(香臺紀覽)을 통해 본 일제시대 대만(臺灣)의 모습」[14]에서 분석하였는데 1928년에 조선의 개성상인들이 대만, 홍콩을 유람하면서 남긴 일기와 시문집을 통해 내선동화(內鮮同化)적 의미를 가진 관광지들과 조선과 전혀 다른

—

遊歷을 중심으로」, 한중인문학회 국제학술대회, 2013.
12) 구사회, 「일제강점기 박영철의 중국기행과 시적 형상화」, 『한국평화연구학회 학술회의』 2, 한국평화연구학회, 2012; 구사회, 「다산 박영철의 아주기행과 문학적 형상화」, 『온지논총』 25, 온지학회, 2010.
13) 이은주, 「1923년 개성상인의 중국유람기 『중유일기(中遊日記)』 연구」, 『국문학연구』 25, 국문학회, 2012.
14) 진경지, 「향대기람(香臺紀覽)을 통해 본 일제시대 대만(臺灣)의 모습」, 『동아시아문화연구』 56, 동아시아문화연구소, 2014; 진경지, 「향대기람(香臺紀覽)을 통해 본 일제시대 대만(臺灣)의 교통과 숙식 시설」, 『한국한문학연구』 57, 한국한문학회, 2015.

이국적 경치를 중점적으로 다루었다.

세 번째, 중국 여행기록에 대해 지역별로 나누어 연구를 검토해 보면 다음과 같다.

중국 여행기에 대해 총체적 분석을 시도한 윤선자는 「1920년대 한국인들의 중국 여행기 분석」[15]에서 조선인이 중국 관내 여행을 통해 조선의 정치적인 독립을 모색했고, 근대화를 위한 방법 찾기에 여행의 목적을 두었다고 논의하였다. 하지만 시기가 1920년대로 국한되었고 중국 여행기록의 연구텍스트도 『조선일보』와 『동아일보』에 실린 중국 여행기라는 한계점이 있다.

상해를 배경으로 한 중국 여행기록[16]은 김태승의 「동아시아의 근대와 상해 – 1920~30년대의 중국인과 한국인이 경험한 상해」에서 검토되었는데, 상해를 초국가적 공간으로 보고 상해의 문화적 혼종성과 초국가성이 1920~30년대를 통해 정점에 달했다고 하였다. 또한 개항 이후 상해를 정치 주제를 육성하는 공간, 자본주의 삶의 체계를 경험하는 교육공간, 새로운 중국의 탄생을 준비하는 저항적 문화공간으로

---

15) 윤선자, 「1920년대 한국인들의 중국 여행기 분석」, 『한중인문학연구』 41, 한중인문학회, 2013.

16) 조성환, 「韓國 近代 知識人의 上海 體驗」, 『중국학(구중국어문론집)』 29, 대한중국학회, 2007; 朴赫淳, 「見聞錄에 비친 근대 상해의 거리와 문화」, 『지방사와 지방문화』 19, 역사문화학회, 2006; 김호웅, 「1920~1930년대 조선문학과 상해: 조선근대문학자의 중국관과 근대 인식을 중심으로」, 『퇴계학과 한국문화』 35, 경북대학교퇴계연구소, 2004; 金泰丞, 「동아시아의 근대와 상해 – 1920~30년대의 중국인과 한국인이 경험한 상해」, 『한중인문학연구』 41, 한중인문학회, 2013; 蘇智良, 「上海城市的現代化歷程」, 『文匯報』, 2013年 4月8日 號; 熊月之, 「近代上海形象的歷史變遷」, 上海歷史研究院, 2006.

보았다.

홍콩을 배경으로 한 중국 여행기록[17]을 분석한 백영서는 「20세기 전반기 중국인의 홍콩 여행과 근대 체험 – 또 하나의 경계를 넘어서」에서 홍콩을 '국치의 상징'과 '근대의 상징'의 하나로 보고, 본토의 중국인에게 홍콩은 '남'으로서 사이에 경계가 존재한다는 입장을 피력하였다.

대만을 배경으로 한 중국 여행기록[18]을 다룬 연구 중에서 오태영이 쓴 「근대 한국인의 대만 여행과 인식 – 시찰기와 기행문을 중심으로」는 공간적 실천 행위로서의 여행이 여행자에게 여행지에 대한 공간 인식과 경계 감각을 형성하고, 이것이 자기 정체성 구축의 동력이 되는 점에 착안하여, 실제 대만 지역을 여행한 조선인들의 여행기록에 나타난 대만 인식에 대해 논의하였다.

그 외, 항주를 배경으로 한 중국 여행기록[19], 남경을 배경으로 한 중국 여행기록[20], '만주'를 배경으로 한 중국 여행기록[21]에 대한 연구

17) 김태만, 「〈아편전쟁〉과 홍콩, 그리고 21세기의 중국」, 오늘의 문예비평, 1997; 백영서, 「20세기 전반기 중국인의 홍콩 여행과 근대체험 – 또 하나의 경계를 넘어서」, 『中國近現代史硏究』 34, 한국중국근현대사학회(구 중국근현대사학회) 2007.
18) 오태영, 「근대 한국인의 타이완 여행과 인식 – 시찰기와 기행문을 중심으로」, 『아세아연구』 56(3), 고려대학교 아세아문제연구소, 2013.
19) 최기영, 「1910~1920년대 杭州의 한인유학생」, 『서강인문논총』 39, 서강대학교 인문과학연구소, 2014; 반상·서환·강태호, 「중국 항저우의 역사경관 변천과정 – 서호 경관을 중심으로」, 『한국전통조경학회지』 30, 한국전통조경학회, 2012.
20) 윤은자, 「20세기 초 南京의 한인 유학생과 단체(1915~1925)」, 『중국근현대사연구』 39, 한국중국근현대사학회, 2008; 김세호, 「1920년대 한국언론의 중국국민혁명에 대한 반응 – 동아일보 특파원 주요한의 〈신중국방문기〉 취재(1928.10-1929.1)를 중심으로」, 『中國學報』 40, 한국중국학회, 1999; 윤형진, 「南京國民政府의 首都建設과 近代的 都市計劃」, 『東亞文化』 48, 서울대학교 인문대학 동아문

들이 있는데 모두 중국의 한 지역을 연구대상으로 삼고 관련된 분석을
하였다.

이상으로 세 가지 측면에서 중국 여행기록에 대한 연구사 검토를
통해 다음과 같은 문제점을 도출하였다.

첫째, 20세기 초 조선인이 쓴 중국 관련 여행기록의 발굴과 자료
정리가 충분히 이루어지지 않았다. 이 시기 한문으로 쓴 중국 여행기
록에 대해 일차적인 자료 분석을 진행한 연구는 몇 편 정도에 그친다.
또한 한문으로 쓴 중국 여행기록들은 개인문집이나 단행본에 수록되
어 있어 독자들이 찾아 읽기가 쉽지 않다.

둘째, 신문·잡지에 실린 중국 여행기록은 해외 기행문 연구에서 조
금씩 다루는 시도가 있었으나 중국 여행기록만을 전문적으로 별도로
분류한 연구는 없었다. 그리고『조선일보』,『동아일보』,『삼천리』등
특정된 매체의 여행기록에서 중국 여행기록도 함께 다루었지만, 독립
적인 연구는 진행되지 않았다.

셋째, 20세기 초 중국 여행기록의 각 작품에 대한 정리와 검토가
이루어지지 않았다. 따라서 20세기 초 중국 여행기록들에서 시기별로

화연구소, 2010.

21) 서경석,「만주국 기행문학 연구」,『어문학』통권 제86호, 한국어문학회, 2004;
허경진·강혜종,「근대 조선인의 만주 기행문 생성 공간 - 1920-1930년대를 중심
으로」,『한국문학논총』57, 한국문학회, 2011; 조정우,「만주의 재발명 - 제국일
본의 북만주 공간표상과 투어리즘」,『사회와 역사』107, 한국사회사학회, 2015;
전화,「韓·中 작가의 滿洲體驗 문학 연구 - 滿洲國 건국 이후의 작품을 중심으
로」, 영남대학교 박사학위논문, 2010; 이명종,「근대 한국인의 만주 인식 연구」,
한양대학교 박사학위논문, 2014; 鄭羽洛,「近代轉換期韓國漢文學家的中國體驗
研究 - 以'滿洲'地區爲中心」,『當代韓國』, 韓國慶北大學校, 2013年 03期.

나타나는 양상과 특징을 정리하는 작업이 필요하다.

이에 필자는 선행 연구에서 드러난 문제점을 보완하기 위해 그동안 알려지지 않았던 20세기 초 조선인이 쓴 중국 여행기록의 자료들을 발굴하고 정리하여 20세기 초 조선의 중국 관련 기행문학의 자료적 토대를 제공하고자 한다. 기존 연구에서는 개인문집·단행본에 수록된 중국 여행기록 연구를 체계적으로 다루지 못하였다. 또한 신문, 잡지에 실린 중국 여행기록에 한해 연구를 진행하거나 해외 기행문의 일부로만 다루고 있어 중국 여행기록에 관한 전반적인 연구가 부족하다. 따라서 본 연구에서는 대한제국기부터 1930년대까지 개인문집·단행본에 수록된 중국 여행기록과 신문·잡지에 실린 중국 여행기록의 목록을 작성하고, 이를 통해 다양한 매체에 표상되고 있는 중국에 대한 심상을 새로운 시각으로 볼 수 있는 계기를 마련하고자 한다.

3. 연구범위 및 연구방법

1) 중국 여행기록 범주

본고에서는 앞에서 제시한 선행 연구의 문제를 보완하기 위해 대한제국기부터 1930년대까지의[22] 조선인이 쓴 중국 여행기록에 대한 구

---

22) 이 글에서는 중국 여행기록의 시기 구분을 대한제국기부터 1930년대까지로 선정하였지만 정확히 1937년 '중일전쟁' 전까지의 여행기록을 범주의 대상으로 삼았다. 중일전쟁 이후 일본은 조선에 대해 내선일체의 전면화를 실행하면서 내선융화(內鮮融合)에서 내선일체(內鮮一體)로 바뀌게 되었으며, 이를 위해 조선인들의 사상

체적인 자료 목록과 양상 특징을 다음과 같이 정리할 것이다. 본 연구에서 대상으로 삼은 조선인이 쓴 중국 여행기록에 대한 범주를 살펴보면 다음과 같다.

대한제국기부터 1930년대까지[23] 작성된 자료를 연구범위로 정하고 시기별로 다시 4단계로 나누어 검토하였다. 즉, 첫 번째 단계는 대한제국기이고, 두 번째 단계는 1910년대, 세 번째 단계는 1920년대, 네 번째 단계는 1930년대이다. 연구대상 자료는 이 시기 개인문집이나 단행본으로 출판된 중국 여행기록과 동 시기 신문, 잡지에 실린 중국 여행기록을 대상으로 한다. 표기 체계에 따라 한문으로 쓴 것과 국한문혼용체와 국문체로 작성한 텍스트는 모두 중국 여행기록의 범주로 본다.

자료적 측면에서는 19세기 말 20세기 초 개인문집에 소장된 중국 여행기록은 ㉠ 한국문집총간[24] 대한제국기, 일제강점기, 현대 부분과

통제와 탄압을 강행하였다. 그리하여 국내 민족해방운동 세력들이 일제의 가혹한 탄압과 통제로 대부분 개량화되어 체제에 순응하거나 적극적인 친일을 하거나 사회주의 세력으로 전향하는 자가 속출하였다. 또 언론을 통한 지식인들의 정세 및 시국에 관한 비판적인 의사 표출도 철저히 봉쇄되었기에 이 시기를 '암흑기'로 보고 조선인 모두가 어쩔 수 없는 불가항력적인 상황에 놓였었다는 인식이 있다. 중일전쟁기 '流言蜚語'에 대한 논의는 박수현, 「중일전쟁기 '流言蜚語'와 조선인의 전쟁 인식」, 『한국민족운동사연구』 40, 한국민족운동사학회, 2004를 참조하기를 바란다.

이러한 사회적 배경하에서 중일전쟁 이후 언론 매체에 실린 기사에는 중국에 대한 새로운 시선들이 작용하므로 본고에서는 대상 시기를 1937년 '중일전쟁' 전까지로 한정하였다.

23) 공식적인 대한제국 건립 시기는 1897년 10월 12일이다. 본고에서는 마지막 사행(1894년 8월부터 이듬해 4월까지)을 다녀온 김동호의 『연행록』(일명 『갑오연행록』) 이후의 시기인 1895년, 1896년도 모두 조사의 대상 시기로 삼았다.

24) 한국문집총간에 대한제국기, 일제강점기, 현대 부분으로 시대를 설정하여 검색

ⓛ한국역대문집총서[25]의 대한제국기, 일제강점기, 현대 부분 그리고 ⓒ 2012년도 한국고전번역원 연구과제인 「일제강점기 전통지식인의 문집 간행 양상과 그 특성에 관한 연구」[26]의 결과보고서에서 주목할 만한 문집 169종과 기타 문집 250종을 주요 자료 조사 대상으로 삼았다.[27]

신문에 실린 중국 여행기록은 한국언론진흥재단 미디어가온의 고신문 부분에서 ⓡ 한국언론진흥재단구축[28]과 ⓜ 한국역사정보통합시스템[29]의 데이터베이스 검색을 통해 조사하였고 잡지에 실린 중국 여행기록은 한국사데이터베이스 ⓗ 한국근현대잡지자료[30]를 통해 조사를 진

한 결과 문집은 총 19종이다.

25) 한국역대문집총서에서 대한제국기, 일제강점기, 현대 부분을 시대 설정으로 하고 검색한 결과 문집이 모두 1,230종이 검색되었다.

26) 이 연구는 연구책임자 황위주를 중심으로 향후 한국고전번역원 한국문집총간의 후속사업인 보유편(補遺篇) 편찬의 방안을 모색하고 타당성을 검토하기 위한 기초자료로 활용하고자 하는 취지에서 연구된 조사결과이다. 연구자료에 의하면 서울·경기 지역 52종, 호서 지역 302종, 호남 지역 663종, 대구·경북 지역 391종, 부산·경남지역 462종으로 총 1,800여 종으로 집계되었다.

27) ㉠, ㉡, ㉢의 자료들은 서로 겹치는 부분이 있어 전체적인 자료 조사 숫자를 내오는 것이 어렵다.

28) 한국언론진흥재단 구축에 속한 신문들은 한성순보, 한성주보, 독립신문, 독립신문 영문, 협성회회보, 매일신문, 황성신문, 대한매일신보 영, 대한매일신보, 대한매일신보 국한문, 매일신보, 시대일보, 중외일보, 중앙일보, 조선중앙일보의 데이터베이스에서 검색하였다.

29) 한국역사정보통합시스템에 속한 신문들은 대공보, 공립신보, 해조신문, 대동공보, 신한민보, 신한국보, 대한민보, 권업신문, 국민보, 독립신문 상해, 시대일보, 선봉, 단산시보, 중외일보, 태평양주보, 중앙일보, 조선중앙일보, 한민, 북미시보의 데이터베이스에서 검색하였다.

30) 한국 근현대잡지자료에는 대한자강회월보, 대한협회회보, 서우, 서북학회월보,

행하였다.[31] ㄹ, ㅁ, ㅂ의 기사 형태는 주로 기행문, 회고·수기, 잡지, 문예에서 우선적으로 검색, 정리하였다.

그 외, 국립중앙도서관, 규장각, 장서각 등 국내 주요 공공도서관과 고려대, 서울대, 성균관대, 연세대 등 주요 대학도서관의 자료들도 참조하였다.

체재 면에서는 일기, 한시, 산문, 서사, 편지, 수필, 자유시 등 여러 가지 체재를 갖춘 중국 관련 여행기록을 연구대상 범주에 포함시켰다.

그리고 본고에서 다루게 될 조선인의 중국 여행기록에서는 대한제국기부터 1930년대 중일전쟁 전까지 망명인의 신분으로 쓴 여행기록도 연구대상으로 삼았다. 망명인이 쓴 여행기록은 비록 이주민 문학의 일부로 간주되지만 본고에서는 중국에 정착하기까지의 과정에서 다룬 여행일기와 여행시 모두 연구대상 텍스트로 삼았다. 다만 정착한 후의 과정을 다룬 생활일기는 포함시키지 않았다.

2) 연구방법

이 글은 위와 같은 연구사 검토와 연구범위의 설정, 중국 여행기록의 범주를 통해 20세기 초 중국 여행기록의 자료를 수집하고 정리하

기호흥학회월보, 대조선독립협회회보, 태극학보, 호남학보, 대한학회월보, 대한유학생회학보, 대한흥학보, 대동학회월보, 개벽, 동광, 별건곤, 삼천리, 대동아, 삼천리문학, 만국부인, 경무휘보 등 발행 시기가 1906년부터 1940년까지인 잡지만 주요 조사 텍스트로 삼았다.

31) ㄹ, ㅁ, ㅂ는 www.mediagaon.or.kr, www.db.history.go.kr 참조.

여 전체적 존재양상을 검토한다. 그리고 투안[32]의 인문지리학의 관점
에 입각해 20세기 초 중국 여행기록에 나타난 다양한 지역적 인식을
통해 조선인의 근대 중국에 대한 인식을 살펴보고자 한다. 투안은 인
간의 육체가 공간감과 장소감을 형성하는 토대라고 보면서 "공간은
움직임이며, 개방이며, 자유이며, 위협이다. 장소는 정지이며, 개인
들이 부여하는 가치들의 안식처이며, 안전과 애정을 느낄 수 있는 고
요한 중심이다. 인간은 직접적으로, 그리고 간접적으로 다양한 경험
을 하며, 이런 경험을 통하여 미지의 공간은 친밀한 장소로 바뀐다.
즉 낯선 추상적 공간(abstract space)은 의미로 가득 찬 구체적 장소
(concrete place)가 된다. 그리고 어떤 지역이 친밀한 장소로 우리에게
다가올 때 우리는 비로소 그 지역에 대한 느낌(또는 의식), 즉 장소감
(sense of place)을 가지게 된다."[33]고 주장하였다. 본고는 투안이 제시
한 공간감과 장소감이라는 개념을 이용해 20세기 초 중국 여행기록에
나타난 중국 인식에 대한 논의를 진행할 것이다. 즉 여행을 통해 느낀
중국의 다양한 지역에 대한 인식을 통해 중국 전반에 대한 인식을 규
명하는 계기가 된다.

　제2장에서는 20세기 초 중국 여행기록의 전체적 양상과 특징에 대
해 통시적으로 살펴본다. 이 장에서는 20세기 초 중국 여행기록의 형
성과정과 그 시대 사회문화적 배경을 소개하고, 각 여행기록의 존재

---

32) 이-푸 투안(Yi-Fu Tuan)은 1930년대 중국 천진(天津)에서 태어난 중국계 미국
　　인이다. 그는 1960년대 이후부터 논리실증주의 지리학을 비판하고 현상학에 바
　　탕을 둔 인본주의 지리학을 주장하여 지리학의 새로운 조류를 형성, 발전시켰다.
33) 이-푸 투안 지음, 『공간과 장소』, 구동회·심승희 옮김, 대윤, 2007, 7~8쪽.

양상을 거시적 차원에서 논한다. 그리고 20세기 초 중국 여행기록의
존재양상을 4단계로 나누고 각 시기가 보이는 대체적인 양상들을 실
제 자료에 근거하여 분석하고, 이를 향후 논의를 위한 배경지식으로
활용한다.

제3장에서는 20세기 초 중국 여행기록에 나타난 중국 인식에 대해
다룬다. 여행기록에는 각 지역에 대한 자세한 묘사가 다양하고 이전
시기 연행록에서 직접 체험하지 못한 지역들이 많이 언급된다. 이들
지역에 대한 여행자들의 인식은 이전 시기 '중국' 여행기들과는 사뭇
다른 '중국' 인식의 조건을 형성한다는 점에서, 전체적인 '중국' 인식
변화에 주요한 변수가 된다.

제4장은 20세기 초 중국 여행기록의 문학사적 의의를 정리하였다.
기존의 사행기록과의 비교를 통해 20세기 초 중국 여행기록의 양상이
어떻게 변화되었는지를 살펴본다. 특히 20세기 초 중국 여행기가 전통
적 유교 지식인들에게 어떤 의미이고, 근대화 교육을 받고 일제의 영향
을 받은 일반 대중에게 어떤 의미가 있었는지, 또 그 당시 일본이나
서양을 여행한 여행기와 어떤 차이가 있었는지 논하고자 한다.

제5장은 결론을 대신하여 20세기 초 조선인이 쓴 중국 여행기록의
연구를 정리하고 개괄하여 연구의 미흡한 부분을 후속 작업으로 남
겼다.

제2장

20세기 초 중국 여행기록 양상과 특징

1. 20세기 초 중국 여행기록의 형성과 사회문화적 배경

1894년의 청일전쟁을 기점으로 동아시아는 '중국 중심의 세계 질서'로부터 일본을 선두로 하는 새로운 판도로 바뀌었고 중국의 청일전쟁의 패배는 500년 동안 지속되었던 중국과 조선 간 조공관계를 와해시켰다. 중국과 조선은 그동안 조공관계의 질서 속에서 '사행문학'이라는 여행문학의 장르를 개척해왔다. 즉 조선시대 사행 대상국은 중국과 일본에 국한되어 있었고 이때 파견된 사행사들 가운데 여행의 체험을 일기로 쓰거나 시로 읊어 기록물을 남기는 경우가 있었다. 이러한 것들은 기행문이나 기행시로 분류할 수 있겠지만 사행이라는 경험에 주목하여 특별히 '사행문학'이라고 칭하여 왔다.[1] 또 여행자문학의 핵심이 "국가적 경계선을 넘은 나라의 직접 체험에 있다"는 점을 주목한다면[2] 조선의 사행문학은 중국의 정치, 경제, 문화를 직접적으로 체험

---

[1] 구지현, 『계미통신사 사행문학 연구』, 보고사, 2006, 24쪽.

하고 기록하여 문학적으로 형상화된바, 넓은 의미의 여행자문학의 범
주에 들어가는 것으로 간주되며, 한국의 전근대 시기 여행자문학의
근간을 이루고 있다.

그러나 마지막 연행록인 김동호의 『연행록』(1894)을 끝으로 그 후
청나라에 파견된 공식적인 사행은 없었기에 청 사행에 관한 기록은
더 이상 생산되지 않았다. 이듬해인 1895년 유길준의 『서유견문』이
출판되면서 서양을 대상으로 하는 '세계 여행'이 이목을 끌었고 중국
을 대상으로 한 '여행문학'은 침체기에 들어섰다. 즉 1897년에 고종이
조선의 국호를 '대한제국'으로 고친 후 '한일합병조약'을 체결하기 전
근 13년 동안은 중국 여행문학에 대한 침체기로 볼 수 있다.

아편전쟁 이후 청나라는 서양 열강들과 불평등한 외교관계를 맺으
면서도 조선에 대해서는 오히려 종주국으로서의 지위를 강화하려 하
였다. 하지만 청일전쟁 이후 체결된 시모노세키조약(馬關條約)으로 청
나라는 더 이상 조선에 대해 종주국의 지위를 행사할 수 없게 되었고
여전히 종속 관념을 버리지 못하고 조선을 자주국으로 인정하길 거부
하였다. 이러한 상황에서 조선은 청나라와 대등한 외교관계를 수립하
기 위하여 외교사절을 파견하고자 하였지만 청나라는 원세개(袁世凱)
가 귀국하자 그의 빈자리에 당소의(唐紹儀)[3]를 총영사로 임명하여 조

---

2) 이혜순, 「여행자 문학론 시고 – 비교문학적 관점에서」, 『비교문학』 24, 한국비교
   문학회, 1999, 65쪽.

3) 당소의(唐紹儀, 1862~1938)는 자는 소천(少川)이고 청말민초(淸末民初)의 유명
   한 정치외교관이자 청 정부의 총리총판(總理總辦)을 지낸 인물이다. 1874년에
   미국에 유학하여 1881년에 귀국하였고 1882년에는 묄렌도르프와 함께 조선에 파

선의 외교업무를 맡게 하였다.[4]

청나라는 러시아 열강들의 개입이 있기 전에 공식 수교가 아닌 총 영사를 조선에 파견하는 방식으로 과거 종주국으로서의 체면을 지키 려고 하였다. 하지만 조선이 열강들에게 청원하여 청나라에 압박을 가하면서, 청나라는 1898년 이후 자신들이 먼저 서수붕(徐壽朋)을 흠 차대신으로 파견하고 대한제국과의 조약 체결에서 주도권을 잡으려 하였다. 그것은 동아시아 전체가 만국공법 질서로 급속히 재편되는 가운데 조청관계만 구래의 번속관계를 유지할 수 없는 지경에 이르자 청나라는 조선과 국가 대 국가로서의 대등한 외교관계를 맺는 일에 흠차대신이란 특단의 조치를 취한 것이었다.[5]

청나라와 대한제국은 국경 문제, 서울의 청나라 상인 철수 문제, 수출입 금지품목 문제, '간도' 지역 한인들의 부당한 취급에 간도시찰 관 파견 등 여러 문제로 대립각을 세웠고 1904년 러일전쟁이 일어나고 한일의정서(韓日議政書)가 체결되면서 국경 문제 등 실제적인 협상은 진행되지 못하였다. 1905년에 을사조약이 체결된 후 청나라의 주한공 사는 주한총영사로 바뀌었고 주일공사의 관할 아래 놓이게 되었으며

견되어 외교와 해관사무에 종사하였으며 청일전쟁 후에는 주한총영사로 파견되 어 10년 동안 조선에서 활동하였다. 중화민국의 제1대 내각총리에 임명되고 국민 당 정부의 중앙검찰위원과 중앙위원으로 활약하였다. 산동대학 제1대 총장과 북 양대학(현 천진대학)의 총장을 역임하였다.

4) 방향, 「開港後 한국의 對淸通商交涉의 변화와 近代外交關係의 수립」, 연세대학 교 박사학위논문, 2013, 164~165쪽.

5) 서영희, 「대한제국기 韓·中 외교와 주청 한국공관의 설치」, 『전남대학교 세계한 상문화연구단 국내학술회의』, 전남대학교 세계한상문화연구단, 2008, 57쪽.

대한제국의 외교권은 일본에 의해 박탈당한 것과 마찬가지였다.[6] 이렇 듯 대한제국과 청나라 사이의 외교관계는 순탄치 않았고 청나라는 대 등한 외교보다는 자신의 속국이었던 조선과의 외교에 체면을 내세워, 두 나라 사이는 근대적인 외교관계를 수립하는 데 실패하였다.

또 이 시기 조선은 중국 외교뿐만 아니라 세계로 향한 대외 외교를 감행하는 가운데 일본의 침략에 맞서 국권을 수호하기 위해 노력하였 다. 1900년부터 유럽 지역에 사절을 파견하는 '파사(派使) 외교'는 근대 국가에서의 정상적인 외교업무 차원의 파견이라기보다는, 일본의 침 략 의도를 알리고 서구 열강의 개입을 유도하여 주권을 수호해 보려는 고종의 다양한 시도 가운데 하나였다.[7] 1895년 유길준의 『서유견문』을 선두로 우후죽순마냥 서구 지역 여행기록들이 등장하기 시작한 것도 이러한 맥락에 의한 것이다. 고종황제의 외교사신들은 서구 지역에서 보고 듣고 느낀 점들을 예전의 연행사(燕行使)나 통신사(通信使)들이 그 랬듯이 사행기록으로 남겼고 그 대표적인 작품은 유길준-『서유견문 (西遊見聞)』(1895), 민영환-『해천추범(海天秋帆)』(1896), 김득련-『환구 일기(環璆日記)』(1896), 윤치호-『일기』(1896), 이범진-『미사일록(美槎日 錄)』(1896), 김만수-『일기』(1901) 등이 있다. 그 외, 기독교 목사 신분으 로 하와이에 간 현순의 『포와유람기(布蛙遊覽記)』(1903)도 있다.

한편, 그 당시 중국의 정세를 살펴보면 다음과 같다.

---

6) 이영옥, 「淸朝와 朝鮮(大韓民國)의 외교관계, 1895~1910」, 『中國學報』第五十 輯, 韓國中國學會, 2004, 234쪽.
7) 이창훈, 「대한제국기 유럽 지역에서 외교관의 구국운동」, 『한국독립운동사연구』 27, 독립기념관 한국독립운동연구소, 2006, 398쪽.

청나라는 아편전쟁과 태평천국운동을 겪으면서 대내외적으로 매우 피폐해졌고 서양의 신식 무기 앞에서 무력감을 느끼고 1861년부터 1894년까지 '자강(自強)'의 기치를 든 '양무운동(洋務運動)',[8]을 펼쳤다. 즉, 양무운동은 서양의 문물을 받아들여 군사적 자강과 경제적 부강을 이루려는 것을 목적으로 하였다. 양무운동의 실시로 중국도 잠시 '동치중흥(同治中興)'의 부흥을 이끌었으나 오랫동안 부패해진 관료들과 1894년에 조선반도를 에워싼 '청일전쟁(清日戰爭)'에서의 패전, 1895년 일본과 '시모노세키조약' 체결로 양무운동은 실패로 돌아갔다. 청일전쟁의 승리로 일본은 요동반도(遼東半島), 대만도(臺灣島, 釣魚島 포함), 팽호열도(澎湖列島) 등을 할애받는 등 청나라의 국력을 약화시켰고 대륙 침략 준비를 진행시켜 나아갔다. 하지만 동북 세력 확장에 걸림돌이 되기 때문에 요동반도가 일본의 식민지가 되는 것을 꺼린 러시아는 프랑스와 독일을 끌어들여 일본의 독주를 막아냈으며 대신 일본은 은 3,000만 냥을 배상금으로 챙겨갔다. 중국은 대외적으로 8개국 연합군[9]과 싸워야 했고 대내적으로는 의화단운동(義和團運動)을 진압해야 하는

---

8) 1860년대는 주로 군사력 증강을 위해 군수공업의 육성에 중점을 두어 상해에 강남제조총국(江南製造總局), 남경에 금릉기기국(金陵機器局), 천진에 천진기기국(天津機器局) 등이 만들어졌다. 1870년대 이후에는 초기 군수공업에 필요한 원자재 개발을 위해 석탄, 철, 광산업이 부상하였고 서양 기술자들을 유입하면서 공장에 부설된 번역관과 교육기관을 통해 서양의 근대적 과학 기술 서적이 번역 보급되고, 새로운 기술 인력 양성을 하였다.

9) 1900년대 8개국 연합군은 대영제국(大英帝國), 미리견합중국(美利堅合眾國), 불란서제3공화국(法蘭西第三共和國), 덕의지제국(德意志帝國), 러시아제국(俄羅斯帝國), 대일본제국(大日本帝國), 오흉제국(奧匈帝國), 이태리왕국(意大利王國)을 가리키며 8개국 연합군은 중국침략전쟁에 가세하였다.

우환의 연속이었다.

　이러한 사회적 배경에서 청나라의 대한제국에 대한 정치적 영향력
은 심각하게 약화되었다. 조선이 일본에 의해 합병되는 모습을 보고
이를 통해 자신들의 미래를 예측하였다.

　이와 같은 청나라와 조선을 둘러싼 불리한 당시 외교 정세에서, 과거
연행록과 같은 두 나라 사이의 사행기록이나 개인적인 여행기록들이
등장하기는 쉽지 않았다. 대한제국기 중국 여행기는『황성신문』에 실
린 4편과 개인문집에 수록된 2편 외에는 발견되지 않고, 이후, 1910년
대에는 주로 고향을 떠나 망명길에 오른 유교 지식인들이 자신의 개인
문집에 쓴 한문 여행기가 많이 등장하였다. 1920년대는 3·1운동 계기
로 일본의 문화통치시대가 열리면서 여행이 활성화되었고 신문 매체가
증가하면서 중국 여행기도 다시 증가하기 시작하였다. 1930년대는 주
로 중국 여행기가 신문 잡지에 많이 실리면서 발전변화기에 접어들었
다고 할 수 있다.

2. 20세기 초 중국 여행기록의 존재양상

　20세기 초 중국 여행기록은 유교적 전통을 이어온 한문으로 쓴 중
국 여행기록과 근대 매체인 신문·잡지에 실린 국한문혼용체와 국문
체로 쓴 중국 여행기록이 있다. 한문으로 쓴 중국 여행기록은 주로
개인문집이나 단행 출판물 형태로 남아 있고, 신문·잡지에 실린 중국
여행기록은 주로 연재 형태의 기획물로 존재하는 경우가 많다.

개인문집·단행본에 수록된 중국 여행기록은 모두 유교 지식인으로서 전통 교육과 근대 교육을 받은 사람들이 대부분이다. 대한제국기부터 1910년대까지는 망명이나 독립운동, 공교운동을 포함한 구국운동에 주력한 시기로서 이때 창작된 중국 여행기록은 대부분 망명길에 지은 기록, 구국운동을 위해 중국에 방문한 후 지은 기록, 조상의 뿌리와 조상을 기리기 위해 중국에 방문했을 때 지은 기록, 취직이나 견문을 위해 중국에 왔을 때 쓴 기록 등 여러 가지 목적의식으로 작성된 기록들이 있다. 그중에서 망명길에 올라 쓴 기록이 많은 것이 이 시기 중국 여행기록의 특징이기도 하다. 1920년대와 30년대는 일제의 문화통치 시대가 열리면서 여행의 대중화 시기로 진입했다. 이 시기 한문으로 작성된 여행기록은 주로 일본의 자본과 연결된 조선 실업가들의 여행기록과 중국에 망명하고 있으면서 견문차 중국의 다양한 지역을 둘러본 기록, 공교운동을 진행하면서 쓴 기록, 공자의 유산이 파괴된 소식을 듣고 위문차 방문하고 쓴 기록, 불교 순례차 방문하고 쓴 기록, 중국 유학차 쓴 기록 등 다양한 목적의식을 가지고 기록을 남겼다.

또 이 시기 여행기록에는 기존의 연행록에서 나타난 것과 같이 중국의 유명 인사들과 필담창수한 흔적이 남아 있다. 주로 이병헌, 이승희, 신규식, 박연조·안승구, 오효원 등 공교운동가나 독립운동가의 여행기록에 있는데 특히 공교운동에 종사한 유교 지식인들은 공자의 후손인 연성공파들과 필담을 하였다. 이는 연행록에서도 볼 수 없었던 20세기 초 중국 여행기록의 한 양상이라고 할 수 있다. 오효원의 경우처럼 여성이 한문지식을 배경으로 언론활동과 시사(詩社)활동을 통해 중국의 유명 인사들과 교유한 양상도 있다. 이는 근대 전환기

한문의 교양을 쌓은 유교 지식인들이 전통시대와 마찬가지로 중국의
유명 인사들과 일정한 교유를 나누었음을 알 수 있다.

이들을 시기별로 4단계로 나뉘어 그 존재양상을 살펴보면 다음과
같다.

1) 대한제국기 중국 여행기록

1895년 청일전쟁이 끝난 후부터 1910년 한일합병 전까지 대한제국
시기인데, 이 시기 중국으로 가는 여행기록들은 상대적으로 적다. 그
원인은 앞에서 이미 밝혔듯이 중국의 청일전쟁 패배로 인해, 조선, 중
국 간 외교관계가 국제적으로 이전 시기와 전혀 다른 국면으로 접어들
었기 때문이다. 청나라는 과거의 종주국으로서의 입지를 포기하고 어
느 정도의 체면 손상을 감수해야 하는 입장에서, 조선 사절단의 방문
을 꺼렸으며, 흠차대신을 조선에 파견하는 소극적 방식으로 외교관계
를 유지하였다. 또 서로 간의 외교 현안 문제에서도 많은 어려움을
겪었기에 청나라와 대한제국의 실질적인 외교활동은 줄곧 긴장과 갈
등, 그리고 유동적인 상태를 유지했다. 이런 상황에서 조선과 중국 간
의 관계는 옛 조공체제하에서 진행되었던 외교활동과는 판이한 모습
을 보였고 사행기록이나 기타 여행기록들이 나오기가 쉽지 않았다.
오히려 이 시기 고종황제는 특사(特使)나 밀사(密使)를 해외 서양 국가
에 파견하는 데에 주력함으로써 대한제국이 독립적 자주국임을 알리
는 동시에 일본의 침략 의도를 만천하에 공개하고 유럽 국가들을 끌어
들여 일본을 견제하고자 하였다. 그러므로 이 시기 미국이나 유럽을

무대로 한 사행기록들이 속출하기 시작하였다. 다음 도표를 보면 대
한제국기 중국 여행에 관련된 기록이 미국, 유럽, 일본에 비해 적음을
확연히 알 수 있다.

〈표 1〉 시기별 조선인이 쓴 해외 기행문 추이

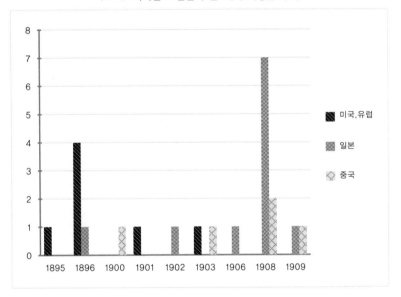

〈표 1〉에 표기된 미국과 유럽을 방문한 해외 기행문은 주로 1895년
부터 1903년 사이에 집중적으로 나타나고 일본을 방문하고 쓴 기행문
은 주로 1908년을 좌우로 많이 나타난다. 중국을 대상으로 한 기행문
은 1908~1909년 사이에 조금씩 나타나기 시작하였다. 그것은 조선이
1910년 한일합병을 겪게 된 전후로 유교 지식인들의 망명이나 독립운
동을 하기 위해 중국으로 건너간 경우가 많기 때문이다. 구체적인 기
록과 서술양상을 보면 다음과 같다.

(1) 대한제국기 개인문집·단행본에 수록된 중국 여행기록의 존재양상

① 장지연(張志淵)의 『해상술회일십팔수(海上述懷一十八首)』

『해상술회십팔수』는 1908년에 위암(韋庵) 장지연이 블라디보스토크
에 있는 『해조신문』의 주필로 초빙되었다가 그해 5월에 폐간된 후 상
해, 남경을 거쳐 귀국하였는데 그때 블라디보스토크로부터 중국 여러
지역을 오갈 때 쓴 기행시이다. 주로 「향상해(向上海)」, 「호영도중(滬寧
途中)」, 「과소주(過蘇州)」, 「견추풍기부회팔절(見秋風起賦懷八絶)」 등
으로 구성된 한시이다. 『위암문고(韋庵文稿)』 권1 시에 수록되어 있다.

② 조창용(趙昌容)의 『본항유람록(本港遊覽錄)』

『본항유람록』은 조창용이 1908년에 상해 대동회관(大東會館) 서기로
활약하면서 그곳을 둘러보고 느낀 감상을 적은 견문록이다. 그는 같은
해 1월에 장지연과 함께 블라디보스토크에 가서 한민학교(韓民學校) 교
사로 취직하였다가 5월에 교사직을 사퇴하고 상해로 가서 대동회관
서기로 활약한 후 7월에 귀국하였다. 『본항유람록』은 작자의 문집인
『백농실기(白農實記)』에 수록되어 있고 한문현토체로 쓴 필사본이다.
1993년 독립기념관 한국독립운동사연구소에서 발간한 한국독립운동
사자료총서 제7집에 『백농실기』 전문이 영인되어 있다.

〈표 2〉 대한제국기 개인문집·단행본에 수록된 중국 여행기록

번호	여행연도	제목	저자	체재	표기수단	글쓰기방식	여행목적	여행지역[10]	출처
1	1908	海上述懷十八首	張志淵	한시	한문체		취직, 언론활동	上海-蘇州-南京	『韋庵文稿』卷1, 探求堂, 國史編纂委員會, 1955

| 2 | 1908 | 本港
遊覽錄 | 趙昌容 | 산문 | 한문
현토체 | 필기
잡록화 | 취직,
교육
활동 | 上海 | 『白農實記』,
독립기념관
한국독립운동사
연구소, 1993 |

(2) 대한제국기 신문·잡지에 실린 중국 여행기록의 서술양상

〈표 3〉 대한제국기 신문에 실린 중국 여행기록

번호	등재연도	제목	저자	기사형태 /글 양식	표기 수단	여행지역	출처
1	1900.9.12 ~10.16	北京在圍日記		外報 /일기	한문 현토체	北京	『황성신문』 제209호~ 제228호
2	1903.5.23	滿洲視察談		外報 /보도	한문 현토체	上海-天津- 北京-山海關 -牛莊-旅順	『황성신문』 제1373호
3	1909.7.27	我韓學生에게 淸國의 夏期旅行을 勸흠		論說 /권고문	한문 현토체		『황성신문』 제3135호

대한제국기『황성신문』은 1898년 3월 2일부터 1910년 9월 14일까지 발행되었고 이 신문은 지배, 지식층의 개화와 개혁의 의지를 중요시하는 방향으로, 개신 유학자 중심으로 운영되었다.[11] 또 대중들에게 교육적 역할과 사회개혁의 촉진 역할을 수행하였기에 신문에 실린 기사들이 대부분 계몽적 경향이 강하다.『황성신문』에 실린 중국 여행

10) 여행지역은 중국의 범위 내에서 여행한 지역만을 표기하였다.
11) 정대철,「皇城新聞에 관한 硏究」,『社會科學論叢』12, 한양대학교 사회과학대학, 1993, 370쪽.

기록이 많지 않아 특징을 규정하기는 어렵지만 전형적인 기행문 형식 보다는 중국 정세의 소개나 중국 여행을 권장하는 내용 정도가 있다.

1900년대 『황성신문』 제209호에 실린 「북경재위일기(北京在圍日記)」 의 필자는 그 당시 북경특파원이다. 게재한 날짜는 9월 12일부터 10월 16일까지인데[12] 내용은 6월 19일부터 8월 14일까지의 일기를 연재한 것이다. 주로 중국의 '경자국변(庚子國變)'에 대한 내용이다. '경자국변' 은 청나라가 서양의 8개국 연합군한테 선전포고를 던진 사건이다. 1894년 청일전쟁 이후로 서양 열강들이 중국에 대한 침략을 강화하여 청나라 농민들은 더욱더 궁핍하게 되었으며 그들이 분개하여 일어나 의화단(義和團)의 흥기를 부추겼다. 그들은 '부청멸양(扶淸滅洋)'의 기 치 아래 청나라의 수구파와 힘을 합해 북경에서 8개국 연합군과 한차례 전쟁을 치렀다. 이 시기 『황성신문』의 특파원이 쓴 「북경재위일기」는 북경에서 보고 들은 경자국변을 신문에 자세히 연재하였는데 이것은 연행록의 시대가 끝난 후 처음으로 중국의 정세에 대해 자세히 기록한 것이다. 그전에도 중국 정세에 대한 기록들이 신문에 많이 실렸지만 모두 단편적인 것이고 일기 형식의 연재는 「북경재위일기」가 처음이 다. 하지만 내용의 정치적인 성격을 고려하였을 때 「북경재위일기」는 순수한 유기(遊記)라고 보기는 어렵다.

이후 1903년 5월 23일 『황성신문』 제1373호에 실린 「만주시찰담(滿 洲視察談)」은 필자가 누구인지 밝혀져 있지 않다. 일본 외무성 참사관

---

12) 1900년 『황성신문』 9월 12~14, 18~22, 24~28일, 10월 1~6, 8~10, 12, 13, 15, 16일까지 연재되어 실렸다.

倉知氏[13]가 청나라와 대한제국에 부임한 일본 외교관에게 일본외무성
(日本外務省)의 명을 전하고, 농상무성(農商務省)의 부탁으로 무역 시찰
하러 중국의 상해, 천진, 북경 등 지역을 다녀온 내용이다. 하지만 주로
중국 내에 있는 러시아의 동향을 살피는 것이 주요 업무였던 것으로
보인다.[14] 그 외, 중국 여행기는 아니지만 중국 여행에 관련된 1909년
7월 27일『황성신문』제3135호에 실린「我韓學生에게 淸國의 夏期旅
行을 勸홈」이란 글이 있다. 이 글은 대한제국의 해외 유학생들에게
방학 기간에 청나라로 여행할 것을 권고하면서 "우리나라 사람들이
동양에 유일하게 일본만 있음을 알고 오천여 년 문명역사를 가진 청나
라는 늙은 대국으로만 생각하고 별로 주의 깊게 연구하지 않는 것이
개탄스럽다."고 하였다. 그러면서 청나라를 여행해야 하는 이유 몇 가
지를 들었다.

"我韓第二國民되는 學生諸君의게 一告ᄒᆞᆫ니 每年夏期休學을 利用
ᄒᆞ야 大團結을 作ᄒᆞ야 淸國에 修學旅行을 期圖ᄒᆞᆯ지어다 南淸에 往ᄒᆞ
면 東洋에 第一勝景이 되는 瀟湘江 洞庭湖가 諸君의 容懷를 慰蕩ᄒᆞ고

---

13) 본명은 본명은 구라치 데쓰키치(倉知鉄吉, 1871~1944)는 메이지-다이쇼시대의
외교관이다. 가가(加賀, 이시카와현) 출신으로 제국대학을 졸업했다. 통감부 서기
관을 거쳐 1908년 외무성 정무국장이 되어 한국병합을 위한 외교문서를 준비했다.
1912년 외무차관을 지냈고 귀족원 의원을 거쳐 1944년 12월 22일 75세로 사망했
다. (『デジタル版 日本人名大辭典+Plusの解說』.)
14) "日本外務省參事官 倉知氏가 淸韓兩國에 駐任ᄒᆞᆫ 日本外交官에게 日本外務省의
命ᄒᆞᆷ을 傳ᄒᆞ고 又農商務省의 囑托을 因ᄒᆞ야 貿易을 視察次로 曩者 淸國에 渡航
ᄒᆞ야 上海 天津 北京 山海關 牛莊 旅順口 等地를 視察ᄒᆞ고 京城及仁川을 經由하
야 本月中旬에 歸國ᄒᆞ얏난딕 ……"

> 北淸에 往ᄒ면 東洋歷史에 最大遺跡이 되ᄂ 秦始皇의 萬里長城이 諸
> 君의 意氣를 壯大케 ᄒ리니 豈不爽快哉아 淸國이 雖日 老衰나 于今에
> 至ᄒ야ᄂ 自覺心을 發ᄒ 國家ㅣ라 諸君이 彼國에 旅遊ᄒ야 一面으로
> 彼國의 國情과 人心과 慣習을 硏究ᄒ야 國際上 智識을 涵養ᄒ며 一面
> 으로 彼國의 靑年과 遊技를 協同ᄒ며 學識을 交換ᄒ야 友誼를 敦結ᄒ
> 얏다가 他日 國民的活動을 試홀 時에 同情을 相表케 홈이 엇지 深謀遠
> 慮가 아니리오"[15]

작자가 이런 권유를 한 것은 전국 동포의 사상들이 진취적이지 않
은 것을 보고 여름 방학 동안에 조선 유학생들이 청나라로 여행을 다
녀와서 좋은 사상들을 내국 동포들에게 전달해 각성하게 만들며, 이
런 조선혼(朝鮮魂)을 발휘하는 것이 시대정신에 적합한 사업이라고 생
각하고 있었기 때문이다.[16] 즉 작가는 비록 쇠퇴해가는 중국일지라도
중화의 문명과 중국의 국정, 인심, 관습에 대해 조선의 지식청년들이
함께 연구할 것을 권장하였다.

이처럼 대한제국기 조선인의 중국 여행기록이 5편[17]에 불과한 데 비
해, 같은 시기 조선 사람이 일본을 여행하면서 쓴 일본 기행문은 약

---

15) 「我韓學生에게 淸國의 夏期旅行을 勸홈」, 『황성신문』, 1909년 7월 27일.

16) "全國同胞의 思想界를 觀察홈이 恭爾不振ᄒ야 自信의 觀念과 進取의 氣魄을 有
ᄒ 者ㅣ 殆無ᄒ거ᄂ 今此海外留學生諸君이 夏期休學을 利用ᄒ야 如許ᄒ 美事를
擧ᄒ야 內國同胞를 警醒케 ᄒ며 覺悟케 ᄒ야 到處에 朝鮮魂을 發揮ᄒ니 時代精
神에 適合ᄒ 事業이라 可謂ᄒ리로다"

17) 『황성신문』에 실린 「북경재위일기(北京在圍日記)」는 연속 게재로 9월 12일부터
10월 16일까지 총 26일 동안 게재했으나 동일한 저자의 후속 글이기 때문에 한편
으로 간주한다.

11편[18]이 확인된다. 또 청일전쟁 이후 한일합병 이전까지 미국과 유럽에 관련된 기행문도 대략 6편에 불과하다. 이와 같은 편수를 통해 특정한 통계적 결론을 내는 것은 무리가 되겠지만, 위 인용문의 내용 등을 종합해 볼 때, 대략 중국, 중국 여행에 대한 상대적 관심이 이전 시기에 비해 확연히 줄었음을 확인할 수 있다. 이 시기 중국과 중국 여행기에 대한 관심은, 당시 국제 정치에서의 중국의 대조선 영향력 약화와 깊은 관련이 있다. 전통 시기 여행기를 산출하던 통로였던 사행은 이루어지지 않았고, 개인적 여행의 동기나 조건 등도 갖추어지지 않았다.

2) 1910년대 중국 여행기록

1910년 대한제국이 일제에 의해 한일합병을 공식적으로 체결하면서 519년의 조선왕조는 막을 내리게 되었다. 주지하다시피 개항 이후 한일합병 이전까지 시기는 일본에 나라를 빼앗겨 가는 과정으로 설명할 수 있다. 당시 유교 지식인들은 이러한 경향에 맞서 의병을 조직해 무장투쟁을 하거나 애국계몽운동 등을 이끌기도 하였으나, 1909년 일제에 의해 자행된 야만적인 남한대토벌작전으로 국내에서는 더 이상의 의병투쟁도 불가능해지는 상황에 이르게 되었다. 의암(毅菴) 유인

---

18) "개화기 한국인이 작성한 일본 기행문으로는 20명의 저자가 쓴 총 28편이다. 개항 이후 갑오경장(1876~1893)까지 17편, 갑오경장 이후 을사조약(1894~1904)까지 2편, 을사조약 이후 한일병합 이전(1905~1909)까지 9편이 있다." 문순희, 「개화기 한국인의 일본기행문과 일본인의 한국기행문 연구」, 연세대학교 박사학위논문, 2015, 164쪽.

석(柳麟錫)은 '처변삼사(處變三事)' 즉, '거의소청(擧義掃淸)'·'부해거수
(浮海去守)'·'자정치명(自靖致命)'을 유교 지식인들의 현실 대처 방안으
로 제시하고 중국 '서간도' 회인현으로 망명을 떠나 의병활동을 전개
하였다. 하지만 일제에 의해 무장해제를 당하자 통화현으로 옮겨가
재기를 노리다 러시아로 망명하여 '擧義掃淸'·'浮海去守'를 실천하였
다. 매천(梅泉) 황현(黃玹)은 한일합병 후 자결함으로써 '自靖致命'을
실천한 대표 인물로, 창강(滄江) 김택영(金澤榮)은 중국으로 망명을 떠
남으로써 '浮海去守'를 실천한 대표 인물로 일컬어지고 있다.[19] 이렇
듯 한일합병을 겪은 조선의 유교 지식인들 일부는 의암의 '處變三事'
의 방법론에 입각해 망국에 대처하였다. 그때 유교 지식인들 중 중국
으로 활동지를 옮기면서 중국과 관련된 여행기록을 남겼는데 그 서술
양상을 보면 다음과 같다.

(1) 1910년대 개인문집·단행본에 수록된 중국 여행기록의 서술양상

〈표 4〉 1910년대 개인문집·단행본에 수록된 중국 여행기록

번호	여행 연도	제목	저자	체재	표기 수단	여행목적	여행지역	출처
3	1910	西征日錄	趙昺澤	일기	한문체	망명지 선정	間島	『一軒集』卷5
4	1910	詩	李建昇	한시	한문체	망명	滿洲-懷仁縣 -安東-鳳凰城	『海耕堂收草』 卷4
5	1910	蜜山追憶錄	李基仁	일기	한문체	독립운동	滿洲-蜜山府	『白溪文集』 卷4

---

19) 이은영, 「20世紀初 儒教知識人의 亡命과 漢文學 – 西間島 亡命을 中心으로」, 성
   균관대학교 박사학위논문, 2012, 1~2쪽.

6	1911	詩	申圭植	한시	한문체	망명	上海	『兒目淚』
7	1911	遼河日記	安孝濟	일기	한문체	망명	西間島-柳河縣-安東	『守坡文集』卷3
8	1911	西徙錄	李相龍	일기	한문체	망명	滿洲-安東-柳河縣	『石州遺稿』卷6
9	1911	西征錄	金大洛	일기	한문체	망명	滿洲-安東-柳河縣-通化縣	『西征錄』冊1
10	1911	渡江錄	盧相益	일기	한문체	망명	滿洲	『大訥手卷續編』元·亨
11	1912	遼左紀行	張錫英	일기	한문체	망명지 선정	西間島	
12	1912	志山外遊日誌	鄭元澤	일기	한문체	망명, 유학, 독립운동	北間島-靑島-上海-杭州-香港	探求堂, 1983
13	1912	北艮島視察記	趙昌容	일기	한문현토체	이주민 상황 시찰	北間島-龍井-局子街-頭道溝-二道溝	『白農實記』, 독립기념관 한국독립운동사연구소, 1993
14	1912	間島紀行	朴勝振	한시	한문체	독립운동	懷仁縣-安東-間島-鳳凰城	『聽荷文集』卷2
15	1913	西遊錄	李承熙	산문	한문체	망명, 공교운동	瀋陽-山海關-天津-北京-曲阜-泰山	『大溪先生文集』卷3
16	1913	山海關紀行	徐錫華	산문	한문체	견문	山海關	『淸石文集』卷11
17	1913	北征日錄	趙貞奎	일기	한문체	망명	安東-鳳凰城-奉天-山海關-盧台-天津-北京	『西川先生文集』卷3
18	1913	中州記行	金相頊	산문	한문체	견문	安東-鳳凰城-奉天-山海關-盧台-天津-北京	『勿窩先生文集』卷1
19	1913	燕城紀行	芮大僖	일기	한문체	망명, 공교운동	奉天-山海關-天津-北京-曲阜	『伊山文集』卷5

20	1914	中華遊記 : 啟輈錄 遼塞見聞錄 駐燕錄 聖地追感錄 湖山遊汎錄	李炳憲	일기	한문체	공교운동	安東-鳳凰城-山海關-奉天-錦州-北京-曲阜-徐州-滁州-南京-上海-杭州-香港-蘇州	南通: 墨林書局, 民國 5(1916)
21	1914	詩	李斗勳	한시	한문체	견문	瀋陽-蜜山府	『弘窩文集』 卷2
22	1915	北征日錄	李鉉德	일기	한문체	견문	鴨綠江-安東-奉天-巴圖-塔灣-山海關-天津-曲阜	『晶山文集』 卷4
23	1916	中華再遊記	李炳憲	일기	한문체	공교운동	上海-曲阜-泰山-鄒縣-徐州-南京-南通	南通: 翰墨林書局, 民國 5(1916)
24	1916	詩	吳孝媛	한시	한문체	취직, 견문	鴨綠江-鳳凰城-瀋陽-旅順-燕京-天津-曲阜-潦陽-上海-杭州	『小坡女士詩集』中篇, 京城: 小坡女士詩集刊行所, 昭和 4(1929)
25	1917	西征記	李鼎夏	일기	한문체	견문	鴨綠江-高麗門-鳳凰城-奉天	『心齋遺稿』 卷2
26	1917	華行日記	安孝鎭	일기	한문체	공자편년·주자연보·안자연보의 서문과 안향의 신도비문 받으러 감	奉天-天津-兗州-曲阜闕里	咸陽: 輔仁堂, 昭和 12(1937)
27	1919	亞洲紀行	朴榮喆	일기	한문체	견문	1) 龍井-天寶山-朝陽川-局子街	京城: 奬學社, 1925

1910년대 개인문집과 단행본에 수록된 중국 관련 여행기록은 대략
24편이 확인되었다. 그들의 신분적, 문화적 배경을 살펴보면 대부분
이 유교 지식인이다. 그들은 한일합병 이후 더 이상 일제의 관리하에

서 지내기 어려워 망명을 떠나거나 일제의 감시가 적은 해외에서 구국
운동을 하였다. 그 여행동기를 살펴보면 아래와 같다.

〈표 5〉 1910년대 개인문집·단행본에 수록된 중국 여행기록의 여행목적

〈표 5〉를 보면 주로 망명이나 망명지 선정으로 중국에 간 경우가
제일 많다. 그리고 대부분이 망명하면서 독립운동에도 종사하였으나
망명의 목적 없이 오로지 '독립운동' 차원에서 중국을 간 기록에 한하
여 따로 표기해 두었다. 특히 이기인(李基仁)이 그러한 경우이고 정원
택(鄭元澤)은 망명과 독립운동, 유학까지 한 경우이다. 적극적으로 공
교운동을 한 사람은 이승희(李承熙), 예대희(芮大僖), 이병헌(李炳憲)인
데 이승희와 예대희는 모두 중국에 망명했다. 〈표 5〉의 망명, 망명지
선정과 독립운동, 공교운동을 여행목적으로 한 사람들은 중국을 여행
한 방식은 달랐지만 모두 구국운동에 종사한 사람들이다. 견문을 위
해 간 사람들 중 박영철(朴榮喆)만 친일기업인이다. 그는 일제의 호위
를 받으며 1919년에 '간도' 지역을 유람하였다. 그 외, 오효원(吳孝媛)
은 여성으로서 유일하게 중국을 견문하였는데 그는 중국 상해의 유명
신문사인 『신보(申報)』사에 입사해 기자로서 활동한 적이 있고 중국의
유명 인사들과도 교유하였다.

이렇듯 1910년대 개인문집과 단행본에 수록된 중국 여행기록 중에 구국운동을 목적으로 중국에 간 여행기록이 63%를 차지하고 견문을 목적으로 한 중국 여행기록이 27%를 차지하며 기타(유학, 취직, 소극적 유교활동)가 10%를 차지한다.

다음으로 1910년대 개인문집, 단행본에 수록된 중국 여행기록의 글쓰기 방식에 대해 살펴보면 다음과 같다.

〈표 6〉 1910년대 개인문집·단행본에 수록된 중국 여행기록의 글쓰기 방식 분류

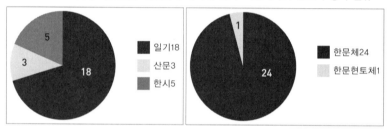

글쓰기 방식 측면에서 보면 서술체제는 주로 일기, 한시, 산문 세 가지 형식이다. 일기 형식으로 쓴 기록이 18편이고 한시 형태로 쓴 기록이 5편이며 산문으로 쓴 기록이 3편이다. 이 시기 개인문집이나 단행본으로 중국 여행기록을 남긴 사람들이 대부분 유교적 전통을 고수하는 유교 지식인들이었다. 그들은 주로 기존의 연행록이나 사행록의 서술체재를 따랐다. 또 표기수단도 조창용의 『북간도시찰기(北艮島視察記)』만 한문현토체로 쓰였고 나머지는 모두 한문체로 쓰였다. 1910년대 유교 지식인들은 자신의 문집이나 단행본을 간행할 때 모두 한문체를 쓰고 있었지만 유독 조창용만이 한문체가 아닌 한문현토체로 여행기록을 남겼다. 그의 애국계몽운동을 지향하는 노선에서 그

이유를 찾을 수 있는데 그는 전통 한문 교육을 받은 유교 지식인으로 서 교육과 언론을 통하여 애국계몽운동에 힘쓴 인물이다.

이런 사회적 배경에서 조창용은 1908년 장지연과 블라디보스토크로 갔을 때 한민학교 교사로 취임하여 한민족 교포 자녀들에게 민족의식과 독립사상을 교육하였다. 그는 교육가로서 어려운 한문을 일반 국민들도 쉽게 알아보게 한글 현토를 붙여 글을 썼고 그의 문집인『백농실기(白農實記)』는 한문체와 한문현토체로 쓴 기록들로 구성되었다.

연행록이나 사행록의 글쓰기 방식은 주로 국가의 공식적인 업무를 수행한 기록이 다수를 이루고 사행의 노선도 거의 같았기 때문에 글쓰기 방식에서도 비슷한 양상을 지닌다. 또 서장관이 전반 사행의 기록을 작성하는 임무를 맡았고 주로 왕에게 사행과정을 전달하므로 틀에 규정된 보고식 형식의 글쓰기 방식들이 많았다. 하지만 유기는 연행록이나 사행록과 달리 공식적인 임무 수행보다는 개인적인 유람기록을 틀에 얽매이지 않고 마음대로 표현하므로 20세기 초 여행기록의 양상과 비슷하다. 이에 본고에서는 조선 후기 유기의 글쓰기 방식을 제정한 정우봉의 논의[20]를 인용하여 분류하였다. 그의 논의에 의하면, 조선 후기 유기의 글쓰기는 Ⓐ 조합화(組合化) 글쓰기 방식, Ⓑ 세목화(細目化·節目化) 글쓰기 방식, Ⓒ 소형화(小型化)의 글쓰기 방식, Ⓓ 필기잡록화(筆記雜錄化)의 방식 등이 있다.[21]

---

20) 1910년대 개인문집과 단행본에 수록된 중국 여행기록의 글쓰기 방식에 대해서는 조선 후기 유기(遊記)의 글쓰기 방식에 대해 연구한 정우봉의 논의를 따랐다. 정우봉, 「조선후기 遊記의 글쓰기 및 향유방식의 변화」, 『한국한문학연구』 49, 한국한문학회, 2012.

ⓐ조합화(組合化) 글쓰기 방식[22]은 큰 제목 아래 여러 개의 독립된
작품들을 하나로 묶는 것을 지칭한다. 각기 독립된 작품들이 모
여서 하나의 전체를 구성하는 글쓰기 방식이다.

ⓑ세목화(細目化·節目化) 글쓰기 방식[23]은 유람공간과는 무관하
게 여행과 연관된 몇 가지 항목들을 주제별로 분류하여 자유롭게
써내려가는 방식이다.

ⓒ소형화(小型化)의 글쓰기 방식[24]은 조선 후기에 들어서면서 작품
의 편폭이 짧아져 '소형화'의 경향이 두드러지게 나타난 것이다.

ⓓ필기잡록화(筆記雜錄化)의 글쓰기 방식[25]은 여행 경로를 따라가
며 서술하던 기존의 관행과 격식에서 벗어나 작가의 견문과 체험
과 의론을 자유롭게 필기의 방식으로 써내려가는 것이다.

글쓰기 방식에 대한 도표를 보면 다음과 같다.

〈표 7〉 1910년대 개인문집·단행본에 수록된 중국 여행기록의 글쓰기 방식

번호	제목	저자	조합화	세목화·절목화	소형화	필기잡록화
3	西征日錄	趙昺澤				○
4	詩	李建昇	–	–	–	–
5	蜜山追憶錄	李基仁				○
6	詩	申圭植	–	–	–	–
7	遼河日記	安孝濟				○

---

21) 정우봉, 앞의 논문, 132~133쪽.
22) 정우봉, 위의 논문, 107쪽.
23) 정우봉, 위의 논문, 111쪽.
24) 정우봉, 위의 논문, 104쪽.
25) 정우봉, 위의 논문, 111쪽.

8	西徙錄	李相龍				○
9	西征錄	金大洛				○
10	遼左紀行	張錫英				○
11	志山外遊日誌	鄭元澤	○			
12	北艮島視察記	趙昌容				○
13	間島紀行	朴勝振	–	–	–	–
14	渡江錄	盧相益				
15	西遊錄	李承熙	○			
16	山海關紀行	徐錫華				○
17	北征日錄	趙貞奎				○
18	中州記行	金相頊		○		
19	燕城紀行	芮大僖				○
20	中華遊記	李炳憲		○		
21	詩	李斗勳	–	–	–	–
22	北征日錄	李鉉德				○
23	中華再遊記	李炳憲				○
24	詩	吳孝媛	–	–	–	–
25	西征記	李鼎夏				○
26	華行日記	安孝鎭				○
27	亞洲紀行	朴榮喆	○			

〈표 7〉에서 1910년대 유교 지식인들이 쓴 중국 여행기록의 글쓰기 방식에는 필기잡록화 글쓰기 방식이 가장 많다. 20세기 초 개인적으로 여행할 수 있는 여건이 갖추어져 전통 시기에 공식적인 사행으로 중국을 방문한 것과 다른 양상을 보인다. 수행할 임무도 없고 보고할 격식도 없기 때문에 저자들은 자유롭게 자신이 보고 들은 것을 자유자재로

필기하였으므로 필기잡록화 글쓰기 방식이 가장 많다고 할 수 있다.

(2) 1910년대 신문·잡지에 실린 중국 여행기록의 존재양상

다음으로 1910년대 신문과 잡지에 실린 중국 여행기록에 대해 살펴
보면 다음과 같다.

〈표 8〉 1910년대 신문에 실린 중국 여행기록

번호	등재 연도	제목	저자	기사형태 / 글 양식	표기 수단	여행지역	출처
4	1910. 2.1~ 4.	安氏의 旅行記事		雜報 /서사	한문 현토체	安東-奉天- 大連-旅順	『황성신문』 제3285호~ 제3288호
5	1916. 9.29~ 30.	滿洲遊歷觀 (1),(2)	春圃 盧麟圭	文藝 /서사	한문 현토체	滿洲-奉天- 長春-旅順- 大連-哈爾賓	『매일신보』 제3310호, 제3311호
6	1917. 4.19~ 5.31.	滿洲見聞錄 (1)~(19)[26]	西海生	文藝 /서사	한문 현토체	滿洲-奉天- 營口-大連- 鞍山-哈爾賓-長春	『매일신보』 제3474호~ 제3510호

---

[26] 4.19 만주견문록(1) 雨亭 張作霖督軍; 4.21 만주견문록(2) 봉천의 日支人街; 4.22
만주견문록(3)경기의 봉천; 4.24 만주견문록(4) 奉天의 諸問題; 4.25 만주견문록
(5) 現狀維持의 營口; 4.26 만주견문록(5) 營口의 장래; 4.28 滿洲見聞錄(6) 大連
에서; 4.29 만주견문록(6) 油房全盛의 대련; 5.12 만주견문록(7) 鞍山站의 制鐵事
業; 5.13 만주견문록(8) 鞍山站과 本溪湖; 5.15 滿洲見聞錄(9) 不動産貸附問題;
5.16 滿洲見聞錄(10) 大連과 新事業; 5.17 滿洲見聞錄(11) 白人民政長官; 5.18 滿
洲見聞錄(12) 混沌한 哈爾賓; 5.19 滿洲見聞錄(13) 혁명후의 哈爾賓; 5.20 滿洲見
聞錄(14) 식료문제와 日露感情; 5.22 滿洲見聞錄(14) 大豆滯貨이십만; 5.23 滿洲
見聞錄(15) 일본상품의세력; 5.24 滿洲見聞錄(16) 粗製濫造의 聲; 5.26 滿洲見聞
錄(16) 哈爾賓見聞錄; 5.27 滿洲見聞錄(17) 東洋的의 長春; 5.29 滿洲見聞錄(18)
南滿洲에 大寶庫; 5.31 滿洲見聞錄(19) 만주에서 歸하여, 총 19회로 실렸다.

〈표 9〉 1910년대 잡지에 실린 중국 여행기록

번호	등재 연도	제목	저자	기사형태 /글 양식	표기 수단	여행지역	출처
1	1910. 2.20. 5.20.	西藏의 概觀 西藏概觀 (第十號續)	HS生	雜著 /서사	한문 현토체	西藏	『대한흥학보』 제10호, 제13호
2	1919. 3.10.	孔聖의 鄕里曲阜를 一瞥	北遊生	서사	한문 현토체	曲阜-泰山	『반도시론』 제3권 제3호

〈표 8〉과 〈표 9〉는 1910년대 신문과 잡지에 실린 중국 여행기록에 대한 존재양상이다. 1910년대는 일제의 무단통치 시기가 시작되면서 조선의 기존 민족지들을 모두 폐간하고 조선인에게 신문 발행을 허가해 주지 않았다. 이 시기 『매일신보』는 유일한 조선어 일간지였지만 일제가 사들여 일어판 기관지인 『경성일보』와 통합시켰다. 이 때문에 1910년대 중국 여행에 관련된 기록은 주로 『매일신보』에 등재되었고 그중에서도 '만주' 관련 여행정보 위주로 게재했다.

앞에서 밝혔듯이 러시아와 일본은 '만주' 지역을 둘러싸고 팽팽한 대립관계를 유지했으며 '만주'와 조선은 러시아와 일본 두 제국주의 열강의 패권싸움의 전장이 되었다. 러일전쟁의 승리로 일본은 조선에 대한 지배를 노골화할 수 있었고 러시아로부터 철도 및 부속지의 양도를 받아내고 남만주주식회사를 설립하여 중국의 '남만주'의 철도를 장악하였다. 한일합병 이후부터 일본은 각종 언론 매체를 이용하여 '만주'에 대한 정보를 게재하기 시작하였고 '만주'로의 이주나 여행을 권했는데, 중국 여행기록은 이러한 맥락에서 이용되었다고 할 수 있다.

또 〈표 8〉에 표기는 되어있지 않지만 일본인 도쿠토미 소호(德富蘇

峰)가 필명 소봉생(蘇峰生)으로 「지나만유(支那漫遊)」를 게재한 기록이
있다. 이 여행기록은 『매일신보』에 1917년 10월 17일부터 1918년 1월
15일까지 66회를 거쳐 연재되었고 여순(旅順), 대련(大連), 영구(營口),
산해관(山海關), 진황도(秦皇島), 북경(北京), 한구(漢口), 여산(廬山), 남
경(南京), 양주(揚州), 상해(上海), 항주(杭州), 소주(蘇州), 곡부(曲阜),
제남(濟南), 청도(靑島) 등 중국의 16개 지역을 자세히 시찰한 것이다.
본고에서는 조선인의 중국 여행기록을 다루고 있으므로 표에서 제외
시켰다.

이 시기 잡지에 처음으로 서장(西藏)에 대해 상세히 소개한 여행기
록이 나타나기도 하였다. 기자는 서언에 다음과 같이 밝혔다.

"人類의 發達은 競爭을 因緣ᄒ야 增長ᄒ고 文明의 進步ᄂ 交通을
媒介ᄒ야 融和되ᄂ 故로 若或他種族과 接觸지 아니ᄒ고 隣邦國과 往
來가 杜絕ᄒ면 其 國은 野蠻의 狀態을 不免ᄒᄂ니 聰慧ᄒ 民族이 相聚
ᄒ야 競爭에 優勝을 博取ᄒ고 便利ᄒ 地理을 占據ᄒ야 文明의 精華를
輸入ᄒ면 國家의 幸福이 此에 莫過ᄒ리로다. 十九世紀以來 競爭이 劇
烈ᄒᆷ으로 武力相凌ᄒ고 弱肉强食ᄒ야 今日獨立國이 明日保護國이요
今日自主民族이 明日奴隸俘虜가 되ᄂ 怪態를 幻出ᄒᄆ 如何히 頑迷
ᄒ 國이라도 醉夢을 猛醒ᄒ고 自强에 努力치 아니ᄒᆯ 者ㅣ 無ᄒ고 交通
이 大開ᄒᆷ으로 輪舶汽車가 朝發夕至ᄒ야 甲地에서 北極을 探險ᄒ면
乙地에서 南洋에 遠征ᄒᆫ다ᄂ 奇聞이 踵至ᄒ니 如何히 深邃ᄒ 國이라
도 門戶을 通開ᄒ고 舊習을 改革지 아니ᄒᆯ 者ㅣ 無ᄒ도다. 或日 今日
에도 오히려 世界競爭을 壁上에 坐觀ᄒ고 深鑽堅閉ᄒ야 昏夢이 方酣
ᄒ 者ㅣ 有ᄒ다 ᄒ면 吾人은 不得不一種疑問를 喚起ᄒ고 其 國을 爲ᄒ
야 不幸의 同情을 表示치 아니키 不能ᄒ도다. 雖然이나 如此ᄒ 疑問

을 惹起케 ᄒ고 不幸의 同情을 表示케 ᄒᄂ 一國家가 現今競爭의 最劇
烈흔 支那大陸과 印度大陸中間에 儼然히 存在ᄒ엿소다. 此 國은 名曰
西藏(jipet)이라 稱ᄒ니 今에 其 槪略을 述흠을 際ᄒ야 爲先其地理와
氣候에 槪略을 述ᄒ고 次에 其 瑣國原因과 土人의 風俗을 詳陳코져
ᄒ노라."[27]

1910년대 여행기록에는 자강의식을 전파하는 내용들도 대거 등장
한다. 기자는 급변하는 세계정세에 발맞춰 발전해야만 살아남을 수
있음을 서술하고 '현재 경쟁이 제일 치열한 지나 대륙과 인도 대륙 중
간에 엄연히 존재하는 나라'라고 서장의 역사에 대해 소개하였다. 그
리고 현재는 중국의 한 지역으로 귀속되었지만 언제든지 열강들의 쟁
탈 대상이 될지도 모르니 발 빠른 대처를 대신 호소하였다. 그러면서
마지막에 다음과 같이 적었다.

"時代에 風潮가 日로 激烈ᄒ미 아모리 深藏別界에 禁閉흔 國이라도
數月前에 支那에提醒흠을 被ᄒ야 大喇嘛가 蒙塵ᄒ고 全西藏이 動搖
ᄒ엿스니 虎視眈眈에 列强이 環立ᄒ고 春睡昏昏타가 長夢을 初醒이
라. 瞻彼飛鳥흔딕 于誰之屋고 此球上에 國家를有흔 者ᄂ 汲汲히 時代
에 風潮를 猛察할지어다"

동양의 패권이 중국에서부터 일본으로 넘어왔으니, 아무리 지리적
으로 폐쇄된 지역이라도 중국의 교훈을 얻어 긴 꿈에서 일어나라는
각성의 메시지를 남겼다. 그러면서 지구상의 국가는 모두 시대의 풍조

를 매섭게 관찰할 것을 제안하였다. 이 기사를 게재한 『대한흥학보』는 재일본 한국 유학생 통합단체였던 대한흥학회의 기관지이다. 1909년 3월 20일부터 1910년 5월 20일까지 총 13호가 간행되었는데 유학생들의 잡지였던 만큼 쓰는 자와 읽는 자의 구분이 크지 않아 필자와 독자가 교합되는 상호교통의 장이기도 했다.[28]

　1910년대 신문, 잡지는 조선인들의 '만주' 이주정책을 장려하고자 '만주' 관련 여행 정보나 각종 시세를 흘렸고 그것은 '만주' 관련 여행기록이 속출하기 시작한 단계로 볼 수 있다. 1910년 2월 1일부터 4일까지 연속 4번 『황성신문』에 연재된 「安氏의 旅行記事」도 안동(安東), 봉천(奉天), 대련(大連), 여순(旅順)을 둘러보고 쓴 여행기사이고 『매일신보』에 실린 여행기록도 모두 '만주' 관련 기록들이다. 또 이 시대 잡지에는 서장(西藏)이나 곡부와 관련된 여행기록이 등장하면서 조선의 독자들도 서서히 중국의 다양한 지역을 알 수 있는 계기를 마련했다. 또 이 시기 신문이나 잡지의 기사는 주로 잡보나 문예면에 실렸고 글은 서술을 중심으로 한 서사체를 위주로 썼다. 표기수단은 한문체에 한글의 현토를 단 한문현토체를 주로 사용하였다.

3) 1920년대 중국 여행기록

　1920년대는 이른바 일제의 문화통치시대가 열리면서 여행이 활성

---

28) 전은경, 「유학생 잡지 『대한흥학보』와 문학 독자의 형성」, 『국어국문학』 169, 국어국문학회, 2014, 301쪽.

화되었다. 1920년대 개인문집이나 단행본에 수록된 중국 여행기록을
보면 1920년대는 일제의 지배하에서 친일세력과 결탁한 실업가들이
중국 여행을 하기 시작하였다. 1910년대에는 조선인이 정치적 망명이
나 독립운동을 하기 위해 중국 지역을 찾았다면 20년대는 일제의 가
이드를 받는 경우도 있었다.

(1) 1920년대 개인문집·단행본에 수록된 중국 여행기록의 존재양상

〈표 10〉 1920년대 개인문집·단행본에 수록된 중국 여행기록

번호	여행 연도	제목	저자	체재	표기 수단	여행 목적	여행지역	출처
28	1920	燕薊旅遊 日記	李相龍	일기	한문체	견문	山海關-秦皇島-天津 -北京	『石州遺稿』 卷6
29	1920	中華遊記 : 北遊日記	李炳憲	일기	한문체	공교 운동	上海-南京-曲阜	南通 : 翰墨林書局, 民國 5(1916)
30	1920	詩	鄭琦	한시	한문체	견문	鴨綠江-鳳凰城-奉天 -長春-吉林	『栗溪集』 卷1
31	1921						鴨綠江-安東-瀋陽- 北陵-遼陽	
32	1922	亞洲紀行	朴榮喆	일기	한문체	견문	2) 安東-奉天-長春- 吉林-哈爾濱-遼陽城 -大連-旅順-撫順	京城 : 獎學社, 1925
33	1924						3) 奉天-撫順-山海關 -天津-北京-涿州-漢 口-漢陽-武昌-黃州- 彭澤-烏江-南京-上 海-杭州-蘇州-靑島- 大連-旅順-安東	

| 34 | 1923 | 中遊日記 | 孔聖學 | 일기 | 한문체 | 홍삼판로시찰 | 上海-杭州-蘇州-南通-南京-廬山-北京-天津-泰山-曲阜-濟南-靑島-大連-奉天(瀋陽)-旅順 | 民國12(1923) |
| 35 | 1928 | 香臺紀覽 | 孔聖求 | 일기 | 한문체 | 홍삼판로시찰 | 臺灣-廈門-香港-澳門-上海 | 京城:中央印書館, 1931 |

〈표 11〉 1920년대 개인문집·단행본에 수록된 중국 여행기록의 여행목적

〈표 10〉과 〈표 11〉을 보면 1920년대 개인문집과 단행본에 수록된 중국 여행기록의 편수는 모두 8편이다. 그중 여행목적으로 견문이 62%를 차지하고 홍삼판로시찰이 25%를 차지하며 공교운동이 13%를 차지한다. 하지만 중국의 홍삼판로시찰도 큰 범위 내에서는 견문의 한 종류로 볼 수 있으므로 1920년대 개인문집과 단행본에 수록된 중국 여행기록은 견문을 중심으로 한 여행이라고 할 수 있다.

1920년대 산해관, 진황도를 거쳐 천진, 북경 일대를 유람하고 여행기록을 남긴 석주(石洲) 이상룡(李相龍)의 『연계여유일기(燕薊旅遊日記)』는 이상룡이 '만주'에 망명한 지 10여 년 만에 '만주' 지역을 벗어나 중국의 다른 지역을 여행한 것을 일기체로 남긴 것이다.

"내가 '만주'에 우거한 지 10여 년이 되는데 그동안 문을 닫고 집안에만 거처하느라 발길이 닿은 곳은 안도와 관전·환인·통화·유하·해성·훈춘·반석·화전의 9현이 고작이다. 산천과 인물, 성시(城市)와 누관의 승경에 이르러서는 요녕성 심양(瀋陽)과 길림성 장춘(長春)같은 곳조차 한 번도 유람한 적이 없었다. 북경은 더구나 이곳 중국의 수도이다. 멀리는 계주와 연경, 가까이는 요나라·금나라·명나라·청나라의 황제가 있던 서울로 지극히 번화한 곳이라 더욱 눈을 상쾌히 하고 흉중을 시원하게 열어주기에 충분한 곳이다. 그러나 다만 이역 땅에 곤궁히 우거한 처지에 스스로 관광에 나설 자료가 모자라니, 한갓 앉은뱅이의 꿈만 수고롭게 꾸어온 지가 여러 해였다. 경신(1920) 섣달 보름에 성준용(成駿用)군이 연경에서 돌아와 군사통일촉성회(軍事統一促成會)의 취지를 전하였다. 거기다가 우당(友堂) 이회영(李會榮)과 우성(又醒) 박용만(朴容滿)의 의사를 전하는데, 여비를 보내며 초청하는 뜻(具盤纏要速)이 매우 간절하다. 이때는 '서북간도'의 적경이 아직 사그라지지 않아 길림과 화전 사이에 적의 주구(猘狗)가 득실거릴 때다. 내가 또한 성명이 일반에 드러난 상태요, 수염과 외모가 남과 유달라 집안에서도 편안히 코를 골며 잘 수가 없는 상황이었다. 식구와 아이들이 자주 피신하기를 권하는데다 각 단체의 통합은 또한 내가 일찍이 힘을 기울이던 일이었다. 이에 북경을 유람해 볼 계획을 세운다."[29]

위 인용문은 석주 이상룡이 북경 여행에 대한 의사를 밝힌 것인데 이상룡은 1911년에 '만주' 지역에 망명하면서 『서도록(西徒錄)』을 지었고 1920년대는 군사통일촉성회의 참석차 북경 여행을 하면서 『연계

---

29) 안동독립운동기념관 편, 『(국역)石洲遺稿』, 경인문화사, 2008, 55쪽.

여유일기(燕薊旅遊日記)』를 지었다. 그도 전통적인 유교 지식인으로서 북경에 대한 향수가 있었을 뿐더러 '눈을 상쾌히 하고 흉중을 시원하게 열어주기에 충분한 곳'이라고 생각하였다. 이러한 연유인지 『연계여유일기』의 글쓰기 방식은 전에 망명길에 썼던 『서도록』과 다른 양상을 보여준다. 이는 더 자세히 다룰 것이다. 또 율계(栗溪) 정기(鄭琦)는 1920년대에 세 차례 중국 여행[30]을 하였는데 그것은 1920년대 원조(遠祖)에 대한 뿌리 깊은 향수에서 기인[31]되었다고 볼 수 있다. 이 시대 개인 여행이 활성화되면서 조선의 유교 지식인들 중 원조가 중국에 있는 사람들은 중국에서 자신들의 뿌리를 찾고자 하는 현상이 있었다. 20세기 초 조선인의 중국 여행기록에는 정기, 공성학, 안효진이 이러한 목적의식을 가지고 중국을 여행한 사람들이다.

개성삼업조합원인 공성학(孔聖學)은 손봉상(孫鳳祥), 조명호(趙明鎬), 박봉진(朴鳳鎭) 등과 일본 측 미쓰이물산(三井會社)의 아마노 유노스케(天野雄之輔)의 가이드를 받으며 여행을 떠났다. 떠나기 전부터 전매국 아오키(靑木) 국장이 안내하여 사이토(齋藤) 총독과 아리요시(有吉) 정무총감에게 떠난다고 알리고 각각 훈시 말씀까지[32] 듣는 경우를 보아 이 여행은 전형적으로 일본 측의 가이드를 받으면서 가는 중국 여행이

---

30) 「도압록강(渡鴨綠江)」 중 두 번째 작품의 '江水澄澄鴨綠江, 五年三渡亦何緣.(강물은 맑디맑아 압록이란 푸르름 그대로인데, 오 년에 세 번이나 이 강을 건너기는 어인 연고인가.)'에서 압록강을 세 번이나 중국을 여행하였음을 알 수 있다. (최두식, 「栗溪의 紀行詩와 그의 문학세계(2)」, 『동방한문학』 15, 동방한문학회, 1998, 219쪽 참조.)

31) 최두식, 위의 논문, 220쪽.

32) 공성학, 『중유일기』, 4월 1일에 수록.

었음을 짐작할 수 있다. 중국의 홍삼판로시찰은 힘든 여정이었지만 책에서만 보았던 중국을 직접 체험할 수 있는 좋은 기회였다. 하지만 처음부터 낯선 언어에 당황해하는 기색이 역력했고 처음으로 중국이 조선과 상관이 없는 이국의 땅임을 느끼면서 중국에 대한 각자의 생각 을 피력하였다. 1928년에 대만, 홍콩, 하문, 오문 등 지역을 여행하고 쓴 공성구(孔聖求)의 『향대기람(香臺紀覽)』도 홍삼판로시찰차 일본 측 의 안내를 받으며 다닌 여정이었다.

그 외, 친일파 박영철은 1922년에는 대만과 '만주' 몽골 지역을 1924 년에는 중국 남북부를 유람하면서 『아주기행(亞洲紀行)』 중편과 하편 에 기록[33]하였다. 특히 박영철의 『아주기행』은 자신이 강원도 도지사 로 재직 중이던 1925년에 여행일기를 모아서 출간한 것인데, 일제의 우월함을 드러내고 조선과 중국의 열등한 면을 부각시키는 등 친일적 성향이 뚜렷하다.

1920년대 개인문집과 단행본에 수록된 중국 여행기록의 글쓰기 방 식을 살펴보면 다음과 같다.

---

33) 『아주기행(亞洲紀行)』은 다산 박영철이 '간도', 대만, '만주', 중국 남북부 지역을 유람하면서 적은 기록들을 강원도 도지사로 재직하던 1925년도에 기행문을 모아 서 출간한 것이다. 상·중·하 3편으로 구성되었는데 상편은 국내의 명산 백두산, 지리산, 금강산, 한라산에 대한 유람기이고, 중편은 일본 내지, 대만, '간도', 블라 디보스토크 여행기이고, 하편은 '만주' 몽고와 중화남북부에 대한 유람을 싣고 있다. 1919년 6월에 '간도'를 시작으로 1922년 1월과 5월에 대만과 '만주', 몽골 지역을 시찰하고 1924년에 중국 남북부 지역을 유람하고 쓴 여행일기이다.

〈표 12〉 1920년대 개인문집·단행본에 수록된 중국 여행기록의 서술체재·표기수단

이 시기 서술체재를 보면 일기체가 6편, 한시체가 2편이며 표기는 모두 한문체로 작성하였다. 또 이 시기 중국 여행기록의 글쓰기 방식에 대해 살펴보면 다음과 같다.

〈표 13〉 1920년대 개인문집·단행본에 수록된 중국 여행기록의 글쓰기 방식

번호	제목	저자	조합화	세목화·절목화	소형화	필기잡록화
1	燕薊旅遊日記	李相龍		○		
2	中華遊記 : 北遊日記	李炳憲				○
3	詩	鄭琦	−	−	−	−
4			−	−	−	−
5	亞洲紀行	朴榮喆		○		
6				○		
7	中遊日記	孔聖學				○
8	香臺紀覽	孔聖求				○

〈표 13〉에서 1920년대 개인문집과 단행본에 수록된 중국 여행기록의 글쓰기 방식을 살펴보면, 세목화·절목화 방식이 3편이고 필기잡록화 방식이 3편임을 볼 수 있다.

특히 이상룡의 『연계여유일기』는 1920년 12월 20일부터 시작하여

이듬해 4월 27일까지 여행한 과정을 일기체로 쓰고 바로 이어서 「중국의 정류장 부근 가볼 만한 고적들을 이어서 적다(中國車站附邊古蹟可訪者)」, 「중국의 예속(中國禮俗)」, 「북경 건치의 연혁(北京建置之沿革)」, 「북경 성지의 연혁(北京城池之沿革)」, 「북경의 형승(北京形勝)」, 「북경의 기후(北京氣候)」 등의 기록을 덧붙였다. 이는 전통시대 연행록의 양식에 따른 것이다. 이상룡의 『서사록』과 『연계여유일기』의 제목 표기양상에서도 서행록(西行錄)계의 표기[34]와 연계록(燕薊錄)계의 표기[35]를 쓴 것으로 보아 전형적인 연행록의 표기양상을 따랐다.

이는 이상룡이 안동 전통유림의 한 가문을 이룬 고성 이씨의 후손이기 때문일 것이다. 조선 전기에는 계속하여 현관을 배출한 유력한 가문이었고 조선 후기에는 영남 남인에 속하였기 때문에 중앙정계로 진출하지 못하였지만 안동 지역에서 학문적, 혈연 간의 유대와 인근 명문양반가문들과의 결속을 강하게 형성하고 있었다.[36] 이러한 집안의 전통과 '노블레스 오블리주(noblesse oblige)'를 실천한 대표적인 독립운동가로서[37] 이상룡의 북경 여행기록은 전통적 맥락을 잇는 연행록의 글

34) 西征錄(1548), 西行錄(1620), 西行日記(1644), 西征別曲(셔정별곡)(1694), 셔원록(西轅錄)(1760), 셔힝록(西行錄)(1828), 西行錄(1844), 西征集(秋水閣詩初編)(1862), 西征記(1882) 등으로 정리된 연행록 총 543건 중 11여 건이 이 유형의 표기로서 2% 정도 된다. (임기중, 『연행록연구층위』, 학고방, 2014, 69쪽 참조.)

35) 燕薊謏聞錄(1639), 三入燕薊錄(瓿錄雜彙)(1823), 燕薊紀略(1842), 燕薊紀略(1876) 등으로 정리된 연행록 총 543건 중 4여 건이 이 유형의 표기로서 1%정도 된다. (임기중, 위의 책, 71쪽 참조.)

36) 윤순갑·김명하, 「석주 이상룡의 사회진화론 수용과 국가주의」, 『대한정치학회보』 12(2), 대한정치학회, 2004, 315쪽.

37) 변창구, 「석주 이상룡의 선비정신과 구국운동」, 『민족사상』 8(1), 한국민족사상

쓰기 체재와 양식을 채택하였다고 볼 수 있다.

이 시기 개인문집과 단행본에 수록된 중국 여행기록에서 살펴본바 조선의 친일실업가들은 대부분 일본 측의 가이드를 받으며 중국 여행을 하였는데 이것은 일본 문화통치의 일환이었다. 또한 이 시기 일기 형식 에는 여행지의 사진이 첨부되는 독특한 양상이 보인다. 전통시대 문인 들이 연행도(燕行圖)를 그렸다면 근대 문인은 사진을 첨부하였다. 공성 구, 박영철 등 자본이 있는 실업가들의 여행기록에서 주로 나타난다.

(2) 1920년대 신문·잡지에 실린 중국 여행기록의 존재양상

〈표 14〉 1920년대 신문에 실린 중국 여행기록

번호	등재 연도	제목	저자	기사형태 / 글 양식	표기 수단	여행지역	출처
7	1925. 6.8. 6.22. 6.29. 7.6.	一週旅行記- 海港에서 上海까지	不平生	文藝 /서사	국한문 혼용체	上海	『시대일보』 제381호, 제395호, 제402호 제409호
8	1922. 6.5~ 9.20.	滿蒙遊行記 -(1)~(45)38)	木春	文藝 /서사	한문 현토체	安東-瀋陽-吉林 -長春-蒙古- 星浦-大連	『매일신보』 제5226호~ 제5301호

학회, 2014, 81쪽.

38) 작가 木春이 쓴 「만몽유행기(滿蒙遊行記)」가 『매일신보』에 실린 횟수는 다음과 같다. 1922년 6월5일 滿蒙遊行記(1)-角力과 程子冠, 6월23일(2)-安東의 一日, 24일(3)-瀋陽의 印象, 25일(4)-農學士의 副領事, 26일(5)-瀋陽雜感1, 30일(8)- 車室의 花一朶, 7월1일(9)-馬賊 騷動, 2일(10)-吉林一瞥, 4일(11)-勃海의 古都, 5일(12)-吉林에서 長春에, 12일(17)-武人의 淚와 血, 16일(20)-移住同胞(其1), 17일(21)- 移住同胞(其2), 20일(23)-소제목 없음, 22일(25)-蒙古에 入함, 23일

9	1920. 6.23~ 7.3.	滿洲가는 길에	公民	社會 /서사	국한문 혼용체	安東-瀋陽-大 連-遼陽-長春 -哈爾賓	『동아일보』 제82호~ 제92호
10	1920. 7.11~ 13.	中國 旅行記	權泰用	寄書 /서사	국한문 혼용체	靑島-濟南 -哈爾賓	『동아일보』 제100호~ 제102호
11	1921. 5.6~ 8.11.	吉林에서 北京에	李壽衡	社會 /일기	국한문 혼용체	吉林-北京	『동아일보』 제251호~ 제348호
12	1921. 12.16	獨逸(독일)가는 길에 (二)	金俊淵	寄書 /편지	국한문 혼용체	上海	『동아일보』 제475호
13	1922. 4.21~ 23.	北京記行	呂運弘	社會 /서사	국한문 혼용체	北京	『동아일보』 제601호~ 제603호
14	1923. 6.10, 6.24, 7.8, 8.5.	中國行	柳光烈	文化 /서사	국한문 혼용체	楊柳村-奉天- 瀋陽-北京-天 津-泰山-南京	『동아일보』 제1016호, 제1030호, 제1044호, 제1072호
15	1923. 7.23.	臨城土匪探險記	呂運弘	文化 /서사	국한문 혼용체	臨城	『동아일보』 제1058호
16	1923. 9.25.	旅行記(전4회)	姜東柱	일기	국한문 혼용체	龍井-局子街	『조선일보』 제1111호~ 제1114호

──

(26)-赤化한 蒙古, 24일(27)-1割5分 談判, 25일(27)- 遙野壯觀, 28일(28)-星浦
의 半日, 8월2일(29)-大連의 古今, 4일(30)-老虎灘半日, 7일(31)-粉牛와 睡豚,
12일(32)-百戰山河, 13일(33)-最後의 一幕, 20일(34)-五龍背一日, 22일(35)-大
陸所感(其一), 31일(36)-大陸所感(其二), 9월2일(37)-西伯利撤兵의 利益, 3일
(38)-大陸所感(其四), 4일(39)-烟商과 賣春婦, 7일(40)-齋宣王이 關雲長에게 跪
拜하는光景, 8일(41)-中國人의 本領, 17일(42)-擱筆에 臨하야(一), 18일(42)-擱
筆에 臨하야(二), 20일(45)-擱筆에 臨하야(四).

17	1924. 4.21. 4.28. 5.5. 5.19. 5.26. 6.9.	中國佛教의靈地五臺山의探勝	李壽衡	文化 /일기	국한문 혼용체	山西	『동아일보』 제1332호, 제1339호, 제1346호, 제1360호, 제1367호, 제1381호
18	1925. 10.6~ 8.	北滿奧地旅行記	金弘日	수필 (인물 사진 첨부)	국한문 혼용체	寧古塔- 敦化縣-吉林	『동아일보』 제1865호~ 제1867호
19	1927. 10.15.	滿蒙踏査旅行記	李鍾鼎	서사	국한문 혼용체	奉天	『조선일보』 제2552호
20	1928. 11.16~ 12.17.	新中國訪問記 (二六): 國貨展覽大會, 財政統一과 國民政府	朱耀翰	社會, 政治 /서사	국한문 혼용체	南京-上海	『동아일보』 제2957호, 제3988호
21	1929. 6.12~ 23.	國境情調 (全6回)	韓雪野	서사	국한문 혼용체	鴨綠江	『조선일보』 제3024호~ 제3029호

<표 15> 1920년대 잡지에 실린 중국 여행기록

번호	등재 연도	제목	저자	기사형태 / 글 양식	표기 수단	여행지역	출처
3	1920. 8.25.	上海의 解剖	上海 寓客	消息 /서사	국한문 혼용체	上海	『개벽』 제3호
4	1920. 12.1.	上海로부터 金陵까지	江南 賣畵廊	紀行文 /서사	국한문 혼용체	上海-杭州-蘇 州-金陵	『개벽』 제6호
5	1921. 3.1.	臺遊雜感	朴潤元	論說 /서사	국한문 혼용체	臺灣	『개벽』 제9호
6	1921. 7.1.	在間島 朝鮮人社會의 過去와 現在와 將來-局子街	朴埜	消息 /서사	국한문 혼용체	間島	『개벽』 제13호
7		臺灣에서 生活하는 우리 兄弟의 狀況	朴潤元	消息 /서사	국한문 혼용체	臺灣	
8	1923. 2.1.	上海雜感	張獨山	文藝 /자유시	국한문 혼용체	上海	『개벽』 제32호

9	1923. 8.1.	上海의 녀름	金星	消息 /수필	국한문 혼용체	上海	『개벽』 제38호
10	1923. 9.1.	杭州西湖에	東谷	紀行文 /수필	국한문 혼용체	杭州	『개벽』 제39호
11	1923. 10.1.	萬里長城어구에서(內蒙古 旅行 記의 一節)	梁明	紀行文 /편지	국한문 혼용체	內蒙古	『개벽』 제40호
12		間島		消息 /보도	국한문 혼용체	間島	
13	1925. 7.1. 8.1.	南滿洲行 (第一信) 南滿洲行 (第二信)	李敦化	紀行文 /서사	국한문 혼용체	安東-撫順-興京-旺清-三源浦	『개벽』 제61호, 제62호
14	1926. 1927	杭州巡禮記 杭州巡禮記(續)	邊東華	紀行文 /일기	국한문 혼용체	杭州	『불교』 제29호, 제30호
15	1927. 3.5.	燕京郊外雜觀, 東洋史上에 稀有한 南口戰蹟	柳絮	紀行文 /서사	국한문 혼용체	北京	『동광』 제11호
16	1927. 8.5.	明陵遊感-朱元璋의 五百年 迷夢, 銷夏特輯 凉味萬斛	海星	紀行文 /서사	국한문 혼용체	北京-南口-八達嶺	『동광』 제16호
17	1927. 7.1.	우리가 外國에서 보고 가장 驚嘆 한 것, 새朝鮮 사람의 본밧고 십흔 일들, 中國 에서 본 세 가지 驚嘆	朱耀翰	紀行文 /서사	국한문 혼용체	南方	『별건곤』 제7호
18	1929. 1.1.	中國의 新首都 南京을 보고 온 이약이	朱耀翰	紀行文 /서사	국한문 혼용체	南京	『별건곤』 제18호
19	1929. 4.1.	江南이 어데메뇨	朱耀翰	文藝 /서사	국한문 혼용체	江南	『별건곤』 제20호
20	1929. 9.1.	上海寶山路	李如星	文藝 /서사	국한문 혼용체	上海	『삼천리』 제2호

〈표 16〉 1920년대 신문·잡지에 실린 중국 여행기록의 글쓰기 방식 분류

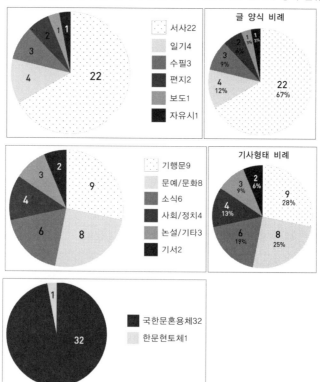

1920년대는 3·1운동의 여파로 강압적인 지배체제에서 문화통치로 정책을 전환하였고 이러한 문화통치의 표방으로 조선어 민간신문의 발행을 허용하였다. 그러나 조선총독부는 1910년대에 적용되었던 각종 언론규제법규를 그대로 존속시키고 조선 언론에 각종 행정처분과 사법처분을 적용함으로써 언론을 '가혹'하게 통제하였다.[39] 이러한 사

---

[39] 이민주, 「1920년대 민간신문·잡지를 통해서 본 언론 상황」, 『차세대 인문사회연

회적 분위기에서도 조선의 민간신문과 잡지의 시장은 활발하게 발전하였고 조선의 독자들은 국내뿐만 아니라 해외의 정세나 소식을 다양하게 접할 수 있었다.

1920년대 신문, 잡지에는 다양한 중국 여행기록들이 실렸는데 그 글쓰기 양상을 보면 다음과 같다. 〈표 16〉의 글 양식분포도를 보면 서사체가 22편으로 67%를 차지하고 일기체와 수필체가 각각 12%와 9%를 차지하고 편지체가 6%, 보도나 자유시로 쓴 기록이 각각 3%씩 차지하고 있다. 이 시기 과반수가 서사체로 중국 여행기록을 작성하였는데 이는 근대 전환기 '신문' 매체와 '학회지'에 수록된 글 중에서 '서사체'가 가장 많이 사용되었고 '서사체'는 '장면중심체'로 양상을 나타낸다.[40] 그러므로 앞의 글 양식분포도에서 보여주다시피 1920년대 중국 여행기록의 글쓰기는 '장면중심체'로서의 '서사체' 글쓰기 방식을 많이 사용하는 것으로 볼 수 있다.

또 기사 형태를 보면 기행문 형태가 28%로 제일 많고, 그다음으로 문예/문화 형태가 25%이며, 소식 형태가 19%, 사회/정치 형태가 각각 13%, 논설과 기타 형태가 9%, 기서 형태가 6%를 차지하고 있음을 알 수 있다.

구』2, 동서대학교 일본연구센터, 2006, 199쪽.

[40] "신문에 수록된 글들에서 사용된 '장면중심체' 서술 방법이 직접적인 '사건'의 현장을 중점적으로 다루거나 '행적'의 궤적을 그리는 것으로 변주되는 것에 비하여 학회지에 수록된 글들은 보다 전통적인 서술 방법론을 고수하고 있다." 근대 전환기 서사체에 대한 논의는 문한별, 「근대전환기 언론 매체에 수용된 서사체 비교 연구 – 학회지와 신문의 비교 고찰을 중심으로」, 『한국근대문학연구』20, 한국근대문학회, 2009, 195쪽, 204쪽을 참조 바란다.

1910년대의 신문, 잡지는 주로 잡보와 문예의 형태로만 구성된 것에 비해 20년대는 다양한 기사 형태가 나타났고 그중 기행문은 잡지를 대표하는 하나의 기사 형태로 발전되는 현상을 파악할 수 있다. 문예/문화, 기서(寄書), 사회/정치는 주로 신문의 기사 형태이고 소식이나, 기행문, 논설은 잡지의 기사 형태로 쓰였음을 확인할 수 있다. 또 1920년의 신문, 잡지의 표기수단은 1건만 한문현토체를 쓰고 나머지는 모두 국한문혼용체를 쓰고 있어 1910년대 한문현토체의 표기수단이 점차 국한문혼용체로 대체되고 보편화되었다.

1920년대 신문, 잡지를 대표하는 매체들은 여행을 권장하고 여행기 창작을 적극적으로 권장하였으며 근대화를 이루기 위해서는 여행이 반드시 필요하다고도 보았다.[41] 이러한 목적의식으로 1920년대는 다양한 매체들의 등장과 여러 가지 기사 형태의 중국 여행기록들이 속출하면서 중국 여행의 번성기를 이루었다.

4) 1930년대 중국 여행기록

(1) 1930년대 개인문집·단행본에 수록된 중국 여행기록의 존재양상

1930년대는 '만주사변'과 중일전쟁의 발발로 일제는 조선에 대한 전시동원체제에 돌입했고 조선인과 조선을 대륙병참기지화정책에 편입해 일본의 군수물자 보급창으로 사용하였으며 이에 황국신민화[42]정

---

41) 김효주, 「1920년대 여행기의 존재 양상」, 『국어교육연구』 48, 국어교육학회, 2011, 318쪽.

책(皇國臣民化政策)과 국민정신총동원운동 등에 따라 일본천황의 신민으로 될 것을 강요받았던[43] 시기이다. 1920년대는 일본과 조선의 융화를 강조하는 내선융화(內鮮融和)를 강조했다면 1930년대는 일본과 조선이 하나임을 강조하는 '내선일체(內鮮一體)'론[44]을 내세웠다. 이렇듯 1930년대는 조선인들이 내면의 변화를 겪는 시기로 그들의 중국 여행기록은 전 시기와 또 다른 양상을 나타낸다. 이 시기 개인문집과 단행본에 수록된 중국 여행기록의 서술양상을 보면 다음과 같다.

〈표 17〉 1930년대 개인문집·단행본에 수록된 중국 여행기록

번호	여행연도	제목	저자	체재	표기수단	여행목적	여행지역	출처
35	1930	南遊草	朴漢永	한시	한문체	견문	杭州-蘇州-金陵-上海-靑島-遼陽	『石顚詩鈔』

---

42) "황국이란 일제의 국체(천황)이며, 일반 국민은 천황의 신민으로서 봉공해야 한다는 주장이다. 즉 일제의 국가적 특질은 천황이 영구히 초월적으로 지배하는 국가라는 주장이다. 이는 근대 국가사상과 일제의 전통적인 천황제 이데올로기가 결합되어 구성되었던 것이라 볼 수 있다." (김명구, 「중일전쟁기 조선에서 '내선일체론'의 수용과 논리」, 『한국사학보』 33, 고려사학회, 2008, 382쪽 재인용.)

43) 조규태, 「1930년대 한글신문의 조선문화운동론」, 『한국민족운동사연구』 61, 한국민족운동사학회, 2009, 215~216쪽.

44) "내선일체론의 본질은 황국신민화의 내면화인데 이는 천황국체론을 의미하는 것이다. 일제는 서양의 자유주의 의회주의가 한계에 도달해 독일 이태리 등지에서 이를 극복하고자 독재주의 전체주의가 등장하였다고 하였다. 일제는 이러한 흐름을 천황국체론으로 미화하고 선전하였다. 즉 일본 국체의 특징으로 만세일계의 천황이 통치하는 국가이며, 동시에 군신일체의 국가이며 신민된 자는 천황에 귀일하여 봉공하는 것이 도리이며 이는 민족성과 관련이 없기에 조선인의 황국신민화를 강요하려 한 것이다." (김명구, 「중일전쟁기 조선에서 '내선일체론'의 수용과 논리」, 『한국사학보』 33, 고려사학회, 2008, 398쪽.)

| 36 | 1930 | 慰問儒生
入魯日記 | 朴淵祚,
安承龜 | 일기 | 한문체 | 위문 | 威海－芝罘－濰縣－
曲阜－濟南－天津－
山海關－奉天 | 『曲阜聖廟慰安
事實記』京城,
漢城圖書株式
會社, 1931 |
| 37 | 1935 | 中國紀行 | 曺圭喆 | 한시 | 한문체 | 유학
(留學) | 上海－南京－杭州 | 『夙夜齋叢稿』 |

〈표 18〉 1930년대 개인문집·단행본에 수록된 중국 여행기록의 여행목적

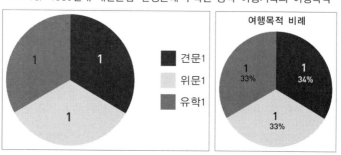

1930년대 개인문집과 단행본에 수록된 중국 여행기록은 모두 3편이 있는 것으로 조사되었다. 『남유초(南遊草)』는 석전(石顚) 박한영(朴漢永)이 1930년에 부산에서 배를 타고 출발하여 중국 남방 일대인 소주, 항주, 남경, 청도, 요양 등 지역을 유람하고 쓴 한시를 모은 것이다. 『석전시초(石顚詩鈔)』 하편에 수록되어 있다. 이 여행은 중국 강남 지역 중앙불전 학생들이 동행하였다. 중국의 강남 일대는 사찰이 많기로 유명하였는데 소주의 호구사(虎丘寺), 한산사(寒山寺), 진강(鎭江)에 금산사(金山寺), 항주의 영은사(靈隱寺), 고려사(高麗寺) 등을 여행하고 기행시를 적어두었다.

『위문유생입로일기(慰問儒生入魯日記)』는 1930년대 곡부사변(曲阜事變)[45]이 일어난 후 조선의 유교 지식인들이 대표를 선출하여 곡부에

위문사 자격으로 다녀오면서 쓴 여행기록이다. 저자는 위문사 대표로 뽑힌 유교 지식인은 박연조(朴淵祚)와 안승구(安承龜)이고 여행기록은 일기체로 작성하였다. 이 여행일기는『곡부성묘위안사실기(曲阜聖廟慰安事實記)』에 수록되었다. 이번 곡부사변은 공자 이래로 수천 년 동안 단 한 번도 없었던 사변이어서 중국의 유교 지식인들뿐만 아니라 조선의 유교 지식인들에게도 더할 수 없는 충격이었다.

『중국기행(中國紀行)』은 1935년에 조규철(曺圭喆)이 유학생의 신분으로 상해에 갔을 때 그곳의 견문을 통해 쓴 한시이다. 그는 중국의 국문대가이자 노신(魯迅) 등 유명한 학자를 길러낸 장태염(章太炎)의 수하에서 수학하기도 하였다.

1930년대는 개인문집이나 단행본으로 기록된 중국 여행기록이 10년대와 20년대에 비해 확연히 줄어들었음을 알 수 있다. 〈표 18〉에서 보이듯이 그들의 여행목적이 견문이 34%, 위문이 33%, 유학(留學)이 33%로 비중이 비슷할뿐더러 전 연대에는 없었던 새로운 목적의식을 갖고 중국을 방문한 양상들이 보인다.

또 이 시기 여행기록의 서술체재는 한시와 일기이고, 표기수단은 한문체로 작성하였으며 글쓰기 방식은 견문한 것을 자유자재로 기록한 필기잡록화 방식으로 구성되었다.

---

45) 곡부사변은 1930년대 곡부에서 군벌 간의 전투가 벌어졌는데 남군(南軍)이 병사를 이끌고 곡부성안에 진주하여 동서 양관(兩關)에 주둔하였고 탄환을 대거 공묘로 옮겼는데 북군(北軍)이 공묘를 향해 맹렬히 포를 쏘아 많은 백성이 사망하고 건물이 파괴된 사건을 말한다. (김항수,「朝鮮儒林의 曲阜 孔廟 방문」,『韓國思想과 文化』16, 한국사상문화학회, 2002, 427쪽.)

(2) 1930년대 신문·잡지에 실린 중국 여행기록의 존재양상

'만주사변' 이후 1930년대는 신문자본의 성장에 힘입어 한국 근대
문학의 양적·질적 팽창기라는 평가를 받던 시기였다.[46] 신문, 잡지에
실린 중국 여행기록도 다른 시기에 비해 많은 양을 차지한다. 그 서술
양상을 보면 다음과 같다.

〈표 19〉 1930년대 신문에 실린 중국 여행기록

번호	등재 연도	제목	저자	기사형태 /글 양식	표기 수단	여행지역	출처
22	1930. 10.2~ 16.	北平을 보고와서 (전14회)	李甲秀	서사	국한문 혼용체	北京	『조선일보』 제3501호~ 제3515호
23	1930. 11.9.	奉天에 修學旅行 오는 學友에게 (전3회)	金鳳洙	잡문 /수필	국한문 혼용체	奉天	『조선일보』 제3538호, 제3539호
24	1931. 1.27~ 30.	滿洲까지의 修學旅 行記 (一)~(四)	鄭樂勝	文藝 /일기	국한문 혼용체	滿洲-安東- 奉天-撫順- 大連-旅順	『매일신보』 제8390호~ 제8393호
25	1931. 9.14.	常夏의 臺灣美人의 杭 州를 거쳐 상해와 남경 을 구경한다-旅行團 視察 預定		記事 /서사	국문체	杭州-上海- 南京	『매일신보』 제8618호
		本社主催 不過二旬을 隔 한 臺灣南中周遊 근소 한 비용으로 유익한 시 찰 一般의 期待도多大				臺灣	

46) 이희정, 「1930년대 신문매체의 대중화 전략과 문예의 전개 양상-『매일신보』를
중심으로」, 『국제어문학회 학술대회 자료집』, 국제어문학회 전국학술대회, 2012,
141쪽.

26	1931. 9.5~ 10.14.	長白村村訪問	梁一泉	記事 /서사	국한문 혼용체	長白村	『동아일보』 제3842호~ 제3881호
27	1932. 1.27~ 3.2.	滿洲遊記 高句麗遺址	朴魯哲	文化 /서사	국한문 혼용체		『동아일보』 제3986호~ 제4021호
28	1933. 11.26, 11.28 ~30. 12.2, 12.3.	北國紀行- 고개업는 分水嶺(1) 고개업는 分水嶺(2) 빗다른 副業(3) 빗다른 副業(4) 颱風이 지난 뒤(6) P의 이야기(7)	韓雪野	서사	국한문 혼용체	滿洲-龍井	『조선일보』 제4482호~ 제4489호
29	1936. 1.24~ 26, 1.28~ 31.	滿洲走看記- (1) 겨울의 國境情調 (2) 感慨깊은 奉天城 (3) 古色蒼然한北陵 (4) 恐怖病의 夜行車 (5) 膨脹하는 新京相 (6) 亂舞의 國際都市 (7) 松花江上의 雪車	全武吉	文化 /서사	국한문 혼용체 (일본어 인용)	滿洲-安東- 奉天-北陵- 新京-哈爾賓	『동아일보』 제5443호~ 제5445호, 제5447호~ 제5450호

〈표 20〉 1930년대 잡지에 실린 중국 여행기록

번호	등재 연도	제목	저자	기사형태 /글 양식	표기 수단	여행지역	출처
21	1930. 5.1.	名文의 香味, 上海에서	李光洙	紀行文 /서사	국한문 혼용체	上海	『삼천리』 제6호
22	1930. 7.1.	人生의 香氣	春園	回顧· 手記 /서사	국한문 혼용체	安東-營口 -上海	『삼천리』 제7호
23	1930. 9.1.	最近三大事變과 現場 光景		紀行文 /서사	국한문 혼용체	間島-龍井	『삼천리』 제8호
24	1930. 9.1.	峨眉山登山記	南京 學人	紀行文 /서사	국한문 혼용체	峨眉山	『삼천리』 제8호

25	1930. 10.1.	古都의 가을-金陵의 追憶	朱耀翰	文藝 /서사, 자유시	국한문 혼용체	南京	『삼천리』 제9호
26	1930. 11.1.	遺跡巡禮-西太后와 萬壽山	李甲秀	紀行文 /서사	국한문 혼용체	北京	『삼천리』 제10호
27	1931. 5.1.	楊子江畔에 서서	洪陽明	紀行文 /수필	국한문 혼용체, 영어	上海	『삼천리』 제15호
28	1931. 6.1.	天下의 絶勝 蘇杭州 遊記	沈薰	紀行文 /서사, 자유시	국한문 혼용체	杭州	『삼천리』 제16호
29	1931. 10.1.	北遊 三千里, 今夏日 記 數 節	金昶濟	紀行文 /서사	국한문 혼용체	龍井-局子街	『삼천리』 제3권 제10호
30	1932. 1.1.	滿洲遭難同胞를 보고 와서	徐廷禧	紀行文 /서사	국한문 혼용체	滿洲-奉天 -撫順-新臺 子-鐵嶺-開 原-四平街- 鄭家屯-公主 嶺-長春-哈 爾賓-吉林- 營口-靑原 -安東	『삼천리』 제4권 제1호
31	1932. 1.1	나의 海外 亡命時代- 1) 上海의 2년간 2) 吉林과 南京에서 3) 海外轉轉 10有 8年 4) 海參威와 北滿의 3년 5) 哈爾賓 通過-孫逸 仙의 軍事探偵이라고	李光洙 金若水 元世勳 金璟載 林元根	回顧· 手記 /서사	국한문 혼용체, 일어	1) 上海 2) 吉林-南京 3) 龍井-間島 -吉林-奉天- 北京-上海- 廣東 4) 上海-滿洲 5) 哈爾賓	『삼천리』 제4권 제1호
32	1932. 3.1.	動亂의 都市 上海의 푸로필	洪陽明	紀行文 /서사	국한문 혼용체, 영어	上海	『삼천리』 제4권 제3호
33	1932. 5.15. 7.1.	動亂의 間島에서 最近의 北滿情勢, 動亂의 間島에서(續)	金璟載	紀行文 /서사	국한문 혼용체	間島-龍井- 汪淸-琿春	『삼천리』 제4권 제5호 제7호

34	1932. 10.1.	나의 上海時代, 自叙 傳 第二	呂運亨	回顧· 手記 /서사	국한문 혼용체	上海	『삼천리』 제4권 제10호
35	1932. 12.1.	滿洲國 遊記	林元根	紀行文 /서사	국한문 혼용체, 영어	滿洲-安東	『삼천리』 제4권 제12호
36	1932. 12.1.	쏘비엣露西亞行, 歐米遊記의 其一	羅蕙錫	紀行文 /서사	국한문 혼용체	安東-奉天- 長春-哈爾賓	『삼천리』 제4권 제12호
37	1933. 1.1.	滿洲國과 朝鮮人將來, 滿洲國紀行(其二)	林元根	紀行文 /서사	국한문 혼용체	滿洲-安東- 奉天	『삼천리』 제5권 제1호
38	1933. 10.1.	예술의 都城 차저, 金陵月夜의 畫舫	朱耀翰	紀行文 /서사, 자유시	국한문 혼용체	南京	『삼천리』 제5권 제10호
39	1935. 1.1, 2.1, 3.1.	騷然한 北滿洲行, 松花江까지	元世勳	紀行文 /서사	국한문 혼용체	豆滿江-圖門	『삼천리』 제7권 제1호
		騷然한 北滿洲行				延吉-龍井 -朝陽川 -百草溝	『삼천리』 제7권 제1호, 제7권 제2호 (제1호와 제2호는 같은 내용임.)
		寧古塔과 東京城, 騷然한 北滿洲行				老爺嶺 -寧古塔	『삼천리』 제7권 제3호
40	1935. 10.1.	奉天印象記	金台俊	紀行文 /서사	국한문 혼용체	奉天	『삼천리』 제7권 제9호
41	1936. 1.1.	三百萬名 사는 上海 最近의 모양은 엇더 한가	黃浦 江人	消息 /서사	국한문 혼용체	上海	『삼천리』 제8권 제1호
42	1936. 2.1.	蒼茫한 北滿洲	金璟載	紀行文 /서사	국한문 혼용체	間島-延吉 -龍井	『삼천리』 제8권 제2호
43	1936. 2.1.	民族興亡의 자최를 차 저 - 興安嶺上에 서서 蒙古民族 興亡을 봄	元世勳	紀行文 /서사	국한문 혼용체	興安嶺	『삼천리』 제8권 제2호
45	1936. 12.1.	上海·南京·北京·回想	呂運弘 李光洙	回顧· 手記 /서사, 자유시	국한문 혼용체	上海 南京-北京	『삼천리』 제8권 제12호

46	1937. 1.1.	天涯萬里에 建設되 는 同胞村	松花 江人	紀行文 /서사, 자유시	국한문 혼용체	奉天-營口	『삼천리』 제9권 제1호
47	1937. 5.1.	北中旅行雜感	金璟載	文藝 /서사	국한문 혼용체, 일어	天津-北京	『삼천리』 제9권 제4호
48	1931. 5.1.	新首都南京의 印象	李勳求	回顧· 手記 /문답	국한문 혼용체	南京	『동광』 제21호
49	1931. 8.4.	버드나무 그늘 (8월의 수필), 異域의 孤影	玉觀彬	文藝 /수필	국한문 혼용체	上海	『동광』 제24호
50	1931. 12.27.	海外萬里에 故國老人, 甌江의 夜	楚民	文藝 /서사	국한문 혼용체	溫州	『동광』 제29호
51	1932. 1.25.	南中國耽奇旅行, 二 百寺刹의 大村落인 普 陀山	崔昌圭	紀行文 /서사	국한문 혼용체	普陀山	『동광』 제30호
52	1932. 1.25.	아편을 먹는다	無爲生	紀行文 /서사	국한문 혼용체	安東	『동광』 제30호
53	1930. 2.1.	大滿洲踏破記	金義信	紀行文 /서사	국한문 혼용체	龍井-延吉 -九龍坪-寧 古塔-海林	『별건곤』 제26호
54	1930. 8.1.	海洋博物館－世界周 航記	韓鐵舟	紀行文 /서사	국한문 혼용체	臺灣-香港	『별건곤』 제31호
55	1930. 9.1.	蒙古人의 生活	駱馳 峯人	紀行文 /서사	국한문 혼용체	內蒙古 -大廣原	『별건곤』 제32호
56	1931. 11.1.	北平서 當한 裸體侵入	M.K.生	回顧· 手記 /서사	국문체	北京	『별건곤』 제45호
57	1932. 2.1.	祕密國 蒙古의 에로 騷動	張濤	紀行文 /서사	국문체	蒙古	『별건곤』 제48호
58	1933. 9.1.	女, 世界의 港口獵 奇 案內	高麗帆	紀行文 /서사	국문체	上海	『별건곤』 제66호

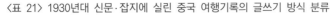

〈표 21〉 1930년대 신문·잡지에 실린 중국 여행기록의 글쓰기 방식 분류

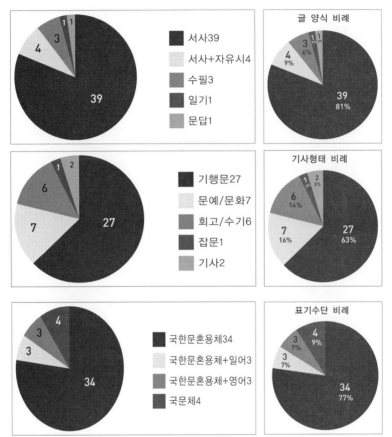

〈표 19〉과 〈표 20〉을 보면 1930년대 신문, 잡지에 실린 중국 여행 기록이 그 이전 시기에 비해 편수가 확연히 많음을 볼 수 있다. 앞에서 도 언급했듯이 1930년대가 신문자본 중심의 시대로 성장하면서 여행 기록뿐만 아니라 다양한 장르의 민간 잡지들도 등장한다. 그중 『삼천 리』잡지의 해외 기행문은 이전 시기의 계몽, 근대교육의 심화와 함께

문화의 한 양식으로 자리 잡게 되었다.[47]

〈표 21〉에서 1930년대 신문·잡지에 실린 중국 여행기록의 글쓰기 방식을 보면 다음과 같다. 서사체가 81%를 차지하고, 사사체와 자유시를 혼용한 혼합체가 9%, 수필체가 6%를 차지하며 일기체와 문답체가 각각 2%를 차지하였다.

기사 형태에서는 기행문이 63%를 차지하고 문예/문화, 회고/수기가 각각 16%, 14%를 차지하며 잡문과 기사가 각각 2%, 5%를 차지하였다.

표기수단에서는 국한문혼용체가 77%를 차지하고 국한문혼용체+일어와 국한문혼용체+영어가 각각 7%를 차지하였으며 국문체가 9%를 차지하였다.

1930년대의 여행문화가 대중화되면서 더 많은 사람들이 중국을 직접 체험하였다. 특히 '만주사변' 이후, 일본은 중국의 동북삼성에 '만주국'을 세우고 조선인의 이민정책을 실시하면서 '만주' 관련 여행기록들이 다른 지역에 비해 많이 실렸다.

중국 여행 관련 내용이 신문과 잡지에 실린 양을 따졌을 때, 대한제국기를 맹아기(萌芽期)로 본다면 1910년대는 발전기(發展期), 1920년대는 번영기(繁榮期), 1930년대는 발전변화기(衍化期)로 볼 수 있다.

―――――
47) 성현경, 「1930년대 해외 기행문 연구 - 『삼천리』 소재 해외 기행문을 중심으로」, 성균관대학교 석사학위논문, 2010, 26쪽.

3. 20세기 초 중국 여행기록의 공간분포

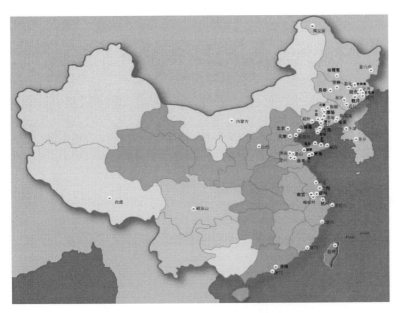

〈그림 1〉 20세기 초 중국 여행기록의 공간분포도

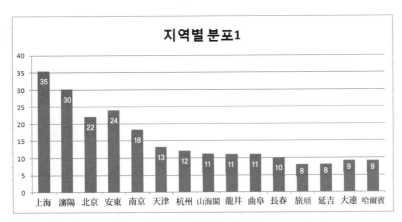

〈그림 2〉 지역별 분포 1

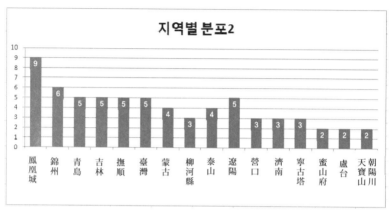

〈그림 3〉 지역별 분포 2

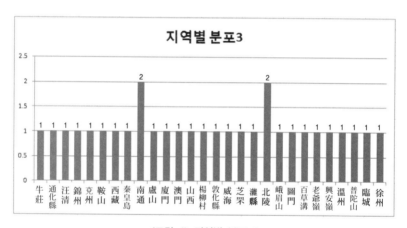

〈그림 4〉 지역별 분포 3

20세기 초 중국 여행기록의 중국 인식에 대해서는 2.3의 공간분포도를 인용하여 종합하고자 한다.

첫 번째로, 앞서 〈그림 2〉의 20세기 초 중국 여행기록 공간분포도를 보면 상해를 방문한 횟수(35)가 가장 많다. 상해는 중국에서 모더니티 문화를 가장 빨리 수용한 도시이고 또 모더니티 문화가 만연되는 화려한 국제도시였다. 19세기 중엽 문호개방이 이루어지면서 사람들의 전통의식이 근대의식으로 변화하는 시점에서 상해는 모더니티 문화의 교과서 같은 곳이었다. 문명개화를 이루고자 하였던 조선 사람들에게 상해는 외국문화를 체험할 수 있는 최적의 공간이었다.

두 번째로 방문 횟수가 높은 지역이 심양(30)과 안동(현 단동, 24)이었다. 20세기 초 중국 여행기록에서 심양은 옛 이름인 봉천으로도 많이 불렸다. 심양과 안동 일대는 중국의 요녕성에 속해 있고 지리적으로 조선반도와 아주 가까이에 있다. 많은 조선인들이 이주를 통해 이 지역에 안착하였고 시간이 흘러서는 중국 국적에 입적하여 지금의 중국 조선족의 시초가 되었다. 하지만 그들이 이주를 결심하였을 때는 단순히 지리적인 위치만 보고 간 것이 아니다. 많은 망명인들이 옛 기자, 발해 시기에 속해 있었던 시조들의 옛 고토의식에 의해 그 땅에 다시 뿌리를 내리고자 한 것이었다.

세 번째로 방문 횟수가 높은 곳은 바로 북경(22), 남경(18), 천진(13)이다. 이 시기 조선인들이 북경과 남경, 천진을 찾은 것은 찬란한 중화문명의 5천년 역사를 찾고자 하는 의미에서 볼 수 있다. 같은 한자 문화권에 속해 있는 조선인에게 중국의 옛 수도 여행은 유구한 역사와 문화유산을 체험하고자 하는 사람들의 수요가 증가하였기 때문이다. 그들은 역사, 문화유산을 통하여 찬란했던 '중화체제'의 흔적을 감상하고 그런 '중화체제'가 실용성을 잃어가는 현재 모습에 실망감을 느낀다. 그들은 남아 있는 유산과 서책에서 본 옛 도시의 심상지리를 생각하며 '기억'을 되살리기도 한다.

네 번째로 방문 횟수가 많은 곳은 바로 항주(12)이다. 즉 항주를 비룻한 강남 일대에 대한 탐방이다. 항주는 조선인들의 마음속에 유토피아 같은 곳이므로 옛사람들의 항주에 대한 사모를 직접 체험하러 찾는 곳이다. 항주가 아름답고 낭만적인 지상낙원임을 근대 여행체제를 통해서만 확인 가능했기에 조선인들의 여행에 항주는 항상 우선순위였다. 그들은 아름답고 웅장한 자연의 풍경 앞에서 망국의 슬픔이 동반되는 '자아성찰'까지 하게 된다.

다섯 번째로 방문 횟수가 많은 곳이 산해관(11), 용정(11), 연길(8)이다. 산해관은 만리장성의 시작을 알리는 첫 관문이기에 역사적 의의가 크다. 하지만 용정과 연길이 '북간도'에 위치한 작은 도시임에도 불구하고 20세기 초 조선인들의 방문 빈도가 높은 것은 위에 두 번째에서 설명했듯이 옛시조의 고토의식도 있지만 독립운동가와 교육운동가들이 용정과 연길 지역에서 활발히 활동한 것도 관련성이 있다. 그때 당시 연길의 국자가(局子街)는 '북간도' 지역의 정치 중심지였고 용정은 교육중심지였다.

여섯 번째는 바로 곡부(11)이다. 곡부는 조선인들에게 또 다른 의미가 담긴 곳이기도 하다. 곡부는 공자의 탄생지이므로 유교사상을 기반으로 한 조선인들에게 곡부는 유교의 '진정성' 찾기, 조상의 뿌리찾기, 조상 기리기 등 여러 가지 전통적 의미를 내포한다.

일곱 번째는 주로 제국의 식민지로 전락된 지역들이다. 홍콩(4), 대만(5), 대련(9), 청도(5) 등이다. 홍콩과 대만은 영국과 일본의 식민지가 되었고 대련도 일본의 관할 지역이 되었으며 청도도 독일에서 일본의 관할 지역으로 넘어갔다. 따라서 제국의 식민체제, 식민양상이 여행기록에서 나타난다.

여덟 번째는 몽골, 서장, 아미산, 온주 등 새로운 지역에 대한 탐방
들이 있다.

제3장

20세기 초 중국 여행기록에 나타난 중국 인식

1. 전통·유산·향수의 표상

1) 전통 유학의 대면

곡부(曲阜)는 유학의 창시자인 공자(孔子)가 탄생한 곳이고 춘추전국시대(春秋戰國時代) 노나라(魯國)의 수도이기도 하다. 이승희, 이병헌, 공성학, 안효진, 박연조, 안승구 등 유교 지식인들이 곡부를 여행하고 기록을 남겼다. 그중에서도 이승희와 이병헌은 공교회(孔教會)운동을 목적으로, 공성학은 곡부 공씨의 일원으로서 가문의 근원지를 찾고자 여행하였고, 안효진은 진주(晉州) 도통사(道統祠)에서 편찬했던 공자·주자·안향의 편년연보(編年年譜), 즉 『공자편년주자연보안자연보(孔子編年朱子年譜安子年譜)』의 서문과 안향(安珦, 1243~1306)의 신도비문(神道碑文)을 공자의 후손에게 청탁하기 위해 곡부를 다녀왔다. 1930년에 군벌 간의 싸움으로 공자유적이 파괴되자 조선의 유교 지식인들은 충격에 휩싸였다. 그 당시 녹동서원(鹿洞書院)을 중심으로 한 유교 지식인들은 박연조와 안승구를 대표로 선정하여 위문사의 자격으로 곡부를 다녀오게 하였다.

곡부는 유학(儒學)의 전통에서 일종의 성지(聖地)로 인식되었다. 유교 지식인이라면 시대를 막론하고 곡부에 대한 환상을 간직하고 있었다. 하지만 전통시대에는 곡부를 방문해 본 적이 거의 없었을 뿐더러 연행사들도 정해진 노선으로만 북경에 가기 때문에 곡부의 견문은 어려웠다. 혹 북경에 황제를 수행하는 행사가 있을 때 가게 되면 공자의 후손을 만날 수 있는 정도였다. 실제로 『조선왕조실록』의 정조 9년 (1785) 2월 14일의 기사를 보면 「사은 정사 박명원과 부사 윤승렬의 장계」에서 행사에 공자의 후손 연성공(衍聖公) 공헌배(孔憲培)도 함께 참석하였다는 기록이 있다.[1] 또 정조 16년(1792) 8월 21일의 기사에서는 「우리나라에 들어온 공자의 자손을 우대할 방도를 강구하라 명하다」란 기록이 적혀 있는데 정조는 "선조(先朝)의 녹용(錄用)하라는 유지를 본

---

1) "황제께서 일찍이 재작년에 호부 상서(戶部尙書) 유용(劉墉), 예부상서(禮部尙書) 덕보(德保), 공부상서(工部尙書) 김간(金簡)에게 명령하여 태학(太學)의 서쪽에 벽옹(辟雍)을 짓게 하고 장차 이번 2월 첫째 사일(巳日)에 친히 석전제(釋奠祭)를 행하고, 이어서 벽옹에 행차하여 유학을 강론한다고 하였습니다. …… 초7일 5경 (更)에 신 등은 서장관 이정운(李鼎運)과 역관 3인과 함께 벽옹전(辟雍殿)의 뜰에 나아가니, 특별히 신 등의 반열을 서반(西班) 뒷자리에, 거인(擧人)들의 앞자리에 마련하였습니다. 날이 밝을 무렵에 황제가 석전제를 친히 행하고, 이어서 벽옹에 나아가서 유학을 강론하였는데, ·동반·서반의 관리들이 수백 명이고 공생(貢生)· 감생(監生)·거인(擧人)·수재(秀才)로서 뜰에 들어온 사람이 수천 명이었으며, 공자의 72대 자손으로서 세습한 연성공(衍聖公) 공헌배(孔憲培)도 또한 곡부현(曲阜縣)에서 와서 참가하였습니다. …… 초9일에 예부에서 황제가 벽옹에 친림(親臨) 한 것을 축하하는 연회를 베풀었는데, 신 등으로 하여금 와서 참가하라고 하였기 때문에 신 등도 또한 연회에 참가하였습니다. 연회에 참가한 사람들은 곧 연성공, 태학사, 각부의 당상관, 국자감 관원, 선현의 후손들로서 모두 330여 명이었습니다. "『조선왕조실록』, 정조9년 을사(1785) 2월 14일.

받아 성인의 후예를 녹용하는 광전(曠典)을 거행한다면 나라에 있어서 실로 아름다운 일이 될 것이다."[2]라고 하면서 조선에 들어온 공자의 후손을 우대할 방침을 찾고 있었다.

이처럼, 조선의 임금뿐만 아니라 조선의 사대부들은 유학의 창시자 인 공자를 성인(聖人)으로 모시면서 추앙하고 그의 사상을 본받아 조 선을 유교(儒敎)를 기반으로 하는 사회로 만들고자 하였다.

하지만 일제강점기에는 물질문화가 빠른 속도로 전통문화를 잠식했 기에 유교적 질서를 고수하고자 한 유교 지식인의 소망은 실현되기 어려웠다.[3] 20세기 초 조선의 유교 지식인들은 더 이상 조선에서 타락 한 시대를 살릴 방도가 없자 중국으로 망명을 가거나, 독립운동을 펼치 거나, 유교를 종교화하려는 공교운동까지 실행하면서 구국운동에 종 사하였다. 그들은 중국에서 활동하면서 공교의 성지로 인식되고 있던 곡부를 직접 방문하였다. 선조(先祖)들도 디뎌보지 못한 땅을 망국의 슬픔과 함께 견문한 것이었다. 아래에 대한제국기부터 1930년대까지 조선인이 곡부를 여행한 사례의 목록을 보면 다음과 같다.

<표 22> 대한제국기부터 1930년대까지 조선인의 곡부 여행 목록

번호	연도	제목	필자	출처
1	1913	西遊錄	李承熙	『大溪先生文集』, 卷3

---

2) 『조선왕조실록』, 정조16년 임자(1792) 8월 21일, 「우리나라에 들어온 공자의 자 손을 우대할 방도를 강구하라 명하다」.

3) 서동일, 「1910년대 韓中儒林의 교류와 孔敎運動」, 『한국민족운동사연구』 77, 한 국민족운동사학회, 144쪽.

2	1914	中華遊記	李炳憲	南通: 翰墨林書局, 民國 5(1916)
3	1916	詩	吳孝媛	『小坡女士詩集』 中篇 京城: 小坡女士詩集刊行所, 昭和 4(1929)
4	1917	華行日記	安孝鎭	咸陽: 輔仁堂, 昭和 12(1937)
5	1919	孔聖의 鄕里曲阜를 一瞥	北遊生	『반도시론』 제3권 제3호
6	1923	中遊日記	孔聖學	民國 12(1923)
7	1930	慰問儒生入魯日記	朴淵祚, 安承龜	『曲阜聖廟慰安事實記』, 京城: 漢城圖書株式會社, 1931

〈표 22〉는 20세기 초 중국 여행기록에서 곡부에 다녀간 사람들의 기록을 표로 묶은 것이다. 1910년대에 5편의 여행기록이 있으며 20년 대와 30년대는 각각 1편씩 있다.

(1) 공교운동으로 유교의 진정성 찾기

이승희는 1913년에 67세 나이로 북경에 공교회(孔敎會)가 있다는 소식을 듣고, 동북삼성의 한인공교회를 공교지회로서 인정받기 위해 차남 이기인(李基仁), 예대희(芮大僖)와 함께 북경에 갔다. 그들은 1913년 12월 2일에 안동현을 떠나 북경에 머물다가 이듬해 2월 20일에 다시 곡부로 떠났다가 30일에 북경에 돌아왔다. 그가 곡부로 향하면서 읊은 「곡부를 향해 출발하다(發曲阜行)」를 보면 다음과 같다.

주공의 나라 중니의 고향이	周公之國仲尼鄕
만고의 중원이 이 고장이로구나	萬古中原此一坊
강상과 예악은 지금 어디에 있나	綱常禮樂今安在
약상아들이 부모의 당을 찾구려	약상[4]兒尋父母堂

이승희는 중국에 망명온 지 4년 만에 안동현을 떠나 북경과 곡부 지역을 여행하였다. 그에게 곡부는 꿈에 그리던 성지로 부모의 집이 있는 곳과 마찬 가지었다. 그는 자신과 같이 나라를 잃고 망명한 사람들을 '약상아'로 표현하였는데, 약상은 『장자(莊子)』의 제물론(齊物論)에 "죽음을 싫어하는 것이 마치 어려서 고향을 잃고 고향으로 돌아갈 줄 모르는 것이 아님을 알겠는가(子惡乎知惡死之非弱喪而不知歸者邪)."에서 출현한 것이다. 「곡부를 향해 출발하다」에는 망명인의 슬픈 정서도 있지만 동시에 마치 부모의 고향을 찾아가는 것처럼 설레는 마음이 표현되어 있다. 타국의 유교 지식인으로서 뿌리 깊은 전통의 고장을 가보게 되는 것은 궁극적으로 진정성⁵⁾의 의미를 찾는 것이다.

진정성(authenticity)이란 개념은 맥캔넬(MacCannell)이 사회학적 관광연구에서 다루어진 것이다. 맥캔넬은 관광객을 '근대의 순례자'로

---

4) 어려서부터 난세를 겪고 고향을 잃고 타향으로 떠돌아다니는 것을 말한다.
5) 맥캔넬의 진정성에 대한 논의는 후대 연구자들에 의해 다양하게 비판 및 재검토되었는데 그중 닝왕은 「근대성과 진정성 관광」에서 관광경험에 대한 세 가지 종류의 진정성을 제기하였다. "첫째는, 객관적 진정성인데, 이것은 진품의 진정성을 일컫고 따라서 관광에서 진정한 경험은 진품의 진정성에 대한 인식론적 경험과 같은 이미지를 말한다. 둘째는, 구성적 진정성인데, 이것은 관광객 또는 관광공급자들에 의해 그들의 이미지, 기대, 선호 믿음 등의 측면에서 관광매력물에 투사된 진정성을 일컫는다. 동일한 관광매력물에 대해 여러 종류의 진정성이 있을 수 있고 따라서 관광에서 진정한 경험과 관광매력물의 진정성은 구성적이다. 이러한 의미에서 관광매력물의 진정성은 사실 상징적 진정성이다. 셋째는, 실존적 진정성인데, 관광행동에 의해 야기되는 존재의 실존적 상태를 일컫는다. 따라서 관광에서 진정한 경험은 관광과정 내에 야기된 존재의 실존적 상태를 성취하는 것이다. 실존적 진정성은 관광매력물의 진정성과 별로 관계가 없다." 닝왕 지음, 『관광과 근대성-사회학적 분석』, 이진형·최석호 옮김, 일신사, 2004, 92쪽.

상정하고, "삶의 가벼움과 비진정한 경험은 근대인들로 하여금 '원시적 타자'의 진정성을 갈망하게끔 한다."고 보았다.[6] '진정성'이란 용어는 처음엔 미술관에서 사용된 것인데, 주로 예술품이나 축제, 의례 등 관광 상품이 지역민들의 전통적인 방식으로 구성된 것인지 아닌지를 가지고 진정한 또는 비진정한으로 서술한 것이다. 이런 의미에서 진정성은 전통적 문화와 기원, 진짜라는 의식, 특별한 것을 내포한다.[7]

유교 지식인들이 곡부를 찾고 거기에 대한 여행기록을 남기는 것은 단순히 여행을 즐기기 위한 것보다도 유교의 기원을 찾고 공자의 후손을 만남으로써 유교에 대한 진정성을 확인하고자 하는 것이다. 이승희는 곡부에 도착한 후 여행을 시작하였는데 그러던 중 「부자묘(夫子廟)」라는 시를 읊었다.

소왕에게도 땅이 있으니	素王亦有土
억대로 내려온 장엄한 옛 문묘	億代儼遺宮
뜰 앞에는 주나라 나무 심어 보호하고	庭護前周植
집안에서는 후대에 노공을 전하네	家傳後魯公
산천으로도 경계 지을 수 없으니	不以山川域
어찌 굳이 불면으로 숭상하리오	寧須黻冕[8]崇

6) MacCannell, Dean., 1973. "Staged Authenticity: Arrangements of Social Space in Tourist Settings." *The American Journal of Sociology*, 79(3). pp.589~603; 닝왕 지음, 앞의 책, 93쪽; 김동현, 「진정성 여행의 사회학적 연구: 인도여행의 상상과 실천」, 서울대학교 석사학위논문, 2014, 19쪽 재인용.
7) 하지만 미술관에서 사용하던 의미를 관광에 적용하는 것은 관광 경험의 복잡성을 지나치게 단순화시키는 경향이 있으므로 닝왕은 위의 세 가지 논의를 보충하였다. 닝왕 지음, 앞의 책, 89쪽.

서풍이 제멋대로 악을 부려도   西風謾自惡

문각이 창공에 우뚝하네   文閣矗蒼空

이 시구는 공자의 묘를 보고 지은 것이다. 이승희는 유교를 숭상하는 유교 지식인으로서 공자 사상에 대한 강한 신념을 가지고 있었다. 그는 신해혁명에 참석한 이문치(李文治)와의 필담에서 '중화'에 대해 논하였는데, "'화(華)'라는 것은 華의 종족도 아니요, 華의 나라도 아니며 바로 華의 道"[9]라고 했다. 즉 "요순공맹의 道는 인류의 궁극적 가치이자 천하만국의 행동 준칙이므로 국가는 요순공맹이 道 위에서 세워질 때 비로소 도덕을 준칙으로 행동하고 마침내 세계 평화를 실현한다는 논리이다."[10] 이승희의 이러한 중화인식은 「부자묘」에서도 투철하게 표현되었다. 이승희는 아무리 서양의 기풍이 서서히 중국에 들어와 어지럽게 만들어도 공자의 도(道)는 만천하에 높이 기릴 것이라고 단언하였다.

공교운동에 대한 굳은 신념으로 중국을 방문한 진암(眞庵) 이병헌(李炳憲)도 공자신위(孔子神位) 앞에서 기도문(禱告文)을 한 편 읽었는데 그 내용을 보면 다음과 같다.

---

8) 고관들의 예복.

9) "其所謂華者, 非華之族也, 非华之國也, 乃華之道也." 『韓溪遺稿』 卷七, 「答李南彬」, 447쪽.

10) 王元周, 「1910년대 전반기 韓溪 李承熙의 中華사상과 民族인식 – 신해혁명에 대한 중국인 李文治와의 논쟁을 중심으로」, 『역사교육』 103, 역사교육연구회, 2007, 242쪽.

"…… 동아시아 여러 나라들이 잘 다스려지는 때와 혼란한 때가 있
고 교에도 융성함과 침체함이 있으나? 우리 부자의 지극히 선한 고니
는 속일 수가 없다. 아아 애통하도다. 동서가 개통하여 구라파와 아시
아가 서로 이어져 예양이 변하여 경쟁이 되었고 조두가 변하여 화포가
되었다. 세상의 둥근 머리와 모난 발을 가진 자는 날로 천연(적자생
존)의 예로 나아가고 우매하고 약한 자들은 점차 도태되는 등급으로
나아가게 되었다. 불행이도 우리 조선은 유교의 나라라고 칭해질 뿐
다른 종족에게 함륜되었고, 중화는 유교국으로 알려졌으나 또 강한
이웃나라의 잠식을 계도하여 세상의 논하는 자들이 마침내 유교는 나
라가 될 수 없다고 하는 데에 이르렀으나 아아 애석하도다. …… "[11]

이병헌은 유교적 국가였던 조선이 이미 타민족에 복속된 것을 안타
깝게 여기며 중국도 유교국이지만 강국에 의해 잠식되어 가며 정치를
논하는 자들이 유교가 나라를 위해 할 수 있는 것이 없다고 여기는
것에 대해 애석해하였다. 이병헌은 유교복원을 통하여 전통적 유학이
아닌 새로운 실천적 유교로서의 종교화를 기대하고 유교도 신이 있는
종교로 정립하려고 하였다.[12] 그는 이런 목적의식을 가지고 곡부를 찾
았고 공자 묘 앞에서 기도문을 읊으면서 제국주의 침략으로 흔들린

---

11) "…… 亞東諸國 時或有治亂 **教**亦有隆替而務囿乎 吾夫子至善之鵠 則不可誣矣 鳴
呼 痛哉 東西開通 歐亞接踵 禮讓變作競爭 俎豆化爲**炮**火 宇內之圓顱方趾者日趨
天演之例 而昧 弱者漸就淘汰之 科不幸 而吾朝鮮以**儒教**國稱而已 淪于他族 中華
以**儒教**國著 而又啟**强隣**之蠶食 以致世之論者 遂謂**儒教** 不可以爲國 鳴呼 惜哉
…… "『中華再遊記』, 1916年 8月7日, 日記.
12) 劉準基, 「眞菴 李炳憲의 儒教改革論」, 『한국사연구』 47, 한국사연구회, 1984,
184쪽.

중국과 조선의 운명을 진정성이 있는 유교의 부활을 통해 살려나가고
자 하였다.

(2) 조상 찾기, 조상 기리기

공교운동을 위해 곡부를 찾는 사람도 있었지만 자기 조상의 뿌리를
찾고자 곡부를 방문한 사람들도 있었다. 공성학(孔聖學)은 중국의 홍삼
판로를 시찰하러 중국을 여행하면서 기록을 남기고 『중유일기(中遊日
記)』라 하였다. 그에게 중국의 곡부는 조상의 뿌리가 있는 관향이었다.
그가 춘포사(春圃社)로 출판 사업을 시작한 후 1936년에는 조선의 공씨
시조인 공소(孔紹)[13]의 손자 공은(孔㒕)[14]의 시와 글 그리고 후학들이
선대 조상을 위해 쓴 시문들을 모아 『고산선생실기(孤山先生實記)』를
간행하였다. 그가 선조의 실기를 간행한 것은 개성문인으로서의 정체
성을 보여준다는 의미도 있었다.[15] 공성학은 힘든 여정을 극복하면서
곡부에 도착하였는데, "若非慕聖德耽古蹟之熱心, 果是行不得也"라고
5월 3일의 일기에 기재하면서 성인의 덕을 향한 흠모와 옛 자취를 탐구
하려는 열정이 없이는 불가능했던 노정임을 밝혔다. 그는 조상의 옛
자취를 찾고자 하는 강렬한 열망으로 곡부에 도착할 수 있었다. 곡부에

---

13) 원나라 시기 한림학사로 임명되어 공민왕이 고려에 올 때 시종하여 조선에 왔다
   가 돌아가지 않고 공씨의 시조가 되었다. 조선에서 문하시랑평장사가 되었다가
   창원백(昌原伯, 檜原君)에 봉해졌다.
14) 공소의 손자로서 고려 말기에 평장사(平章事)에 올랐으나 조선 건국 후에는 태조
   와 태종의 부름에 응하지 않아 전라도 순천으로 유배된 뒤 세상을 떴다.
15) 이은주, 「1923년 개성상인의 중국유람기 『중유일기(中遊日記)』연구」, 『국문학
   연구』 25, 국문학회, 2012, 195~196쪽.

도착한 후 주로 「문묘별기(文廟別記)」와 「성림별기(聖林別記)」를 아주 상세히 기록해 놓았다. 그리고 곡부를 떠나기 전에 시 한 수를 지어 곡부의 여행을 정리하였다.

〈그림 5〉 『中遊日記』 속 聖林과 洙水橋

강남강북은 높은 산 오르기 좋으니	江南江北好躋攀
몸은 분망하나 뜻은 절로 한가하네	身自奔忙意自閑
백리길 가마를 명해 돌 비탈 꿰뚫어가고	百里命輿穿石磴
오경에 재촉해 노 저으며 진관사를 나오네	五更催棹出津關
마음은 밝은 경계에 통하여 여산에 묵고	心通淨界宿廬岳
발은 층층 구름 밟고 태산에 오르네	足躡層雲登泰山
잠 못 이루고 또 밥 먹는 것조차 잊었다고 말하지 마오	
	休道失眠且忘飯
이번 유람이 백년 사이에 얼마나 될까나	此遊能幾百年間

공성학은 『중유일기』에서 5월 3일의 일기 마지막 부분에 시를 써서 곡부를 다녀간 소감을 적어놓았다. 그는 강행으로 진행된 이번 여행에 몸은 지쳐 있었지만, 유교 지식인으로서 조상의 뿌리를 찾아가는

뜻깊은 여행이기에 마음은 가볍고 한가하였다고 하였다. 여산을 타고 태산에 오른 즐거움이 잠을 못 자고 밥을 안 먹어도 상관없을 정도로 기뻤고 이번의 소중한 여행이 한 세기를 아울러 둘도 없는 기회임을 스스로 감탄하였다. 곡부는 유교 지식인으로서 누구든 죽기 전에 꼭 가고 싶었던 성지였으나 특히 공성학에게 곡부 여행은 조상의 뿌리를 찾아 떠나는 여행이면서 자신의 정체성을 찾는 여행이었던 셈이다.

1917년에 지산(芝山) 안효진(安孝鎭)은 회헌(晦軒) 안향(安珦)의 후손으로서 진주(晉州) 도통사(道統祠)에서 편찬한 공자·주자·안향의 편년연보(編年年譜)인 『공자편년주자연보안자연보(孔子編年朱子年譜安子年譜)』의 서문과 안향의 신도비문(神道碑文)을 공자의 후손으로부터 받으러 중국 곡부를 다녀왔다.

안향은 고려 충렬왕 5년(1279) 대원몽고제국(大元蒙古帝國)에 투르카(禿魯花)[16]를 거느리고 원나라 대도(大都)에 1년 동안 파견되어 있었고 1289년(충렬왕 15), 1298년(충렬왕 24)에도 충렬왕과 충선왕을 수종하여 원나라에 다녀왔다. 1290년(충렬왕 16)에 충렬왕, 왕비, 세자가 원나라에서 돌아올 때 함께 귀국하여 주자서(朱子書)를 필사하고 공자·주자의 소상화(肖像畫)를 모사(模寫)하여 돌아왔다는 기록이 남아 있다.[17] 안향

---

16) 몽골어로 인질이라는 뜻인데, 고려 시기에 왕자와 귀족의 자제들이 원나라에 가는 것을 의미한다.

17) 안향이 대몽골제국에 투르카로 있는 동안 성리학에 대한 접촉과, 만년에 주희(朱熹, 號 晦庵)의 진영(眞影)을 걸어두고 경모하여 자신의 호를 회헌(晦軒)이라 하였고, 귀국 후에도 중국 강남에 돈을 보내 육경, 제자, 사서를 사가지고 오게 하였다는 등 역사적 기록으로 안향이 고려에 성리학을 도입하려고 힘쓴 인물임을 알 수 있다. (장동익, 「안향의 생애와 행적」, 『퇴계학과 유교문화』 44, 경북대학교

은 고려 시기 원나라의 침략과 지배층의 타락과 수탈로 사회가 도탄에
빠지자 성리학(性理學)이라는 새로운 이념을 수용하고 고려에 신유학
의 이념을 펼친 비조로 평가받고 있다.[18] 안향은 고려 말기의 혼란상을
극복하는 방법으로 불교를 배격하고 주자학을 정신적 지주로 받아들여
무너진 도의와 질서를 회복하고자 하였다. 이는 조선왕조의 탄생과
조선의 국가이념과 성격을 규정짓는 결과를 초래하였다.[19]

20세기 초의 조선은 제국주의 열강들의 힘에 휘둘려 사회가 불안정
하여 백성들이 일제의 지배를 받던 시기로 안향이 살았던 고려 말기의
상황과 비슷한 양상을 보이기도 하다. 안향의 후손이 자신의 조상을
기리기 위하여 『회헌선생실기』를 간행하려던 과정에서 도통사가 창
건된 것은 그 당시 식민지 조선의 어려운 시국을 헤쳐나가는 과정으로
볼 수 있다. 그리고 1910년 중반 유교활동이 활발해진 것도 유교 지식
인들이 유교의 도(道)를 세워 무너진 나라의 기강을 다시 복원하려는
구국운동으로 볼 수 있다.

안효진이 자신의 조상인 안향을 기리고자 그의 책을 간행하려는 과
정에서 유교 지식인들이 힘을 모아 공자와 주자, 안향을 봉헌하는 도
통사를 창건하였고 곡부로 갔다가 공자의 후손인 연성공(衍聖公) 공상
림(孔祥霖)의 제안으로 진주(晉州)에 공교지회까지 설립하게 되었다.

퇴계연구소, 2009, 210~211쪽.)

18) 이종수, 「이상규와 도통사 공교지회」, 『대동문화연구』 85, 성균관대학교 대동문
화연구원, 2014, 336쪽.

19) 이남복, 「고려후기 주자학의 수용 전개와 안향의 위치」, 『부산사학』 18, 부산경
남사학회, 68쪽.

처음에는 유교 지식인으로서 자기 조상에 대한 공경심으로 시작된 일이었으나 뜻이 맞는 사람들이 모여 시대를 바꾸려는 운동으로까지 펼쳐지게 된 셈이다. 안효진의 곡부 여행은 자신의 조상을 통해 자신의 정체성을 찾고, 이를 통해 과거에서부터 내려오는 조선의 정체성을 찾으려는 중국 여행의 한 단면이었다.

(3) 견문으로 유교 바라기

20세기 초 중국 여행에서 곡부는 정치적, 문화적으로 조선 사람들의 시선들을 사로잡는 매력적인 도시이다. 그곳은 공자의 후손이 살고 있기도 하고 공자의 도(道)를 숭상하는 유객(遊客)들의 성지이기도 하다. 이 시기 단지 '견문'이라는 목적의식으로만 곡부를 찾은 사람들도 있었다. 소파(小波) 오효원(吳孝媛)은 1916년에 중국으로 들어와 상해 문사들과 구음사(鷗吟社)에서 간사로 활발하게 활동하였다. 중국에 있는 2년 동안 그는 상해 『신신보사(申新報社)』에 시를 써서 투고하고 기자로 활약하면서 이름을 날리기 시작하였고 양계초(梁啓超), 당송의(唐宋一), 원세개(袁世凱), 강유위(康有爲) 등 중국의 명사들과 교유를 하였다.[20] 그가 상해로 가는 길에 곡부를 지나면서 시 한 수를 읊었는데 그 시는 「곡부를 지나가며 성묘를 알현하다(過曲阜謁聖廟)」이다.

---

20) 허미자, 「근대화과정의 문학에 나타난 性의 갈등구조 연구 - 특히 최송설당과 오효원의 한시를 중심으로」, 『인문과학연구』 12, 성신여자대학교 인문과학연구소, 1993, 21쪽.

다만 경서와 사서로 밝은 가르침 받았으니 　只因經史受明**教**
성편을 오늘 두드릴 줄 생각지도 못하였네. 　未擬聖扁此日敲
절을 마치니 의연히 빙그레 웃는 것이 들리니 　拜罷依然聞莞爾
스스로 친자(親炙)를 자부하니 누가 비웃을 수 있으리오.

自誇親炙孰能嘲

　이 시에서 오효원은 계획에 없었던 공자의 묘를 찾아 배향하고 그 기쁨을 감출 수가 없었다. 전통 시기에는 사람들이 곡부를 찾아갈 수가 없었고 근대가 되어 자유로운 여행의 체제가 갖추어진 후에도 곡부는 조선 사람들에게 가기 쉬운 곳이 아니었다. 오효원이 곡부를 갔을 때는 1916년으로 이때는 주로 유교를 종교화하는 운동가들 외에 곡부를 찾은 기록이 없는 시점이었다. 그는 마지막 연구에서 공자의 묘에 배향한 스스로의 모습을 자부하면서 거침없이 표현하였다. 그가 이처럼 자부할 수 있는 세 가지 이유를 들 수 있다. 하나는 구교육과 신교육을 받은 사람이 곡부를 다녀간 것, 다른 하나는 여성으로서 처음 곡부를 다녀간 것, 또 다른 하나는 견문을 위해 곡부를 방문한 사람은 자신이 거의 최초라고 생각했기 때문이다.

　오효원은 아홉 살에 남장을 하고 글방을 다녔고 열 살에 백일장에서 장원하였다. 열네 살에는 아버지의 구명운동을 적극적으로 도우면서 구로회(九老會)에 출입하여 시로써 총애를 받았다. 이후 스무 살에는 이토 히로부미(伊藤博文)의 소개로 도쿄여학교 설립 자금을 모으러 아버지와 함께 갔다가 도쿄모녀학교에 유학을 하게 되었다.[21]

---

21) 이기현, 「근대전환기 오효원의 현실인식」, 한국어문학 국제학술포럼 제5차 국제

그녀는 구교육과 신교육을 모두 받은 신여성으로서 그 시대 곡부를 방문하고 시를 남겼다. 곡부에 대한 다른 시는 없지만 신여성으로서 최초로 방문한 감상을 자신감 있게 표현하였고 자부심마저 느꼈다. 어렸을 때부터 한문을 배우며 자랐고 그 한문으로 명성마저 떨쳤으니 그에게 곡부는 유학을 배워 출세한 여느 유교 지식인들의 심상과 같은 것이다.

다음으로 신문, 잡지에 실린 곡부에 대한 기록을 보면 다음과 같다.

"我朝鮮이 東方禮義의 國으로 倫綱이 明立ㅎ고 文物이 美麗ㅎ은 無非孔聖의 大教化를 蒙홈이라 庶民은 不知而行之로 雖不學無識의 輩라도 時日로 用ㅎ는바이 皆是孔聖 의 德化니 朝鮮의 孔子敎는 慣習的의 一大敎門인즉 朝鮮人의 不知而信仰ㅎ는 敎는 卽孔子敎라 故로 某志士는 曰 一人이 孔子敎를 不知ㅎ면 一家가 亡ㅎ고 國人이 孔子敎를 不知ㅎ면 社會가 亡ㅎ리라홈이 果是有理혼 言論이라홀지니 然則孔夫子는 自生民以來의 大聖人이시라 此大聖人의 誕降혼 鄕里는 果何處乎아 曾히 魯의 曲阜라홈은 聞ㅎ얏스나 曲阜는 果何處乎아 余今에 始히 支那山東에 遊홀싀 果然大聖人孔夫子의 鄕里曲阜를 一瞥ㅎ얏스니 曲阜는 古昔魯의 地로 現今山東省兗州府에 屬혼 處이라 …… 其子孫은 尙今此地에 居住ㅎ야 愈益繁榮홈으로 曲阜城의 三分一은 孔子의 廟墓及孔氏一族의 住宅으로 占領ㅎ얏스며 曲阜城은 孔子의 餘澤을 蒙ㅎ야 益益人口가 增加ㅎ고 市街가 繁華ㅎ며 各地參觀者의 跡이 不絶ㅎ더라 …… "[22]

학술대회, 2008, 535쪽.

22) 北遊生, 「孔聖의 鄕里 曲阜를 一瞥」, 『반도시론』 3(3), 1919.3.10.

이 기록은 『반도시론』이라는 잡지에 실린 여행기록인데, 『반도시론』은 도쿄에서 일본인이 창간한 조선글로 된 시사 종합지이다. 이글을 쓴 저자는 북유생(北遊生)으로 필명이며 그가 누구인지는 정확히 알려지지 않았다. 그는 「孔聖의 鄕里 曲阜를 一瞥」란 제목의 글을 잡지에 실어 곡부에 대해 상세히 설명하였다. 그는 글의 첫머리에 조선과 유교의 상관관계를 소략히 적어놓아 자신이 곡부를 여행한 이유를 밝혔다. 이 글이 게재된 때가 1919년인데 이 시기인 1910년대는 조선의 유교 종교화운동이 활발히 활동한 시기였고 조선이나 중국 여러 곳에 공자지회들이 많이 설립된 때였으니 그가 공자교(孔子敎)란 명칭을 유행처럼 따라 썼을 것이다. 또 여러 언론에서 '한 사람이 공자교에 대해 모르면 일가가 망하고 국민이 공자교에 대해 모르면 국가가 망한다.'는 글들이 언론에 많이 퍼져있음을 알 수 있다.

또 그는 조선이 동방의 예의국으로서 이름을 떨칠 수 있었던 것은 모두 공자의 큰 교화를 수용하였기 때문이며 조선인들이 잘 모르고도 신앙할 수 있는 교는 공자교뿐이라고 하였다. 또 그는 곡부의 여러 행선지를 자세하게 소개하였고 곡부가 날로 번창한 원인은 공자의 여택(餘澤)을 받아 인구가 늘어나고 시가는 번화하여 참관자들의 족적이 끊이지 않기 때문이라고 하였다. 북유생이 쓴 「孔聖의 鄕里 曲阜를 一瞥」는 순수 견문을 그대로 적어놓은 글로서 국한문혼용체를 사용하였고 곡부에 대해 상세히 기록했는데 이는 독자들에게 여행을 안내하는 기능을 염두에 두었기 때문으로 보인다.

(4) 위문과 유교 지키기

20세기 초 또 다른 특별한 이유로 곡부를 방문한 사람들이 있었다. 그들은 바로 조선의 녹동서원(鹿洞書院)의 유교 지식인들이었다. 1930 년에 곡부에는 2400년 동안 한 번도 있은 적이 없었던 천지개벽의 사 건이 있었다. 바로 군벌 간의 전투가 벌어지면서 공자의 유적들이 상 당수가 파괴되었다.

유교를 국교로 삼은 한나라(漢代) 이후로 곡부의 공자유적은 역대 왕조를 거치며 끊임없이 국가의 보호를 받았다. 한족의 왕조뿐만 아니 라 이민족의 왕조인 거란, 몽고, 만주족의 왕조에서도 공자의 유적은 지속적인 보호를 받고 신성시하게 여겨져 왔다. 그러나 20세기 초에 나라의 정세가 불안정해졌고 이에 1918년 파리강화회의에서 중국 대표 는 예루살렘의 예에 따라 곡부를 유교의 성지로 인정할 것을 요구하였 다. 1923년에는 공교회에서 군벌 간의 전투는 곡부 부근의 30리 밖에서 할 것을 쌍방에 요청하였고, 1928년에 일본군대가 제남(濟南)을 점령했 을 때도 곡부를 침입하지 않았다.[23] 그러나 이러한 노력이 수포로 돌아 가게 만든 결정적 사건이 바로 남군과 북군의 군벌전쟁이었으며 이에 공자의 유적이 상당수가 파괴되는 참사를 겪게 되었다.

이에 중국의 유명 인사와 각 단체에서 위문서를 보냈고 조선의 유 교 지식인들도 대표를 파견하려는 노력을 기울였다. 녹동서원의 모현 사(慕賢社) 임원과 서울의 유림단체 대표 등 121명이 모여 곡부사변에

---

23) 김항수, 「조선유림의 곡부 공묘 방문」, 『한국사상과문화』 16, 한국사상문화학회, 2002, 426~427쪽.

대해 논의하고 조선의 전국 유교 지식인에게 통문을 보내 곡부에 위로
단을 파견할 것을 결정하였다. 그 결과 8,926명이 연명(聯名)에 참여
하였고 녹동서원의 부도감(副都監)인 박연조와 안승구가 대표로 선출
되었다.[24]

전통 시기에는 주로 진위진향사(陳慰進香使)의 자격으로 사신들이
중국을 다녀와 국상(國喪)을 위로하였다면 이번 곡부사변은 근대 전환
기 조선의 유교 지식인들이 공식적으로 위문사를 파견한 특이한 경우
였다. 12월 26일의 일기의 일부분을 보면 다음과 같다.

> "26일, 오전 2시 30분에 유현에서 차를 타고 오전 12시에 제남에
> 도착하였다. 일본인이 운영하는 상반여관에 이르렀다. 업자가 안내해
> 주었기에 곧장 들어가 조금 휴식한 후 일본 영사 서천경일을 방문하고
> 곡부에서 겪은 난리의 정황에 대해 물어 보았다. 답하기를 근래에 점
> 차 안정되어 성묘가 상해를 당한 조사서 한 통을 출급하고 또 연로관
> 헌보호공문을 시행하였다고 하고는 인하여 말하기를 '곡부가 병화를
> 겪은 후에 국내외 사람들이 몸소 혹은 글로 탐문하는 이들이 많았지만
> 성묘를 위문하는 거조는 들어보지 못했다. 지금 양위의 행차는 실로
> 유교계의 빛과 같다.'"[25]

---

24) 김항수, 위의 논문, 429~430쪽.
25) "二十六日, 上午二時三十分濰縣乘車. 上午十二時着濟南, 適有日本人常盤旅館,
業者案內故直入少憩後, 訪日本領事西田畊一, 問曲阜經亂情形. 答以近來稍淨出
給, 聖廟被傷調查書一通, 且施以沿路官憲護保公文因言曰, 曲阜兵禍以後, 國內
外人以身以書, 探問者多, 而未聞聖廟慰問之擧, 今兩位之行, 實儒界之光紫也.
…… " 朴淵祚, 安承龜, 『慰問儒生入魯日記』, 1930年 12月26日.

박연조, 안승구 일행이 26일에 일본인이 운영하는 여관에 잠시 쉬었다가 일본 영사(領事) 니시다 고이치(西田畊一)를 방문하여 곡부의 정세에 대해 물어보니 근래에 조금 정리가 되었고 하였다. 그리고 그는 곡부의 성묘피상조사서를 보여주었고 또 관헌의 보호 공문을 주면서 말하기를 "곡부가 병화를 입은 후 국내외 사람들이 몸으로 서신으로 탐문하는 사람이 많았으나 성묘 위문을 위한 것은 들어보지 못하였습니다. 오늘에 두 분이 행하는 것은 참말로 유림의 영광입니다."라고 조선의 위문사로 온 두 대표를 칭송하였다.

"또 동로학교교유 마장춘길에게 소개하여 말하기를, 이 사람은 공자의 교를 전문으로 연구한 사람으로 종종 곡부에 왕래하여 한 번 만나 보아 자세히 들을 수 있었다. 하직하고 여관에 돌아갔는데 이날 밤 마장이 방문하여 은근하게 정회를 펼친 뒤에 세 통은 안내서를 출급하였으니 바로 연성공·공령숙·우명신 세 사람이었다. 치사한 뒤에 마장군이 돌아가고 두 사람이 서로 위로하여 말하기를 '만리 초행길에 도처에 인정의 후함이 이와 같으니 모두 이번에 곡부 성묘의 위안으로 인해서이다.'라고 하였다."[26]

일본 영사는 동로학교 교사 마장춘길을 조선의 대표에게 소개해 주면서 공묘에 가기 전에 한번 만나서 자세히 들을 만하다고 하였다.

---

26) "且紹介於東魯學校教諭 馬場春吉 曰 此人專門研究孔教者 種種往來曲阜 可一見 而詳聞 辭歸旅館 當夜馬場來訪 慇懃敍情後 出給三通案內書 即衍聖公 孔靈叔 于 明信 三處也 致辭後 馬場君歸而兩人相慰曰 萬里初路到處人情之厚 如此皆因今行 之曲阜 聖廟慰安故也" 朴淵祚, 安承龜, 『慰問儒生入魯日記』, 1930年 12月26日.

그리고 그날 밤 마장춘길이 여관으로 와서 은은하게 이야기를 나누었다고 서술하였다. 또 이날 일기의 마지막 부분에서는 '처음 만 리 길을 왔는데 이곳의 인정이 두터운 것이 모두 이와 같으니 오늘에 곡부행은 성묘를 위안하기 때문이다.'라고 반갑게 맞이한 자들에게 고마운 마음을 드러냈다.

하지만 여기서 흥미로운 것은 곡부에 도착하기 전에 조선의 유림을 일본 영사와 공교 연구에 관심이 많은 일본인 교사가 맞이하였다는 것이다. 그 당시 산동성의 청도(靑島)는 이미 일본의 관할에 있었고 연해 지역과 내륙을 잇는 중요한 간선인 교제철도(膠濟鐵路)가 있었기에 일부 지역은 일본의 관할 아래에 있었다. 곡부까지 가려면 이 교제철도를 이용하여 제남까지 갔다가 다시 차로 움직여야 했기에 조선의 유교 지식인들은 곡부로 가는 길에서 일본의 영사들과 접촉할 수 있었다. 그러나 일본인을 대하는 조선의 유교 지식인들의 태도에 특별한 거부감이나 저항감이 보이지 않는다. 1910년대에 곡부를 찾은 조선의 유교 지식인들은 유교회복을 통해 일제로부터 국권을 되찾고자 하는 이념으로 곡부를 찾았다면 1930년대는 구국운동을 위한 것보다는 사변을 당한 공자의 유적을 방문하고 공자의 후손을 위문하려는 차원에서 찾은 것이다. 국권회복이라든가 다른 방식의 독립운동이 곡부 방문의 목적의식으로 나타나지 않았다.

1930년대는 일제의 식민지 통치가 20년을 넘으면서 안정기에 들어섰다고 할 수 있다. 많은 독립운동가들이 국내외적으로 국권회복을 위해 싸우고 있었겠지만, 이 시기는 1910년대에 비해 점차 일본의 체제에 동화되어 가는 시기로 볼 수 있다. '만주' 지역에 망명한 인사들도 점차 생계형으로 바뀌고 다시 자기 고향으로 돌아가는 사람들도 많았다. 민족자강의식이 점차 쇠퇴해지는 일면과 황국의 신민(臣民)으로서 다른 노선으로 가는 지식인들도 많았다.

이러한 측면에서 볼 때 1930년대 위문사 자격으로 간 유교 지식인과 일본인의 교유는 지극히 자연스러웠다. 1930년대 유교 지식인들이 일본인을 대하는 태도가 전에 비해 부드러워졌음을 알 수 있다.

2) 역사적 문화의 향수

20세기 초 중국을 여행한 사람들의 또 다른 동기에는 중국의 역사, 문화, 유산에 대한 향수가 있었다. 전통 시기에는 조선의 조천사(朝天使)나 연행사(燕行使)의 자격이 부여되어야만 중국을 견문할 수 있었지만, 근대 전환기에는 자유로운 여행이 가능해지면서 신분적 제한 없어 조선 사람이면 모두 중국을 방문할 수 있었다. 이 시기 조선 사람들이 중국을 여행하면서 느낀 역사, 문화, 유산에 대한 심상지리가 실제적 체험을 통해 동경과 향수로 승화되었다. 하지만 불안한 정세로 전통문화유산의 향수를 느끼는 동시에 현실 제도에 대한 불만도 함께 고조되었다.

북경(北京)은 3천 년의 역사를 자랑하는 고성(古城)일 뿐만 아니라, 850년 동안 여러 시대의 도읍으로 그 명성을 축적했다. 북경의 최초의 문헌 기록은 계나라(薊國)[27]이고, 계나라는 중국 상대(商代)부터 춘추

---

27) 『禮記·樂記』載: "武王克殷返商, 未及下車而封黃帝之後於薊". 『史記·周本紀』

(春秋) 중기까지 주나라(周國)의 제후국으로 봉해졌으며, 기원전 7세기에 같은 주나라의 제후국인 연나라(燕國)에 의해 합병되었다. 연나라는 진나라(秦國)에 의해 멸망될 때까지 계나라의 도읍인 계성(薊城)을 이어서 쓰고 있었다. 진한(秦漢) 시기는 이곳에 계현(薊縣)을 설치하고 후한(後漢) 때부터는 유주(幽州)라고 불렀다. 기원 938년에 유주는 중국 동북 지역의 거란(契丹)인이 세운 요나라(遼國)의 배도(陪都, 제2수도)로서 요나라의 남쪽 지역에 위치해 남경(南京) 혹은 연경(燕京)이라고 불렀다. 한 세기가 더 흐른 뒤 또 다른 소수민족인 여진족(女眞族)이 금나라(金)를 세우고 요나라를 멸망시킨 후, 도읍을 연경으로 옮기고 중도(中都)로 고쳤다. 이후 1215년에 대몽골제국은 중도를 진공하고 그곳의 동북에 새로운 성을 건설하였으며 이곳을 원나라(元朝)의 도읍으로 정하고 대도(大都)라고 하였다. 명나라 영락제(永樂帝) 때부터 청나라까지 두 왕조를 거쳐 북경은 정치, 문화의 중심으로 자리를 굳건히 하다가 1911년 중국의 민주주의 혁명이 폭발하면서 북경은 봉건제국의 수도로서의 역할을 멈추었다. 이후, 1949년 중화인민공화국이 성립되면서 북경은 중국의 심장 자리를 되찾게 되었다.[28]

아래 도표는 20세기 초 조선인이 북경을 여행하면서 쓴 여행기록이다. 이 기록을 바탕으로 전통 시기 조선인이 인식한 북경이라는 도시가 근대로 넘어오면서 어떤 다른 공간으로 바뀌었는지 살펴보도록 하자.

載 : 武王褒封"帝堯之後於薊". 薊國都於薊城, 在今北京市區西南廣安門一帶. 約公元前7世紀爲燕國所並.

28) 「北京歷史沿革」, 『首都之窗-人文北京-北京槪況』, www.beijing.gov.cn

〈표 23〉 북경 관련 여행기록 - 개인문집·단행본

번호	연도	제목	필자	출처
1	1913	西遊錄	李承熙	『大溪先生文集』 卷3
2	1913	北征日錄	趙貞奎	『西川先生文集』 卷3
3	1913	中州記行	金相頊	『勿窩先生文集』 卷1
4	1913	燕城紀行	芮大僖	『伊山文集』 卷5
5	1914	中華遊記	李炳憲	南通: 翰墨林書局, 民國 5(1916)
6	1913	詩	吳孝媛	『小坡女士詩集』 中編, 大東印刷株式會社, 小坡女士詩集刊行所
7	1920	燕薊旅遊日記	李相龍	『石州遺稿』 卷6
8	1923	中遊日記	孔聖學	民國 12(1923)

〈표 24〉 북경 관련 여행기록 - 신문·잡지

번호	연도	제목	필자	출처
9	1900	北京在圍日記		『황성신문』 제209호~제228호
11	1921	吉林에서 北京에	李壽衡	『동아일보』 제251호~제348호
12	1923	中國行(全5回)	柳光烈	『동아일보』 제1016호~제1072호
13	1927	燕京郊外雜觀, 東洋史上에 稀有한 南口戰蹟	柳絮	『동광』 제11호
14	1927	明陵遊感-朱元璋의 五百年 迷夢, 銷夏特輯 凉味萬斛	海星	『동광』 제16호
15	1930	北平을 보고와서	李甲秀	『조선일보』 제3501호~제3515호
16	1931	北平서 當한 裸體侵入	M.K.生	『별건곤』 제45호
17	1936	上海·南京·北京·回想	呂運弘 李光洙	『삼천리』 제8권 제12호
18	1937	北中旅行雜感	金璟載	『삼천리』 제9권 제4호

과거 조선 후기 사행원들에게 타국의 수도는 '중심과 주변', '자국과
타국'과 같은 변별적 세계 인식을 통해 이해된 공간이었으며, 그 공간
은 문학적 재현과 전달의 욕망이 발현되는 곳이었다.[29]

북경은 과거 연태자(燕太子) 단(丹)으로 표상되는 비분강개(悲憤慷慨)
이미지[30]에서 원나라의 수도가 되면서 여유 있고 번화(繁華)한 이미지
로 바뀌었다.[31] 명나라 전성기에 북경에 다녀온 허봉(許篈)은 명나라에
양명학이 성행한다는 소식을 듣고 『주자서절요(朱子書節要)』를 가지고
가서 그들과 논쟁할 준비를 하였고[32] 중국 문인들과 논쟁을 통하여
명나라 양명학의 위상과 영향력, 중국 문화의 다양성과 관용에 큰 충격
을 받았다. 그러다 명나라 말기부터는 명나라 관원들의 부패상 체험에
대한 기록들이 많아졌다. 허봉의 북경방문으로부터 50년 뒤에 안경(安
璥)[33] 일행이 갔을 때는 길 가는 내내 도적떼를 만날까봐 걱정해야만

---

29) 김윤희, 「사행가사에 형상화된 타국의 수도(首都) 풍경과 지향성의 변모」, 『어문
   논집』 54, 민족어문학회, 2012, 101쪽.

30) 북경은 원나라(元朝)의 수도 대도(大都)가 되면서 화려하고 번화한 이미지로 변
   신하였는데, 그 이전 시대 북경은 중심이 아닌 변방의 위치에 있었다. 고대 연나
   라의 이미지는 주로 '悲憤慷慨, 強靭한 氣象, 不屈의 意志'로 많이 형상화되었는
   데, 연나라는 진나라의 제후국으로서 중심이 아닌 변방의 위치에 있었기에 이런
   강한 이미지가 자리 잡았던 것이다. 또 『사기(史記)』 등에서 언급되었던 「도역수
   가(渡易水歌)」에는 연태자의 부하 형가(荊軻)가 이수(易水)를 건너 진시황(秦始
   皇)을 암살하러 떠났다는 고사가 있다. 여기서 '風蕭蕭兮易水寒, 壯士一去兮不復
   還'에서 두 번째 구의 '장사가 한번 가면 돌아오지 않네'라는 비장한 각오가 이런
   연나라의 이미지를 형성하였다. 이와 관련된 논의는 김민호, 「燕行錄에 보이는
   北京 이미지 연구」, 『中國語文學誌』 32, 중국어문학회, 2010 참조.

31) 김민호, 위의 논문, 185쪽.

32) 민족문화추진회, 『국역연행록선집 I』, 민족문화추진회, 1976, 308쪽.

33) 안경이 서장관 자격으로 명나라에 다녀온 과정을 쓴 『가해조천록(駕海朝天錄)』은

했다.[34] 그리하여 명나라 말기 연행록의 저자들은 당시 중국의 타락한 사풍(士風)에 대해서도 언급하고, 양명학과 불교의 성행과 관리들의 부패상을 통해 북경의 모습에 실망을 느꼈다. 그러다 청나라 중기부터 는 청나라의 문물에 대해 긍정적 태도를 취하면서 조선도 보고 배워야 한다는 취지의 글들이 많아졌다.[35]

근대 여행자들에게 나타난 북경의 이미지는 양가적이다. 유적지에 서 본 경이로운 풍경을 '천하절승'이라 하며 중국 고도(古都)의 위상을 기억하는 반면, 여행 다니는 내내 빈번하게 입장료를 걷어 여객들이 불평을 품게 하는[36] 근대 중국인들의 처세술에 혀를 찼다. 이러한 상 업화된 모습은 그 당시 북경의 사회적 풍조일 뿐만 아니라, 근대 중국 사회의 나쁜 악습이었고 조선의 여행객들은 그러한 폐단을 통해, 북 경의 이미지를 그렸다.

1920년 12월에 북경 유람의 계획을 갖고 '만주' 망명 10여 년 만에 옛 수도를 여행한 석주(石洲) 이상룡(李相龍)은 북경의 경험담을 『연계 여유일기(燕薊旅遊日記)』에 상세히 적어놓았다. 그는 『연계여유일기』 의 후속으로 기록한 「중국의 정류장 부근을 가볼 만한 고적들을 이어

────

　　최초의 수로조천록으로서 조천록 연구의 중요한 자료이다. 이 자료에는 명나라 관원들의 부패상이 자주 등장하는데, 어쩌면 육로가 수로보다 더 힘든 여정이라고 할 정도로 중도에서 만나는 관원들이 심하게 인정(人情)을 요구하였고 그것은 북경으로 갈수록 더욱 심해졌다고 한다. (허경진·최해연, 「明·淸교체기 최초의 수로조천록 − 安璥의『駕海朝天錄』」, 『중국학논총』 34, 한국중국문화학회, 2011.)

34)　허경진·최해연, 위의 논문, 134~135쪽.

35)　김민호, 앞의 논문, 186쪽.

36)　이갑수, 「북평에 다녀와서」, 『조선일보』, 1930.10.2~10.16.

서 적다(中國車站附邊古蹟可訪者續記)」에서 자신이 전통적 유교 지식인임을 밝히면서 북경 유람에 대한 애착을 보였다.

"내 나이 올해 64세로 신시대에 살면서 신소년들과 함께 대화함에 신서적을 강론하여 신사상을 불어넣고 신사업을 장려하지 않은 적이 없었다. 그러나 스스로 내 자신을 돌아보면, 그대로 구시대의 인물이다. 그러므로 서책은 고문(古文)을 좋아하고 가지고 노는 노리개도 고물을 좋아하며 말할 때는 고사(古事)를 들어 증거로 삼는 유람하며 관광함에도 고적만을 찾아다니니, 비록 오늘날 새로움을 좋아하는 무리들이 혹 고루하다고 놀리는 사람이 있다는 것을 알지만, 제2의 천성(天性)을 그래도 바꾸기가 쉽지 않다."[37]

이상룡은 자신이 신시대를 겪으면서 새로운 사상이나 지식을 수용하는 데 전혀 꺼리는 것이 없으나 스스로 좋아하는 것은 전통 유교 지식인의 취향이라서 유람도 고적만 찾는다고 하였다. 이상룡은 북경 유람을 연행록의 사행사신과 같은 느낌으로 보고 있었다. 그는 북경의 여러 곳 외에 황성(皇城) 안의 자금성(紫禁城), 십찰해(十刹海), 적수담(積水潭), 융복사(隆福寺), 국자감(國子監), 태화전(太和殿) 등 곳을 보다가 서글픈 감정을 토로하기도 하였다.

"이러한 때를 당하여 애신씨(愛新氏, 청 황실의 성)의 족속이 만약

---

37) 李相龍, 「中國車站附邊古蹟可訪者續記」, 안동독립운동기념관, 『국역 石洲遺稿』 (하), 경인문화사, 2008, 95쪽.

정신을 차렸다면 마땅히 스스로 큰 단결을 이루어 군사를 일으켜 적을 상대해야 할 것이다. 만약 형세가 불리할 경우 '만주'로 물러나 지키면서 우리 청구의 동족들과 손을 잡고 힘을 합하여 함께 정부를 건설하였다면, 또한 동방의 일대 제국이 되었을 것이다. 그런데 도리어 이렇게 하지 못하고 고개를 움츠리고 칩거하다가 끝내는 노회하고 교활한 외적의 유혹과 장난에 빠져 24폭의 금수와 같이 아름다운 산하를 두 손으로 받들고 남에게 이양한 꼴이 되었다. 건청궁 안에 고요히 앉아 태조의 어려웠던 창업과 역대 조정의 근실했던 수성(守成)의 역사를 생각하면 어찌 한심하지 않겠는가? 나 또한 동일한 종족의 똑같은 처지로 임금이 바뀌고 도성과 궁전이 텅 비는 꼴을 목격하고 보니, 스스로 서글픈 감정을 금할 수가 없다."[38]

이상룡은 청 황실의 후손이 조금이라도 현명하였더라면 현재와 같은 참사가 일어나지 않았을지도 모른다고 생각하였다. 더 나아가 조선과 손을 잡고 힘 모아 근대 '정부를 건설하였다면, 동방의 일대 제국이 되었을 것'이라고 하였다. 그는 중국과 조선이 순망치한(脣亡齒寒)의 관계임을 밝히고 지금 정세의 어려움은 중국과 조선이 제대로 합심하지 못한 결과라고 보고 있다. 그는 건청궁에 앉아 조선의 제1대 태조 임금이 어렵게 세운 나라를 외세의 침략으로 끝까지 지키지 못한 것에 슬픈 감정을 토로하였다. 이상룡에게 북경의 황성은 자신의 사상적 기반이 있는 곳이고 '역사기억'과 '문화기억'이 공존하는 공간이었다. 그는 북경의 황성 유적들이 궁궐의 권위가 상실된 채 현재 고궁

---

38) 李相龍, 「燕薊旅遊日記」, 안동독립운동기념관, 『국역 石洲遺稿』(하), 경인문화사, 2008, 76쪽.

박물관으로 전락한 모습에 비통함을 느꼈다.

중국의 문화유산을 보고 감탄과 경이로움을 느낀 여행자의 글을 보면 다음과 같다.

"북편으로 다시 고개를 들려 만수산봉을 치어다보니, 기세가 엄준(嚴峻)한 산악이 높이 중천에 솟아있고 산경(山經)의 층층지고(層層遲高)를 따라 창울(蒼鬱)한 송백(松栢)의 녹음(綠陰) 새에는 궁전과 누각이 즐비하다. 이 전경이 맑고 맑은 호수 중에까지 비치여 수상에도 역시 수산금각(繡山錦閣)이어서 우미한 일대 산수도를 그린 듯 그 경개(景槪)야말로 천하절승의 고적이라 하겠으며, 이것이 지나 민족의 건축예술상의 영원하게 자랑거리며 서태후의 일대 유혼이 사후에도 일평생을 정(情)드려 가며 극향극락(極享極樂)하든 이 만수산을 떠나지 아니하고 이곳에 있다면, 우리를 대한 그의 유혼이야말로 금일에 자랑스러운 만수산이 자기의 공적이라고 자만불이(自慢不已)할 것인가? 그렇지 아니하면 자기 일신을 위하여 억만 인의 고혈을 짠 것이라고 참괴불이(慚愧不已)할 것인가? 선(善)타 악(惡)타는 논지(論之)할 바 아니요, 하여튼 천추만년을 두고 자랑거리일 동아대국의 대표적 명승고적이니 만큼 이점으로 보아서는 서태후의 공적이 적지 아니하다 하겠다. 그 굉대하고 웅장하며 화려하고 찬란한 것이 태서(泰西) 각국의 궁전에 비할 바 아니다. 제 아무리 구주 대륙에 찬미 받는 불란서 고 왕조의 '베르사이유' 궁전과 보로서(普魯西, 프러시아)왕조의 '상수씨' 궁전이 화려장대하다 한들 어찌 이에 비하랴! 또 오제국(墺帝國)의 유야납(維也納, 비엔나) 궁전 내에 있는 화려키로 유명한 '마리아 테레지아' 후(后)의 거처하였던 백만실(百萬室)인들 어찌 서태후의 거처하였는 전실에 미칠쏘냐? 다만 서양 각국의 궁전만 보고 이 만수산 궁전을 보기 전까지의 필자는 일정지와(一井之蛙)이었던 것을 면치 못할 것이다."[39]

이 여행기록은 1930년대에 14회에 걸쳐 『조선일보』 제3501호~제3514호에 연재된 것이다. 이 기행문의 저자는 1924년 독일 베를린대학 의학과와 일본교토제국대학에서 박사학위를 취득한 이갑수(李甲秀)이다. 호는 미수(眉壽)이고 황해도 김천(金川)에서 태어나 1920년 경성의학전문학교를 졸업하고 독일 유학을 떠났다.[40] 그의 일행은 경성을 떠나 안동, 봉천, 대련, 여순, 천진 등지를 거쳐 북평에 도착하였다. 그들은 중화민국의 총통부를 둔 중남해, 중산공원, 이화원, 만수산, 연경대학, 협화의학교 부속병원, 매란방 공연 관람 등 빠듯한 일정으로 북평 투어를 하였는데 그중 서태후의 만수산을 보고 경탄을 금치 못했다. 유럽 유학 경험이 있는 그는 이미 유럽의 문물고적을 두루 섭렵하였기에 북평 유람은 더욱 기대되는 부분이기도 하였다.

그는 만수산을 '천하절승의 고적지'라고 일컬으며 사람의 눈을 의심케 하는 불가사의한 경관이 서태후의 공적이자 '억만창생의 혈액'으로 만들어진 것임을 개탄하였다. 그러면서 유럽 각국의 궁전이 아무리 화려하고 장대하다 한들 서태후의 만수산에 비할 바가 못 된다고 하였다. 그는 그 시대 최고의 엘리트임에도 불구하고 북경의 만수산을 보기 전에는 '우물 안의 개구리로' 자신을 비유할 만큼 북경의 고적은

39) 이갑수, 「북평을 보고와서 – 천하절승인 萬壽山」, 『조선일보』, 1930.10.2~16. 조성환, 『북경과의 대화 – 한국 근대 지식인의 북경체험』, 학고방, 2008, 211~212쪽.
40) 조성환, 앞의 책, 217쪽.

압도적이었다. 남아 있는 고적의 경관은 천하절승이나, 중국인들의 사회인식에는 실망감을 느꼈다.

> "이튿날 아침에는 일찍이 기침(起寢)하여 만리장성의 고적을 찾아 가려는 준비에 분주하고 있으매, 여관주인 말이 당신네들이 오늘 가려는 부근 지대에는 마적당(馬賊黨)이 맹열(猛烈)하여 경계 중이니 절대로 가지 말라 함으로 의외에 큰 실망이다. 죽기는 그리 무서울 것이 없으나 정당치도 않은 무명횡사(無名橫死)할 필요가 없어 중지하고 말았다."[41]

> "북평 서직문(西直門)을 나서서 약 5리쯤 가니 도행대로방(道行大路傍)에는 한 촌가가 있는지라 그 안으로부터 일노인(一老人)이 나와 우리의 타고가든 자동차를 정지시킨 후 운전수에게 자기 나라말로 무엇이라 하더니, 운전수 말이 저 노인에게 일금 50전야(錢也)를 주라한다. 그것은 자동차의 통과세라 하며 매 자동차에 50전씩 받으라는 당시 북평 주인인 염석산(閻錫山)의 엄명이니 불가피라 한다. 이 도로는 북평시로부터 연경대학(燕京大學)과 만수산(萬壽山)에 통하는 대로인 바, 매일 통과하는 자동차가 빈번한 바, 그 수입되는 세금이 불소(不少)하다 하며 그뿐 아니라 만수산 정문에서 받는 입장료가 매인하(每人下)에 1월 50전 이상이요, 중문, 내문, 별전 기타 처처에서 받는 요금의 합계가 매인하(每人下)에 10원 이상에 달하며, 이화원(頤和園) 내에 있는 지중연엽(池中蓮葉)까지 적취방매(摘取放賣)하여 염(閻) 장

---

41) 이갑수, 「북평을 보고와서 – 중국의 극왕(劇王) 매란방(梅蘭芳)」, 『조선일보』, 1930.10.2~16.
조성환, 앞의 책, 214쪽.

군의 수중에 납부되는 바, 이것이 전부 전례에 없었던 심혹(甚酷)한
신법령임으로 염씨에 대하여 일반 인민 급(及) 여객의 불평이 적지
아니하다한다."[42]

위의 두 예문은 모두 북평의 제도나 불안정한 세국에 대해 실망을
하였다. 도적떼들한테 당할까봐 만리장성 고적을 찾으려는 행사 일정
에 차질이 생기는가 하면, 차를 타고 도로를 나가는 중간에 통과세를
내야하고 고적지에서 들어가는 문마다 요금을 받는 등 그야말로 명나
라 말기의 해이해진 기강과 일맥상통한다. 이것은 북평의 사회제도가
얼마나 부패하고 불안한지를 보여주었다. 이갑수 일행이 경험한 북평
은 고적의 웅장함에서 옛 수도의 위상이 기억되기도 하였지만 불안한
사회정세에 상실된 수도의 위상이 반영되었다. 이와 같이 그 당시 북
평을 여행한 조선인의 여행기록에는 옛 명성에 대한 기억과 현 제도에
대한 상실감이 동반되는 양상이 많다.

남경 또한 풍부한 문화유산을 보유한 중국6대고도시(中國六大古都)
중 하나이며 전국시기(戰國時期) 초나라(楚國)의 금릉읍(金陵邑)에서부
터 삼국시기 오나라(吳) 손권(孫權)이 도읍으로 제정하면서 건업(建業)
으로 개칭하였다. 그 후 동진(東晉)이 또 건강(建康)으로 바꾸고 남조
(南朝)의 송(宋), 제(齊), 량(梁), 진(陳)도 모두 이 도시에 도읍을 세우면
서 "육조고도(六朝古都)"라고 불렀다. 수당(隋唐) 시기는 북방에 의해

---

42) 이갑수, 「북평을 보고와서 – 천하절승인 萬壽山」, 『조선일보』, 1930.10.2~16.
    조성환, 위의 책, 204~205쪽.

중시를 받지 못하였지만 지리적 이점으로 경제와 문화가 부단히 발전되었다. 당나라가 망한 후 남당(南唐)은 금릉을 도읍으로 정하고 근 70년 동안 전쟁이 없었기 때문에 경제가 급속하게 발전하였고 송원(宋元) 시기 금릉은 남당의 도시적 규모를 유지하면서 동남 지역의 중요한 상업 지역으로 이름을 떨쳤다. 그 후 명나라가 북경에 천도하기 전까지 이곳을 도읍으로 정하고 응천부(應天府)라 하였고 나중에 남경으로 바꿨다. 청나라 시기에는 다시 이름을 바꾸어 강녕부(江寧府)로 정했는데, 1842년에 아편전쟁에서 패한 청나라 정부는 이곳에서 중국 근대사상 최초로 불평등조약인 '남경조약'을 체결하고 중국 근대사의 서막을 올렸다.[43] 1853년에 태평천국군(太平天國軍)이 남경을 점령하여 태평천국을 세우고 천징(天京)으로 개칭하고 근 11년 동안 유지했으나 전란으로 황폐해졌다. 1912년에는 손중산(孫中山)이 임시 대통령으로 추앙되어 중화민국(中華民國)을 건립하고 중화민국임시정부를 남경에 수립했다. 1927년에 남경국민정부는 남경을 수도로 정하고 특별시로 지칭했으며 1930년대에는 직할시(直轄市)로 바꿨다. 1927년부터 1937년 중일전쟁 전까지 남경은 "황금 10년" 시기였고 이때 대규모로 수도를 건설하고 이를 확장하면서 현대화된 도시의 기초를 닦아놓았다. 이렇듯 남경은 전국시기부터 시작하여 근 2,500년 동안 여러 나라 도읍의 역사로 자리매김하면서 중국 남부 지역의 정치, 경제, 문화의 중심지 역할을 수행하였다. 조선인들에게 중국의 남경은 북방의 북경과 비교해 또 다른 매력을 느낄 수 있는 도시였다. 일본 식민지

---

43) 『中國·南京』, 「走進南京」, 「城市槪況」, 「歷史沿革」, www.nanjing.gov.cn.

치하의 조선 지식인들은 반(半)식민지적 현실에 처한 중국이 이 같은 현실을 극복해가는 일련의 과정, 즉 국민혁명을 통해 새로운 국가를 만들어가는 과정을 깊은 관심을 가지고 바라보게 되었다.[44] 〈표 25〉는 20세기 초 중국 여행기록 중에서 남경 관련 여행기록의 목록이다.

〈표 25〉 남경 관련 여행기록 - 개인문집·단행본·신문·잡지

번호	연도	제목	필자	출처
1	1908	海上述懷十八首	張志淵	『韋庵文稿』
2	1923	中遊日記	孔聖學	民國12 (1923)
3	1924	亞洲紀行	朴榮喆	京城: 奬學社, 1925
4	1930	南遊草	朴漢永	『石顚詩鈔』
5	1935	中國紀行	曹圭喆	『夙夜齋叢稿』
6	1923.6.10. 6.24 7.8. 8.5.	中國行	柳光烈	『동아일보』 제1016호, 제1030호, 제1044호, 제1072호
7	1928.11.16. ~12.17.	新中國訪問記(二六): 國貨展覽大會, 財政統一과 國民政府	朱耀翰	『동아일보』 제2957호, 제3988호
8	1920.12.1.	上海로부터 金陵까지	江南賣畫廊	『개벽』 제6호
9	1929.1.1.	中國의 新首都 南京을 보고 온 이약이	朱耀翰	『별건곤』 제18호
10	1929.4.1.	江南이 어데메뇨	朱耀翰	『별건곤』 제20호
11	1931.9.14.	常夏의 臺灣美人의 杭州를 거처 상해와 남경을 구경한다 - 旅行團 視察 豫定		『매일신보』 제8618호

---

[44] 김세호, 「1920년대 한국어론의 중국국민혁명에 대한 반응 - 동아일보 특파원 주요한의 〈신중국방문기〉 취재(1928.10-1929.1)를 중심으로」, 『국제중국학연구』 40, 한국중국학회, 1999, 413쪽.

12	1930.10.1.	古都의 가을 – 金陵의 追憶	朱耀翰	『삼천리』 제9호
13	1932.1.1.	나의 海外 亡命時代 – 2) 吉林과 南京에서	金若水	『삼천리』 제4권 제1호
14	1933.10.1.	예술의 都城 차저, 金陵月夜의 畫舫	朱耀翰	『삼천리』 제5권 제10호
15	1936.12.1.	上海·南京·北京·回想	呂運弘 李光洙	『삼천리』 제8권 제12호
16	1931.5.1.	新首都南京의 印象	李勳求	『동광』 제21호

상해에 4년 동안 유학한 주요한(朱耀翰)은 『동아일보』, 『삼천리』, 『별건곤』 등 여러 신문, 잡지를 통해 남경에 대한 소식과 여행기록을 전한 바가 있다. 그중 남경의 근대적인 면모를 보여준 글을 보면 다음 과 같다.

"남경이라는 京ㅅ字가 표시하는 것 가티 중국의 신수도는 신수도가 아니라 구수도입니다. 지금도 남경성을 동으로 보면 광량한 궁궐의 폐허가 잇스니 이 卽 명나라 고궁 遺趾요 朝陽門을 나가면 돌로 만든 馬, 象, 사자 등이 행객을 마지하여 주는 곳이 잇스니 이것이 명태조 의 孝陵입니다. 원형의 능묘는 橡樹가 林立한 산이 되엿습니다. 명나 라 때 서울일 뿐이 아니라 당송 이후로 남방의 문화적 중심지이엇던 것은 남경성 내외의 명승고적을 보고 알 수 잇습니다." 이에 "신수도 가 새 살림이니만치 업는 물건이 만습니다. 남경의 三無를 여러가지 로 말들 하지만은 수도가 된 뒤로 가장 통절히 感하는 것은 路無, 水 無, 房無입니다."[45]

---

45) 朱耀翰, 「中國의 新首都 南京을 보고 온 이약이」, 『별건곤』 제18호, 1929.1.1.

남경을 국민당 정부의 신수도로 정한 후 남경은 대대적인 도시건설 작업에 나섰다. 주요한이 기행문에서 밝히듯이 남경은 '신수도'가 아닌 '구수도'이다. 명태조의 효릉(孝陵)이 있는 이 도시는 몽골족의 원나라를 멸망시키고 한족의 명나라를 세움으로써 다시 한번 화하민족(華夏民族)의 영광을 누리게 되었다. 그러다가 청나라가 멸망한 후 새로운 국민당 정부가 들어서자 고유한 문화유산을 안고 당당한 수도의 위상을 펼치고자 하였다. 이런 수도에 없는 것이 있으니 바로 길, 물, 집이었다. 그 외,

> "업는 것이 세가지만은 업서진 것도 세가지가 잇스니, 기생이 업서지고, 그 흔하던 마작이 업서지고, 가로상에 占術巫占이 업서지고 말 앗습니다. 업서진 것 대신에 만하진 것도 세가지가 잇스니 자동차가 만하지고 군인이 만하지고 간판이 만하것습니다. 무슨 「院」이니 「部」니 「處」니 「會」니 「團」이니 「署」니 「局」이니 하는 문패가 滿街의 세를 일윗습니다."

새로운 수도로 발돋움하기 시작한 남경은 길, 물, 집만 없는 것이 아니라 중국의 봉건체제에서 영원히 살아남을 것만 같은 악폐인 기생, 마작, 점술도 없어졌다고 하였다. 상해나 소주에는 생계 유지형 기생 직업이 다시 살아나고 있던 반면, 남경이라는 이 도시에는 그런 직업들이 수도건설과 함께 대부분 사라졌다는 것이 참으로 희한한 일로 생각되었다. 이것은 남경이라는 도시가 중국의 새로운 국면을 보여주기 위한 교과서 같은 역할을 했기 때문이라고 생각한다. 옛 전통의 어지러운 악습을 폐하고 새로운 체제를 보여주기 위한 '새로운 장

소'가 탄생함으로써 자동차, 군인, '원(院)', '부(部)', '처(處)', '국(局)'과
같은 근대적인 요소들이 남경이란 공간을 채워가고 있었다.

　남경국민정부의 '수도계획(首都計劃)'은 '대상해계획(大上海計劃)'과
더불어 중국에서의 본격적인 근대적 도시계획의 출발로 자리매김할
수 있는 시도였다. '수도계획'은 무엇보다도 상징적 수도의 건설이라
는 중앙정부의 필요에 따른 계획이었다. 국민국가를 지향하며 새롭게
출발하는 정부의 수도 창출이라는 면에서 의의가 있다.[46]

　이런 국면은 『동광』(제21호, 1931.5.1) 잡지에 실린 이훈구(李勳求)의
「新首都南京의 印象」에서도 잘 나타난다.

　　"中國人은 선전이 유명하니 만치 南京서는 선전포스터가 눈에 띄우
　지오. 新興氣分을 나타내는 포스터가 많지마는 그 중에도 신식 立春
　이 볼만 합니다. 가령 『革命成功, 四時皆春』 이와 같이 新興氣分을
　나타내는 文句나, 또는 당면에 필요한 표어를 『立春大吉』 대신으로
　붙이게 하고, 政府는 舊曆사용을 엄금하고 陽曆을 쓰게 하며, 그밖에
　鴉片이나 娼妓와 같은, 사람을 타락케 하는 것은 전부 금지하니 그
　일어나는 힘이야 말로 존경할만 합니다.
　　中國사람들이 公務를 보는 태도는 대체로 말하면 그들의 소위 『후
　후마마, -『되는 대로』지오. 그러나 이것은 근대의 발달한 個人主義
　의 영향이고, 지금은 역시 마이셀푸 - (나 自身)라는 생각을 버리고
　『우리 民族』이라는 일심團結하는 생각을 가지게 된 것이 新興 中國人
　의 一趨勢라고 볼 수 잇습니다. 물론 이것도 孫文의 三民主義의 하나

46) 윤형진, 「南京國民政府의 首都建設과 近代的 都市計劃」, 『東亞文化』 48, 동화
문화연구소, 2010, 138쪽.

인『民族主義』에서 나왓다고 생각합니다.

中國사람들이 孫文을 숭배하는 것은 우리 朝鮮사람은 상상하기도 어렵습니다. 그들은 孫文을『간디파이』- 神化하야 神같이 숭배합니다. 小學校에서 大學에 이르기까지 다 매일 孫文 肖像앞에 절하고 5분 간 黙禱하고는 孫總理의 遺囑 - 革命尙未成功, 同志仍須努力-을 외입니다. 總理遺囑을 외이지 안는 학교는 문을 다처버리게 하니 基督敎學校에서도『채풀』을 못하면 못하엿지『革命尙未成功, 同志仍須努力』을 외이지 안는 날은 없습니다.

그런데 朝鮮에는 이 崇拜心이 없어서 안되엇서요. 서로 다 잘나서 참으로 잘난 사람이 잇어도 제 각기 首領될려고만 하니 일이 됩니까. 근래의 우리『트래디숀』- 전통이 좋지 못합니다. 옛날 黨派의 餘風이 아직도 남아서 그런 것 같습니다.″

이훈구는 남경의 새로운 면모에 대해 아주 긍정적인 태도를 보였다. 선전포스터에 "혁명이 성공하면 사계절이 봄이다(革命成功, 四時皆春)"와 같은 긍정의 힘을 북돋는 문구들이 많이 붙어 있어 도시가 활력의 공간으로 변해 가는 것에 주목하고 있음을 알 수 있다. 그리고 "아편이나 창기와 같은 사람을 타락케 하는 것은 전부 금지"시켜 그 일어나는 힘에 대해 존경할 만하다 하였다. 그는 남경에 대해 또 한 가지, 사람들이 국민당 총리 손문을 숭배하는 현상에 대해 기이해 하였다. 각종 교육기관이나 심지어 기독교학교에서도 "혁명이 성공하지 않으면, 동지들 계속하여 노력하자(革命尙未成功, 同志仍須努力)."란 손문의 죽기 전 부탁을 소상(肖像) 앞에서 외우는 모습을 보고, 혁명의 성공을 위한 절실한 태도에 감탄을 금치 못하였다. 그러면서 조선에는 옛 당파의 여풍으로 이런 숭배심이 없게 되었음을 개탄하였다.

강남매화랑이 쓴 「上海로부터 金陵까지 - 蘇州로부터 金陵에」서는 명승고적에 대한 냉철한 비판을 가하였다.

> "옛 사람의 말을 듯고 乘鶴下楊州라 하야 매우 楊州를 놀랍게 알앗더니 이제사 와서 보니 알만한 친구도 업고 볼만한 경치도 업다. 그중에 고작 韻字나 부틸만한 곳은 金山이라는 곳이다. 간간이 보히는 고적은 얼마쯤 나의 흥미를 도두도다. 대개 中國 땅의 무슨 명승이니 무슨 풍경이니 하는 것은 모다 시인이 아니면 賦客의 붓끗알에 아모 것도 업는 허위를 남겨둔 것 뿐이다."[47]

강남매화랑은 소주에서부터 금령을 내려가는 길에 양주(揚州)를 잠간 들렀다가 양주의 명승고적은 금산 외에는 볼만한 경치가 없다고 표현하였다. 양주는 강남문화를 대표하는 주요 도시로 강남문화에서 가장 아름답고 편안하며 풍류를 즐기는 낭만의 도시로 손꼽히기도 하였다. 그리하여 '허리에 돈 10만 관을 꿰지르고 학을 타고 양주에 이른다(腰纏十万貫, 騎鶴揚州).'는 고사가 전할 정도로 양주의 명성이 자자하였다. 하지만 19세기 중기에 태평천국운동으로 양주의 경관과 제도는 옛 명성과 달리 퇴락해졌고 1920년대에 양주를 여행한 강남매화랑은 그런 쇠퇴한 양주의 형상에 대해 실망감을 느꼈다. 이런 느낌은 소주의 여행에서도 절정에 달하여 실망으로부터 '거리감'을 표현하였다.

이 시대 많은 사람들이 중국의 역사문화유산을 보고자 하는 것은 옛 문인들의 기록에서 표현된 중국의 전통문화에 대한 향수를 느끼고

---

47) 江南賣畫廊, 「上海로부터 金陵까지」, 『개벽』 제6호, 1920.12.1.

자 한 것이다. 그들은 웅장한 건물, 압도적인 경관에 경이로움을 느끼면서 옛 문인들의 발자취를 따르고자 하였다. 어떤 문화유산에서는 선인들의 향수를 느끼기도 하였지만 어떤 경관에서는 실망감을, 또 어떤 승경에서는 근대 관광의 명소로 탈바꿈된 것에 대해 긍정적인 생각을 가지게 되었다.

남경은 고전적인 유물이 남아 있는 전통적인 도시에서 국민정부의 신수도로서 근대적인 도시로 변화하였다. 남경이란 신수도는 중국이 근대국민국가 건설을 위해 매진한 여러 노력이 구체화된 곳이었다. 서양의 문물로 득실거리는 상해와 전통의 유적을 고스란히 간직한 소주·항주에 비해 남경이란 도시는 과거와 현재와 미래를 합쳐놓은 이중적인 도시로 인식된다.

3) 근대적 명승의 변용

20세기 초 중국 여행기록에는 소주와 항주를 필두로 중국의 명승(名勝)에 대한 기록들이 있다. 전통 시기에 소주와 항주는 중국 강남 지역을 대표하는 주요 도시로서 조선인들에게는 이상향적인 곳이었다. 많은 문인들이 직접적인 체험을 해보지는 못했지만 서책을 통하여 중국 강남 지역에 대한 심상지리를 키웠다. 시대가 바뀌고 직접 체험이 현실화되면서 소주와 항주의 명승은 근대적 관광 명소가 되었다.

소주(蘇州)는 춘추전국시기 오나라(吳國)의 수도이며[48] 수당 시기부

---

48) 상나라(商國) 말기 고공단부(古公亶父, 주문왕의 조부)의 큰아들 태백(泰伯)이

터 건설되었던 경항대운하(京杭大運河)가 개통되면서 주요 상공업의 요
충지가 되었고, 역대에 걸쳐 중국 강남 지역의 행정 중심지로 중요시되
었다. 송나라 시기에는 비단이 유명하여 전국과 세계로 그 명성이 널리
퍼지기 시작하였다. 특히 명청 시기 소주는 최고의 번영 시기이었다.
면방직업의 생산량과 양잠업이 크게 발전하여 "집집마다 누에 치고
자수하는(家家養蠶, 戶戶刺繡)" 현상들이 보였고 전통적인 견직물과 자
수제품이 유명해지면서 국내뿐만 아니라 해외에도 수출되었다. 특히
소주의 자수제품을 소수(蘇繡)라고 하는데 "도안이 수려하고 구상이
교묘하고 수공이 섬세하며 색채 또한 청아하면서 독특하여 지역 특색
이 농후했다."고 한다.[49] 청나라 시기 중국 4대명수(四大名繡)가 있었는
데 바로 소수, 상수(湘繡), 월수(粤繡), 촉수(蜀繡)이다. 그중 소수는 가
장 으뜸이라 할 수 있다. 소주는 상해가 개항하기 전까지는 오송강(吳淞
江)의 수운을 이용한 해외무역도 크게 발달하였다.

그 외, 소주는 원림(園林)이 유명한데 주로 관리에서 물러난 관원들
을 위해 지은 사가원림이 많기에 사대부적 정취가 깃들어 있다. 13세기
지구 반 바퀴를 돌아 중국에 도착한 이탈리아인 여행가이자 상인인
마르코폴로는 그 당시 몽골제국인 중국을 17년 동안 유력(遊歷)하면서
소주를 "동방의 베니스"로 불렀다. 그만큼 소주는 수향(水鄕)의 도시로
서 수로가 발달하였을 뿐만 아니라 물산도 풍부하며 문화적 측면에서

왕위계승에서 물러나 동쪽으로 가서 세운 나라가 오나라(吳國)이고 수도를 오성
(吳城)이라 하였다. 세력이 부단히 확장되면서 태호(太湖) 동북쪽에 있는 소주로
천도(遷都)하였다.

49) 姚琴華, 「淺談蘇繡對吳文化的傳承作用」, 『藝術科技』, 2014年 06期, 100쪽.

는 낭만주의 예술적 경향을 띤 강남문화의 대표적 고장으로 인식되고
있었다. 이런 복합적 요소들로 인해 근대 이전에는 소주가 항주와 더불
어 조선의 문인들 사이에서는 이상향으로 불리던 곳이었다. 심전(心田)
박사호(朴思浩)는 1828년에 동지사행의 정사 홍기섭(洪起燮)의 군관으
로 연경(燕京)에 다녀오면서『연계기정(燕薊紀程)』을 저술하였는데 그
는 중국의 문인들과 적극적인 교유를 하였다. 그중 동갑내기 정태(丁
泰)와 가장 두터운 교분이 있었는데 그들의 필담에서 중국의 강남 지역
에 대해 물은 대목이 있다.

  "관중(關中), 낙양(洛陽), 금릉(金陵, 남경)은 옛날부터 제왕이 살던
  곳인데, 그 성쇠가 지금 어떠합니까?" 하니, 그가 대답하기를, "관중은
  지금의 섬서(陝西)로 오계(五季 오대(五代)) 이후 금탕옥야(金湯沃野)
  가 변하여 풀밭이 되었고, 낙양은 지금의 하남(河南)으로 천하의 중앙
  이라 배와 수레의 모임이 비록 여전하기는 하나 번화하고 장려함은 옛
  날 같지 않습니다. 그러나 두 고장의 풍속이 예스럽고 질박하여 모두들
  낙토(樂土)라고 일컫지요. 금릉은 전의 명나라 옛 서울로 지세가 웅장
  하나 번화하기는 소주(蘇州)와 항주(杭州)에는 못 미칩니다. 나는 소주
  와 항주 사이에 사는데 금릉과는 거리가 좀 떨어지며, 고적이 매우 많으
  나 양한(兩漢, 전한과 후한)과 삼국(三國, 위·촉·오) 시대에는 소주,
  항주의 화려함은 실상 제성(帝城)보다 뛰어납니다. 당 나라 이후에는
  명인, 비교적 적습니다. 금릉은 삼국 때《삼국지·오지(三國志吳志)》
  (오나라의 역사책) 가운데 나오는 인물이 모두 모였습니다." 하였다.
  내가 말하기를, "일찍이 동파(東坡) 등 여러 명인들의 기적(紀蹟)에서
  소주, 항주의 경물을 이미 알고 있습니다. 우리나라 사람이 천하 명승으
  로 강남을 으뜸으로 일컫는 까닭이 그래서입니다."[50]

사실 소주는 15세기 후반부터 강남 도시, 즉 양자강(揚子江) 일대에 포도송이처럼 촘촘히 발달했던 크고 작은 도시의 중심이었고 강남 도시에는 북방과는 다른 문화적 색채가 있었다. 북방의 북경이 수도로서 정치적, 행정적 중심 도시로 기능하였다면 강남의 도시는 압도적 경제력을 바탕으로 정치적, 사회적 반자치(半自治)를 이루었고 지식의 위계구도나 소통의 양상에 있어서도 중심과 주변, 주류와 비주류가 공존할 수 있는 공간이었다.[51] 다시 말해 강남의 도시는 문인을 비롯한 사회 각층 사람들 사이의 자유로운 담론과 사교가 이루어지는 지적, 문화적 해방구였으며 소주는 그 중심에 있었다.[52]

연행록에 종종 등장하는 중국의 강남이라는 지역 중에 소주나 항주는 연행사(燕行使)들이 가장 가보고 싶은 곳이기도 하였다. 그들은 중국 문인들과의 교유, 중국 문인들의 서책에서 중국의 강남 지역에 대한 정보를 접할 뿐, 직접적인 체험은 어려웠다. 하지만 근대로 이행하면서 소주, 항주는 더 이상 관념적인 공간이 아닌 직접 경험을 실현할 수 있는 공간으로 변화하였다. 20세기 초 소주와 항주를 여행한 기록을 보면 다음과 같다.

---

50) 朴思浩, 『연계기정(燕薊紀程)』, 「응구만록(應求漫錄)」, 「春樹淸潭」 中, 한국고전종합DB, www.db.itkc.or.kr

51) 신주리, 「당인(唐寅)을 통해 본 15세기 소주(蘇州)풍경」, 『로컬리티의 인문학』 36, 한국민족문화연구소, 2014, 1쪽.

52) 신주리, 위의 논문, 1쪽.

〈표 26〉 소주·항주 관련 여행기록 - 개인문집·단행본·신문·잡지

번호	연도	제목	필자	출처
1	1908	海上述懷十八首	張志淵	『韋庵文稿』卷1, 探求堂, 國史編纂委員會, 1955
2	1912	志山外遊日誌	鄭元澤	探求堂, 1983
3	1914	中華遊記	李炳憲	南通: 翰墨林書局, 民國 5(1916)
4	1916	詩	吳孝媛	『小坡女士詩集』中篇, 京城: 小坡女士詩集刊行所, 昭和 4(1929)
5	1923	中遊日記	孔聖學	民國12 (1923)
6	1924	亞洲紀行	朴榮喆	京城: 奬學社, 1925
7	1930	南遊草	朴漢永	『石顚詩鈔』
8	1935	中國紀行	曹圭喆	『夙夜齋叢稿』
9	1920.12.1.	上海로부터 金陵까지	江南賣畫廊	『개벽』제6호
10	1923.9.1.	杭州西湖에	東谷	『개벽』제39호
11	1926 1927	杭州巡禮記 杭州巡禮記(續)	邊東華	『불교』제29호 제30호
12	1931.9.14.	常夏의 臺灣美人의 杭州를 거쳐 상해와 남경을 구경한 다 - 旅行團 視察 豫定		『매일신보』제8618호
13	1931.6.1.	天下의 絶勝 蘇杭州遊記	沈薰	『삼천리』제16호

1908년에 『해조신문』의 사장으로 취임하러 블라디보스토크에 갔다가 몇 개월 뒤 중국 강남 지역을 유력(遊歷)하고 귀국한 장지연(張志淵)이 소주를 지나면서 시를 한 수 읊었다.

소주성 밖에 비는 기름 같으니　　　　　　　蘇州城外雨如油
노와 조각배 하나로 호구를 방문하네.　　　一棹扁舟訪虎邱

누가 알랴 지금의 망국한을,   誰識至今亡國恨
장강은 끝없이 유유히 흘러가네.   長江不盡去悠悠

이 시는 장지연이 중국 강남 지역을 유람하고 쓴 「소주를 지나가다
(過蘇州)」란 제목의 시이다. 이 시는 장지연이 소주의 명소인 호구를
방문하러 가는 배 위에서 지은 것이다. 아름다운 자연 앞에서 마음껏
즐길 여유도 없이 망국에 대한 그리움에 유유히 흘러가는 장강이 야속
하기만 한 심정을 토로한 것이다. 이 시는 전형적인 '기행시'로서 자연
의 풍경과 마음의 슬픔을 대조하여 표현하면서 마음의 소리를 몰라주
는 자연의 현상에 서러운 태도를 은유적으로 표현하였다. 이 시기 장지
연은 언론매체에서 활동하였다. 그는 망국의 한을 품은 조선의 지식인
으로서 이상향적인 소주의 풍경을 보면서 마음의 슬픔을 토로하였다.

반면, 다산(多山) 박영철(朴榮喆)이 1924년에 중국 남방 지역을 유람
하면서 쓴 『아주기행(亞洲紀行)』에서 "소주는 풍경이 아름답고 고적이
아주 많으며 태호와 운하가 자유자재로 연장되어 있으며 논 경작을
하여 쌀의 품종이 우수하고 뽕나무 밭이 많아 견사, 주단 등 생산량이
많으며 방직회사가 두세 곳이 있을뿐더러 직물을 만드는 것은 대개
가정공업이며 비취로 안경을 만드는 등 세공업이 많다."[53]고 하였다.
박영철의 소주와 항주의 여행기는 장지연처럼 울분을 토하는 느낌의
시라고 하기보다는 현지 상황을 샅샅이 조사하여 보여주는 안내서와

---

53) "蘇州風景絶佳, 古蹟甚多, 太湖與運河, 縱橫延長, 水田耕作, 米質頗好, 桑田亦
多, 蠶絲紬緞之産出多大, 製絲會社有二三處, 而織物槪以家庭工業也. 翡翠眼鏡
等細工業亦多." 朴榮喆, 『亞洲紀行』 下編, 「中華南北部」.

도 같다.

하지만 이런 소주에 대한 긍정적 시선의 뒤에는 근대의 현실적인 시선이 존재하였다. 즉 광대한 자연 앞에 있는 자신을 발견하고 그 자연과 합일 불가능한 '거리감'을 가지게 될 때, 자신이 딛고 있는 현실의 부조리함을 발견하게 된다.[54] 자신만이 갖고 있던 소주에 대한 심상 지리가 현실적 경험을 통해 나온 '거리감'은 다음과 같이 표현되었다.

> "그리고 그 翌日은 배를 타고 湖州를 지나며서 太湖까지 구경을 하고 그냥 배안에서 잠을 자기 凡 이틀밤이나 되어서 吳江에 배를 대기는 21일 아츰이다. 게서부터 물이 얏해서 배가 스스로는 갈 수가 업스며 사람들이 돗 끄테 줄을 매고 그 줄을 어깨에 잡아멘 뒤 「어 기야차」 하고 배를 끌어 올린다. 이것이야말로 육상의 欸乃聲이다. 이 날 오후 1시경에 蘇州閶門 밧글 당도하엿다. 아—蘇州는 吳王夫差의 고도이다. 성곽도 의연히 웅장하고 수림도 蒼鬱하게 뒤덥혓다. 姑蘇城外寒山寺, 夜半鐘聲到客船, 이는 참말 나의 일상 생각하고 보고 십던 蘇州에 대한 古詩一句이다. 蘇州에는 나귀가 흔하다. 거리에 나가기만하면 나귀타라는 청이 하도 야단이다. 아모러나 타라는 것 안타겟느냐 하고 척—나귀등에 올나안저 蘇臺館을 차저갓다. 제5호 官房에 자리를 정하고 그 나귀 도로 타고서 寒山寺로 나갓더라. 아—아조 보잘 것이 업다. 비문 박아 팔아먹는 중 하나이 나오며서 반가히 영접은 하나마 내가 밤낮 그립던 경치의 예상과는 아조 틀린다. 墻下에 石笞가 껌웃껌웃 古鍾에 몬지가 덕지덕지 차 한잔 마신 뒤에 곳 돌아나왓더

54) 최호영, 「1920년대 초기 시에 나타난 '거리감'의 도입과 숭고시학에 관한 시론 —'자아'와 '자연'을 중심으로」, 『민족문학사연구』 54, 민족문학사연구소, 2014, 284쪽.

라. 그 길로 나귀를 모라 여관으로 돌아갓다." [55]

이것은 강남매화랑(江南賣畵廊)이라는 필자가 쓴 「上海로부터 金陵까지」라는 기행문의 일부분이다. 그는 배를 타고 호주(湖州)를 지나 태호(太湖)까지 구경하면서 소주의 창문(閶門)에 당도하였을 때는 자신이 보고 싶었던 소주의 모습과 실제가 차이가 없었음을 고시(古詩)의 구절을 통해 표현하였다. 그러나 소주의 시내와 고적(古蹟)을 보고는 자신이 생각했던 소주의 모습과 차이가 있음을 느끼고 '아조 보잘 것이 없다', '내가 밤낮 그립던 경치의 예상과는 아조 틀린다'는 구절로 표현을 함으로써 '거리감'을 보였다. 하지만 유적지에 대한 '거리감'도 한순간이고 아름다운 수향(水鄕)의 공간이 색향(色鄕)의 공간으로 변하는 것에 '구역이 난다'는 표현까지 서슴지 않았다.

"저녁을 먹고 마루에 나안젓노라니 밤 7시쯤 되어 기생대가 달려든다. 「아-이것 참 조하라.」하며서 그 오는 수를 손꼽아 세보니 아마 한 70이나 80여명쯤 된다. 웨 이러케 여관으로 오는가하고 하인 한테 무르니까 하인의 말이 우리 蘇州로 말하면 중국에 제일가는 色鄕이 아닙니까. 그래서 그 계집들이 밤이면 여관으로 와서 손님하고 밤동무를 가티 하렵니다. 나는 얼풋 뭇기를 그리면 돈을 밧느냐? 에-물론이지요. 얼마나? 하로밤에 四圓大洋이지요. 압따 그것참 빗싸구나. 나가튼 놈은 마음도 못낼 일이다.」그러고 안젓노라니 지나나던 계집 하나이 나의 엽헤와 안즈며 무슨 말을 하는지 족음도 모르겟다. 아모

---

55) 江南賣畵廊, 「上海로부터 金陵까지」, 『개벽』 6호, 1920.12.1.

러나 계집의 음성은 꼭 듯기조케 되엇다. 물론 그 말하는 의미는 자기와 가티 住宿을 하자는 모양이다. 그래 나는 손을 내어들으니까 바싹 더 달려들어 곡 야단을 부린다. 어-참 강남의 採蓮女인가 月下의 採桑女인가. 글로는 아조 에뿌고 정답게 읽어더니 마츰내 보고 난즉 아모 생각이 동치를 안코 돌이어 구역이 난다. 보기도 실코 말도 모르는데다가 아양까지 부리는 것 참 형용할 수 업다. 그 중에도 좀 인물이 똑똑하고 연애가 붓는 것은 그리 달려들어 야단은 아니하고 엄연한 태도로 가는 것은 얼마쯤 보기에 조치마는 그 외에는 모다 아모 것도 아니다. 그래 하인더러 뭇기를 蘇州의 物色이 이 뿐이냐 한즉 그 하인의 말이 기생치고 原妓, 長三, 幺二, 野妓의 여러 가지 종류가 잇는데 그는 幺二라는 것이라 한다. 밤 11시에야 그들이 다 물러간다. 그제야 나는 비롯오 잠드럿다.[56]

강남매화랑은 기행문에서 소주의 기생들에 대해 상세히 다루었는데 특히 채상녀(採桑女)의 형상을 '글로는 아조 에뿌고 정답게 읽어더니'로 표현할 만큼 이미 아름다운 환상이 박혀있었다. 채상녀는 중국 고대 시가문학에서 "고대사회를 살아가는 중국 여성들이 사랑이란 인간의 원초적 욕망과 도덕이란 사회적 규범과 제약 사이에 스스로 추구하거나 그들에게 강제되었던 삶의 이상과 시대적 삶의 역정이 운명적으로 투영된 결과물"[57]로 인식되었다. 이런 채상녀의 이미지는 전통시대 문인들뿐만 아니라 근대에 한문을 사용한 지식인들도 다 아는 것이었지

---

56) 江南賣畵廊, 「上海로부터 金陵까지」, 『개벽』 제6호, 1920.12.1.

57) 양충열, 「宋代 이전 '採桑女' 형상의 시적 전개양상」, 『中國人文科學』 58, 중국인문학회, 2014, 177~178쪽.

만, 실질적인 경험을 통해 서적에서 보아온 것들이 결코 실상이 아님을 깨닫게 되는 순간 이상(理想)과 현실(現實)의 '거리감'이 밀려오게 된다. 전통시대 기녀들은 절제된 가무와 교양을 갖춘, 문화적 존재였다. 또 당(唐)이나 명말(明末) 시기에 일부 명기들은 문인만큼이나 사회적인 지명도를 갖고 사대부 남성들의 문학적 반려자이자 열렬한 로망스의 대상으로 추앙되었다.[58] 조선 사람들이 가졌던 중국 강남 지역에 대한 환상에는 강남 지역의 절경도 있었지만 오래전부터 내려오는 강남의 풍류문화가 가장 크게 자리 잡고 있었다. 하지만 강남의 풍류문화를 제대로 체감도 하기 전에 소주라는 도시의 저녁은 '소二' 등급의 기녀들로 득실거렸고 이는 강남매화랑과 같은 관광객에게 혐오감을 일으켰다. 강남 풍류문화의 옛 고장에서 서책에서 배운 바를 경험하고자 생각했지만 '현실'과 '이념'의 세계에는 '거리감'이 형성되었고 이런 '거리감'은 더 큰 자연의 승경에서 조금씩 감소하기도 한다.

1923년에 홍삼판로시찰차로 중국 여행을 한 공성학(孔聖學)도 소주에 대한 거리감을 다음과 같이 느꼈다.

"돌아서 풍교 쪽으로 향해 한산사로 들어갔다. 사원은 양천감연간[59]에 창건되었고 스님 한산이 이곳에 살았다고 하여 후세에 한산사라는 이름으로 불렀다. 당나라 장계의 시에 이르지 않았던가 '달 지고 까마귀 울고 서리는 하늘 가득한데, 강 단풍 고기잡이 불 곁에 시름겨워

---

58) 김수연, 「靑樓를 통해 본 근대성 증후 - 〈海上花列傳〉과 〈孽海花〉를 중심으로」, 『中國小說論叢』 22, 한국중국소설학회, 2005, 29쪽.
59) 기원 502년~519년을 말한다.

조네. 멀리 고소성 밖 한산사에서, 한밤중 종소리가 나그네 배에 들려오네.' 이 시를 읊지 않는 사람이 없으나 오늘날 이곳에 와보니 사원은 평평한 거리에 더럽고 습한 땅에 있었고 벽돌과 쇠로 만든 문짝 구조는 허술하였으니, 보는 것이 듣는 것만 못하다고 할 만하다. 아! '풍교야박'이란 시가 얼마나 천고 시인묵객의 만 리 길 종적을 그르쳤는가!"[60]

「풍교야박(楓橋夜泊)」의 작가 장계(張繼)는 무명시인이었는데 「풍교야박」 시 한 편으로 유명해졌다. 이 시는 소주의 한산사를 대표할 만한 시로 명성이 높았는데 송나라 문인 구양수(歐陽修)가 자신의 저서 『육일시화(六一詩話)』에서 이 시를 아주 강하게 비판하면서 '어병(語病)'이 있다고 하여 후세의 논쟁거리가 되었다. 또 당무종(唐武宗)이 이 시를 무척 좋아해 석공더러 돌에 새기게 하고 시비(詩碑)를 능에 함께 순장하였다는 야사가 있다. 더 놀랍게도 '시를 다시 돌에 새기는 자는 천벌을 받을 것'이라는 유언을 남길 정도로 이 시에 대한 애착이 심했다고 한다.[61] 이 시의 유명세는 조선에도 널리 알려졌고 조선의 지식인들은 자신의 작품에 자주 인용하곤 하였다. 대표적으로 서거정의 『동문선(東文選)』 제22권 칠언절구에는 최수(崔脩)가 지은 '제 여홍 청심루(題驪興淸心樓)'[62]라는 절구가 있다.

---

60) "轉向楓橋入寒山寺, 寺是梁天監年間開基, 而僧寒山住居此寺, 故後世稱寒山寺. 唐張繼詩不云乎, '月落烏啼霜滿天, 江楓漁火對愁眠. 姑蘇城外寒山寺, 夜半鍾聲到客船.' 無人不誦, 而今到實地, 寺在平街汚濕之地, 煉瓦鐵扉結構草草, 可謂所見不如所聞也. 噫! 楓橋夜泊之詩, 幾誤了千古詩人墨客萬里之踪跡耶." 孔聖學, 『中遊日記』, 四月十二日.

61) 송재소, 「시한의 세계, 장계 "한밤중 종소리가 나그네 뱃전에 들려오네" 천년 넘게 회자되는 풍교야박」, 『CHINDIA Plus』 112, 포스코경영연구원, 2016, 40~41쪽.

벽사의 종소리가 밤중에 울면 　　　　　　　 甓寺鍾聲半夜鳴
광릉으로 돌아가는 손의 꿈은 처음으로 놀라네 廣陵歸客夢初驚
만일 장계가 일찍 여기를 지났더라면 　　　　 若敎張繼曾過此
저 한산(寒山)이 홀로 이름을 날리지 못했으리 未必寒山獨擅名

이 절구는 고려 후기 문인 최수의 칠언절구인데 「풍교야박」의 작가
장계가 한산사의 명성을 널리 알린 고사를 인용하였다. 그는 조선의
벽사(甓寺)[63]도 장계가 지났더라면 한산사처럼 명성을 떨쳤을 거라고
비유적으로 시를 지었다. 그만큼 고려시대부터 조선시대까지 소주나
항주는 동경의 대상이었다. 하지만 20세기 초부터 직접 경험이 이루
어지면서 공성학 같은 유교 지식인들이 소주를 경험할 기회가 생겼고
그 기회에 부응해 가서 보니 오히려 소문보다 못한 느낌을 받았다.
공성학은 「풍교야박」이란 시가 '옛 문인들의 종적을 그르칠 정도'라고
하였는데 그는 현실적으로 허름해진 한산사의 모습을 보고 실망을 느
꼈다. 즉, 서책과 소문으로만 듣던 한산사가 자신의 상상과는 다른
'현실적' 모습을 하고 있음을 보고 실망한 것이다. 1930년에 석전(石
顚) 박한영(朴漢永)이 쓴 「한산사(寒山寺)」란 시구에서도 풍교야박의
명성이 한산사의 명성보다 높은 것을 실감하였다.

대나무 숲 비와 연기에 잠겨 어둡게 개지 않았는데, 櫻雨篁烟黯未晴
정오의 종은 오히려 나그네 심성을 적시네. 　　　 午鍾猶感旅人情

---

62) 한국고전종합DB, www.db.history.go.kr.
63) 경기도 여주 신륵사(神勒寺)를 가리킨다.

풍교의 아름다운 절구는 천금같이 중하니,　　　　楓橋佳句千金重
시 소리가 도 닦는 소리 압도함을 더욱 깨닫노라.　尤覺詩聲壓道聲

이 시는 석전 박한영이 소주의 한산사를 보고 읊은 시이다. 그는
불교인으로서 1930년에 중국 강남 지역 중앙불전 학생과의 동행으로
강남 일대를 유람하였다. 그의 시에서도 「풍교야박」의 명성이 천금같
이 귀하여 '아직도 시 읊은 소리가 도를 닦는 소리를 압도하는' 느낌을
받았다. 「풍교야박」으로 한산사가 유명해지긴 했으나 불교인으로서
한산사의 도 닦는 소리가 「풍교야박」의 시성(詩聲)에 눌려 크게 감흥
을 주지 못한 것을 한스럽게 여겼다. 사람마다 여행의 목적의식과 신
분에 따라 똑같은 경물을 보더라도 받는 감흥은 모두 다르다. 하지만
책에서만 전해 듣던 경물을 현실에서 체험했을 때 거리감을 느꼈다는
점에서도 같다.

소주가 전통적인 문예의 발상지로 생각되었다면, 항주는 강남의 유
토피아라고[64] 할 만큼 아름다운 도시로 부각되었다. 항주는 옛날 주나
라(周朝) 때 양주(揚州)에 속해 있었는데 하나라(夏朝) 임금 우(禹)가 남
방을 순행하다가 배 타고 이곳을 지나갔다고 우항(禹杭)[65]이라 불렀다.
나중에 구어로 전승되면서 같은 발음인 "禹"에서 "余"로 전해져 "여항
(余杭)"으로 불린 전설이 있다. 진한 시기에는 전당현(錢塘縣)으로 불렸
는데 특수한 지리적 위치 때문에 크게 발전되지 못하다가 수당시기에

경항대운하 공사를 시작하면서 항주는 강남의 대표적인 도시로 급부상하였다. 오대십국시기에는 월나라(越國)가 항주를 왕도로 정하였고 오월삼대5제(吳越三代五帝)들이 모두 충실한 불교 신자였기에 서호 주변에 많은 사묘, 보탑, 석굴 등 문물고적이 많았다. 남송 시기 항주는 수도로 지정되면서 그 발전이 본격적으로 이루어졌는데, 전국의 문화 중심부이자 "동남제1주(東南第一州)"에서 "전국제1주(全國第一州)"로 발돋움하였다.

항주의 대표적인 경관은 바로 서호(西湖)이다. 서호는 당나라 시기 이필(李泌), 백거이(白居易)가 항주에 지방관으로 임명되면서 우물을 파거나 제방공사를 시행하는 등 서호의 물 관리에 적극적으로 참여해 백성들에게 편이를 주었다는 유적이다. 백거이가 만든 둑은 백제(白堤)라 하였고, 송나라 때 소동파가 칙사로 부임하면서 대대적 정비가 이루어졌는데 이를 소제(蘇堤)라 하였다. 소동파에 의해서 새롭게 정비된 서호는 그 아름다움과 함께 문인들의 시적 정취가 담긴 장소로 부각되기 시작하였다. 원나라 시기 서호는 아름다움을 그대로 유지하였으나, 송나라의 멸망을 사람들이 서호의 풍취에 깊이 빠진 탓으로 보고 서호의 관리를 소홀히 하였다. 그럼에도 마르코폴로는 이 시기 항주를 유람하고 "세상에서 가장 아름다운 도시"로 기록하였다. 명청 시기는 서호의 최대 부흥기와 전승기로 볼 수 있는데 서호의 문화적 유산을 다시 관리하기 시작한 후 서호경관과 원림이 복원되었고 점진적으로 남송 시기의 수준에 도달하였다.[66] 청나라 시기에는 자연경관

---

66) 반상·서환·강태호, 「중국 항주의 역사 경관 변천 과정 – 서호 경관을 중심으로」,

으로서 서호를 따라올 곳이 없을 정도로 서호의 승경(勝景)이 전국의
으뜸 순위에 올라 있었다. 근대로 들어서면서 호항(滬杭), 항용(杭甬),
절간(折贛) 철도들이 개설되어 항주 여행에 편리한 교통 여건을 형성
하였다. 신해혁명이 끝난 뒤 1913년부터 항주 지방정부는 새로운 도
시계획을 세우고 서호의 여행경관을 개선하기 시작하였는데 성곽을
모두 허물어버리고 "서호가 성으로 들어오는(西湖搬進了城)" 경관을 연
출함으로써 서호의 교외 경관이 도시풍경으로 바뀌었다. 이런 개선
활동은 많은 여행객을 끌어들일 수 있는 좋은 조건이 되었다. 또 청나
라의 봉건적인 이미지를 없애기 위해 1914년에는 청나라 때에 중요한
역할을 한 낡은 구역을 모두 신흥 상업 구역으로 만들고 이름을 "신시
장(新市場)"라 하고 이 토지를 분할하여 경매도 진행하였다. "신시장"
과 더불어 근대적 도시 시설을 대표하는 것이 바로 공원인데 호빈공원
(湖濱公園)의 건설은 항주 여행에 현대적 요소를 많이 투입시켜 여행객
을 사로잡는 데 심혈을 기울인 표본으로 볼 수 있다.[67]

　이렇듯 중국 강남 지역의 대표적인 아름다운 도시로만 인식되었던
항주가 근대로 들어서면서 경제적 측면이나 근대화의 정도에서는 상
해로부터 밀렸지만, 전통적 경관을 관광 상품으로 근대화한 정도에서
는 그 어느 도시에도 뒤처지지 않았다.

　조선은 꾸준히 중국의 강남문화에 관심이 많았다. 조선 후기에 들어
서면서 유교 지식인들 사이에 강남문화에 대한 관심이 점차 확대되고

『한국전통조경학회지』 30, 한국전통조경학회, 2012, 35~37쪽.
67)　王國平,「民國史志西湖文獻專輯」,『西湖文獻集成』10, 杭州出版社, 2004, 827쪽.

심화되었는데, 특히 서호도(西湖圖)는 궁중과 관료들의 향유의 대상이
었고, 서호가 중국 강남 문인들과의 교유과정에서 자주 언급되기도
하였으며, 서호에 대한 인상을 내면화하여 현장의 경관 또는 대상을
심미화(審美化)하려는 경향 등이 있었다.[68] 이런 전통적 맥락하에서 조
선 사람들의 중국 강남문화에 대한 열기는 근대적 개인여행이 성장하
면서 더욱더 뜨거워졌다. 가라타니 고진(柄谷行人)은 "근대 문학의 기원
에 관해 한편에서는 내면성이나 자아라는 관점, 다른 한편에서는 대상
의 사실적 묘사라는 관점"에서 논의하였다. 그는 문학 작품에 묘사된
풍경은 내면성이나 자아와 연관될 수도 있고, 대상의 사실적 묘사와
연관될 수도 있어 낭만주의와 사실주의가 모두 근대 문학의 기원이
될 수 있다고 보았다.[69] 즉 가라타니 고진은 풍경이 '내적 인간'에 의해
발견되기에, 인간의 내면 상태와 밀접하게 연결되어 있다고 본다.[70]
소위 인간의 내면성, 근대적 자아라는 것이 자연의 승경(勝景)을 만났을
때 어떻게 나타나는지 살펴보자.

신분을 알 수 없는 동곡(東谷)은 「杭州西湖에서」[71]란 기행문을 썼는
데, 그는 조국을 떠난 지 15년째, 중원(中原)에서 지낸 지는 5년이 되어
가는 망명객이었다. 동곡은 1921년에 동삼성을 일주하여 한민족(韓民

68) 김동준, 「韓國漢文學史에 표상된 中國 西湖의 전개와 그 지평」, 『한국고전연구』 28, 한국고전연구학회, 108~111쪽.
69) 가라타니 고진 저, 『일본 근대문학의 기원』, 박유하 역, 도서출판b, 2010, 32쪽; 서익원, 「〈일본 근대문학의 기원〉을 이루는 풍경과 루소의 작품에 나타난 풍경의 비교」, 『아시아문화연구』 29, 아시아문화연구소, 2013, 189쪽 재인용.
70) 서익원, 위의 논문, 209쪽.
71) 東谷, 「杭州西湖에서」, 『개벽』 제39호, 1923.9.1.

族) 유적과 명승을 돌아보았고, 바이칼호까지 여행하였다. 경학(經學)
을 배우던 어린 시절부터 서호의 이름을 들었고 "姑蘇城外寒山寺, 半夜
鐘聲到客船(고소성 밖 한산사에서 한밤에 울리는 종소리, 나그네 태운 배에
와닿는다.)"이라는 시구(詩句)를 읽고 소항(蘇杭)의 승경을 동경하였던
동곡은 『개벽』사의 후원으로 서호를 여행하게 되었다. 강소성과 절강
성의 분계에 있는 소·항의 승경을 동곡은 '천하지승(天下之勝)'이라고
표현하였다.[72] 동곡은 "세사의 무상에 토할 수 업는 耿孤의 懷를 한번
勝景의 산간에서 寫吐하야 볼가하얏다."라고 항주의 여행목적에서 밝
혔다. 동곡은 중국을 방랑한 지 15년 차로, 중국 방방곡곡을 속절없이
떠돌아다니는 망명객으로서 자신의 이런 생활을 '霸旅의 생활'이라고
스스로 언급했다. 그의 내면에 비춰진 망국의 한을 항주의 여행을 통해
서슴없이 풀고자 하였다.

"오랫동안 憧憬에 憧憬을 더하던 東南의 全美인 杭州에 도착하고
보니 맛치 그리던 애인을 만난 것 갓다. 該驛에서 西湖로 가자면 한
8,7里쯤 되는데 行裝을 가지고 역전으로 나가니 湖邊에 잇는 여관 접
객인들은 언제 본 것 갓치 반갑게 우리 일행을 마저 西湖로 인도하야
준다. 빨니 가는 包車를 催促하야 「快快的」 어서的」하면서 於焉間 湖
邊으로 오니 멀이 霧後에 새 단장을 곱게 하고 나온 듯한 3面의 靑山
을 등에 진 西子의 맵시잇는 얼골이- 언듯 나의 눈압헤 보인다. 水天
이 상접한 彼岸의 자즌 안개 속에 산듯 산듯 보이는 風棹帆布帆은 아

72) 윤선자, 「1920년대 한국인들의 중국 여행기 분석」, 『한중인문학연구』 41, 한중
인문학회, 2013, 113쪽.

지 뭇게자라나 갓튼 探勝客을 실은 배이겟지. 언듯 여관의 정문에 이르니 멀이 온 손임을 반갑게 맛는 이들은 뽀이들은 얼는 나의 行具를 밧아들고 2層 樓上으로 인도하야 한 潔淨한 방을 내여주면서 세수물을 가저오며 獅子峰頭에 따 가지고 烟霞洞虎跑泉에 씨서내여 精製한 西湖 第一味의 龍井茶 一盃를 밧비 딸아 권하면서 어데서 오섯는가고 慇懃히 뭇는다. 나는 선듯 東三省 吉林사는 사람으로 피서하려 왓다고 답햇다. 「好好」몟 번 하면서 나간다. 該 여관은 西湖 新市場의 湖濱에 위치 하얏는데 간판은 淸泰 第二 여관이라고 붓첫스며 堂上堂下 房間이 數백餘이요 未嘗不 고등 여관인 모양이다. 나의 정한 방의 一泊費는 1원4각이요 음식은 隨意하야 사먹게 한다. 나는 빨이 세수를 한 후 龍井 一盃를 마신 후에 香煙을 피워들고 여관 樓上 正廳으로 나가니 西湖의 外湖全境은 眼下에 다 開展되야 잇다. 나는 자못 歡悅의 어조로 劉先生의게 이러케 조흔 好景을 안 보고 더 무엇하랴 하고 말을 건니엇다. 劉先生은 빙글빙글 우스면서 누가 안이랴 하얏는냐고 하신다. 爲先 湖山의 槪景을 鉅□略하고 西子의 면목을 審識한 후에 방으로 들어가서 鷄子湯麵 一碗하고 遠年 花彫 一斤을 가저와 점심을 畢한 후에는 차에서 困疲함도 이저버리고 바로 여관정문으로 나가니 즉 外湖의 정면이라. 此에 沿湖하야 小公園이 잇슴으로 小憩하면서 참으로 한 번 놀만한 곳이라고 劉先生의게 말을 건니고 兩人이 小話한 후에 곳 시가로 나갓다."

여기서 동곡은 지형(志兄) 유선생(劉先生)과 함께 처음 항주에 도착후 느낀 감정을 그대로 적어놓았다. 동곡은 어렸을 때부터 동경해오던 서호의 승경을 보러 항주에 도착하고는 마치 '그리던 애인을 만난 것' 마냥 설렌다고 서술하였다. 그는 위에서 항주의 여행목적을 자신의 '霸旅의 생활'의 일환으로 어려서부터 서책에서만 배운 항주의 문화를 '직접 경험'해 볼 수 있는 기회로 삼고 그 경험을 통해 마음에 담아뒀던 울분을 토해냈으며, 이러한 풍경과 내면적인 자아와의 관계에서 동일성을 구성하고 있다.

그는 서호 근처의 '신시장'에 위치한 청태 제2여관에 도착해 마신 용정차(龍井茶)를 '서호제일미(西湖第一味)'란 용어로 표현하였고 그것을 기행문의 소제목으로 쓰기도 했다.[73] 그는 이미 항주에 도착해 '멀이 霽後에 새 단장을 곱게 하고 나온 듯한 3面의 靑山을 등에 진 西子의 맵시잇는 얼골이- 언듯 나의 눈압헤 보인다.'고 하여 항주에 대한 인상을 '시각'[74]적으로 보여주었다. 다음으로 '서호제일미'인 용정차에 대한 '미각'[75]을 움직여 항주라는 공간의 현실을 실감케 하였다. 또 '龍井

---

[73] 동곡이 쓴 「杭州西湖에서」는 모두 여섯 분야의 소제목으로 나누었는데 그것은 「風打浪打의 나의 放浪」, 「吳姬越女의 餘音」, 「西湖 第一味의 龍井茶」, 「西湖에 배 띄우고」, 「嶽王廟에 발을 멈추다」, 「滄浪之水濁兮 可以濯吾足」이다.

[74] "유럽발(發) 근대는 '시각 중심주의(ocularcentrism)'의 결과라고 볼 수도 있다. 근대 사회의 대표적 시대정신 '계몽주의'는 말 자체가 '빛을 밝힌다'는 시각적 차원의 의미였다. 헤라클레이토스는 "눈은 귀보다 정확한 목격자"라고 했고, 플라톤은 시각을 "인류에게 주어진 가장 큰 선물"이라고 했다. 시각의 우세는 유럽의 근대적 이행과정과 밀접히 연관되어 있고 근대 철학의 대부 데카르트는 시각을 오감 중 '가장 포괄적이고 고귀한 감각'으로 간주하였는데, 이때 그가 염두에 둔 것은 신체의 두 눈이 아니라 '마음의 눈'이었다." (김미영·전상인, 「오감(五感) 도시를 위한 연구방법론으로서 걷기」, 『대한국토계획』 49, 대한국토·도시계획학회, 2014, 6쪽 재인용.)

[75] "미각은 후각과 마찬가지로 화학적 자극에 대한 감각으로, 우리는 침에 녹은 화학물질이 혀에 위치한 미뢰(味蕾)의 미세포를 자극함으로써 맛을 느낀다. 미각은 생존과 직결되는 감각이지만 혀에 닿는 찰나에 느껴지는 것으로 그 지속성이 매우 짧은 편이다. 그러나 인간만이 농사를 짓고 재배하고 요리된 결과물을 먹는다는 점에서, 미각은 단순히 본능에 충실한 탐닉의 감각 이상이다. 음식은 단순히 영양적 면을 넘어서 '암묵적, 명시적 의미와 중요성을 지닌 문화적 객체'이다."

一盃를 마신 후에 香煙을 피워들고 여관 樓上 正廳으로 나가니 西湖의 外湖全境은 眼下에 다 開展되야 잇다. 나는 자못 歡悅의 어조로 劉先生의게 이러케 조흔 好景을 안 보고 더 무엇하랴 하고 말을 건니엿다.'에서 '미각'과 '시각'이 뒷받침 된 후에 '환열'이라는 '촉각'이 발휘하기 시작되었다. "촉각은 시각과 가장 대립되는 감각이지만 공간지각에 있어 그 중요성이 덜한 것은 결코 아니다. 시각이 '거리두기' 감각이라면 촉각은 '거리소멸'의 감각으로서, 어떤 의미에서 가장 '개인적인' 감각이다."[76] 동곡은 지친 여정 끝에 도착한 목적지, 투숙할 여관, 여관방에서 마신 용정차 한 잔, 외로운 나그네들의 지기인 향연, 그리고 누각 위의 정청(正廳)에서 내려다보이는 서호의 경관을 '시각', '미각', '촉각'을 통해 재현함으로써 항주라는 공간의 특징을 더 잘 보여주었다.

이후 그는 본격적인 서호 유람에 나섰고 이는 「서호(西湖)에서 배 띄우고」란 소제목을 단 글에서 상세하게 소개되어 있다. 동곡은 시간이 여의치 않은 관계로 서호에 대해 잘 알고 있는 10년 차 서호 뱃사공의 안내를 받으며 최상경(最上景)의 풍경만 먼저 보기로 했다. 그다음 서호의 또 다른 승경이자 만고정충인(萬古貞忠人)인 악비(岳飛)를 기리는 악비묘(岳飛廟)에 대해 다음과 같이 서술하였다.

"나 역시 평소에 岳飛의 인격에 만은 仰慕를 가진 자이며 더구나 당시 조국의 존망이 경각에 잇는 그 때의 그 精忠을 다하야 그 몸을

(김미영·전상인, 위의 논문, 15쪽 재인용.)
76) 김미영·전상인, 앞의 논문, 14쪽 재인용.

희생함은 더욱 우리의 모범이라 하겠다. …… 나는 그 압헤 이르러
머리를 숙이여 장군의게 절하지 안을 수 업스며 장군의 정령에 나의
所禱하는 바도 不無타 하겠다."

　동곡은 악비의 충절을 높이 기리면서 조국의 안위가 위태로울 때에
충성을 다하여 자기 한 몸 희생한 것을 우리의 모범으로 간주하여야
한다고 하였다. 그러면서 동곡은 악비 장군에게 절을 올리고 그 정령
에 기도까지 하였다. 나라의 존망이 달린 상황에서 당당히 맞서 싸워
희생한 장군의 모습과 조국을 떠나 여행으로 망국의 한을 달랬던 자신
의 모습을 비교하면서, 당시 여행에 임한 저자의 심회는 아름다운 천
하의 절승 앞에서 더욱더 숙연해지고 그 마음속에 묻혀둔 한을 '자기
성찰'의 과정까지 이르게 하고 있다.
　이러한 글쓰기는 1931년에 또 다른 망명인 심훈(沈薰)이 쓴 「天下의
絶勝 蘇杭州遊記」[77]에서도 잘 나타난다.

　　「西湖月夜」
　　中天의 달빗은 湖心으로 녹아 흐르고
　　鄕愁는 이슬나리듯 온몸을 적시네.
　　어린 물새 선잠 깨여 얼골에 똥누더라.

　　牀前看月光 疑是地上霜
　　擧頭望山月 低頭思故鄕 (李白)

손바닥 부릇도록 배ㅅ전을 뚜다리며
「東海물과 白頭山」 떼지어 불르다말고
그도 나도 달빗에 눈물을 깨물엇네.

아버님께 종아리 맛고 배우든 赤壁賦를
雲差萬里 예와서 千字읽듯 외우단 말가.
羽化而 歸鄕하야 어버이 뵈옵과저.

「서호월야(西湖月夜)」는 심훈이 서호를 바라보면서 읊은 시로, 풍광
을 노래한 중국의 고전 명시들을 외고 있는 모습을 통해 중국으로의
망명이 조국의 현실을 타개할 뚜렷한 방향성을 가져다 줄 것이라고
기대했던 자신의 이상이 철저하게 무너지면서 결국 '귀향(歸鄕)'하는
것 외 다른 대안이 없다는 뼈저린 통찰과 '자기성찰'의 과정을 그리었
다.[78] 「서호월야」란, 제목에서부터 드러나다시피 서호의 달밤에 읊은
시이다.

심훈에게 서호의 달밤은 보들레르의 주장처럼[79] 양면성이 존재하는
공간으로 풀이된다. 중국의 망명객으로 자신의 조국을 위해 이 한 몸
바칠 각오로 살았지만 '자신의 이념'이 무너지는 순간 달밤은 '두려움의

---

[78] 하상일, 「심훈의 중국 체류기 시 연구」, 『한민족문화연구』 51, 한민족문화학회,
 2015, 101쪽.

[79] 프랑스의 시인 보들레르(Baudelaire, 1821~1867)는 밤을 양면성의 대상으로 파악
 하고 밤은 천국과 지옥의 모습을 모두 발견하며 무서워하는 밤의 이미지는 절망과
 고통이 따르지만 그 무서워하는 밤의 내면에는 안정을 주는 또 다른 밤의 모습이
 내재되어 있다고 하였다. (김상진, 「사대부시조에 나타난 밤의 성격 – 16·17세기
 작품을 중심으로」, 『시조학논총』 29, 한국시조학회, 2008, 232쪽.)

존재'로 각인된다. 하지만 바로 나는 고향 생각에 그의 달밤은 '고향 생각하면서 안정을 취하는 포근한 존재'로 바뀔 수도 있다. 그러면서 당나라 시인 이백(李白)의 「정야사(靜夜思)」를 삽입함으로써 고향을 그리는 나그네의 모습을 더욱 강조하였다. 손바닥 부르트도록 열심히 조국의 독립을 위해 이국의 땅에서 싸웠건만 결국엔 실패의 쓴맛을 봐야 하는 쓸쓸한 심정을 토로하였다. 아버지한테서 종아리 맞으며 배운 지식을 중국에 와서 소주, 항주를 유람할 때나 써야 하는 억울한 감정들이 복합적으로 작용하면서 중국의 망명 생활을 접고 고향으로 돌아가려는 향수(鄕愁)의 정서를 내비치고 있다.

2. 모더니티·식민·제국의 길항

1) 전시된 제국의 낙원

20세기 초 조선인이 쓴 중국 여행기록에는 중국을 향한 조선인의 다양한 인식들이 내재되어 있다. 그중에서 중국의 모더니티나 식민, 제국적인 이면은 상해, 홍콩, 대만 등 경제 중심 도시의 여행기록에서 찾을 수 있다.

19세기 말 20세기 초 상해(上海)는 '모던'[80]의 대표적인 도시로 손꼽혔다. 중국은 제1차 아편전쟁에서 영국에 패한 뒤 1842년 남경조약(南京條約)을 체결하여 중국의 다섯 개 도시를 개항[81]하게 되었는데 그중 상해

---

80) '모던'의 사전적인 의미는 '현대의', '근대의', '최신의', '현대적인'이다.

는 1843년에 정식으로 통상을 시작하였다. 1845년에 영국이 제일 먼저 상해에 조계지를 설립하고 연이어 미국, 프랑스가 조계지를 세우면서 실제로 상해는 서양과 동양이 함께 공존하는 신도시로 급부상하였다.

상해는 오나라의 문화를 계승하고 있으면서 송나라 때부터 신흥 무역항구로 발전되었고 원나라 때는 시박사(市舶司)[82]를 설립하여 크게 발전시켰다. 명나라 때는 중국의 최대 면방직업(棉紡織業) 중심이 되어 상업경제가 발달하였다. 청나라 때부터는 시박사를 폐지(1685)하고 해관(海關)을 설립함으로써 상해는 점차 중국 무역의 중심적 역할을 담당해왔다. 명청 시기 상해는 이미 "강해지통진, 동남지도회(江海之通津, 東南之都會)"라는 칭호를 얻었으나 송강부(松江府)[83] 관할하에 있는 작은 해변의 도시로서 소주나 항주에 비해서는 그 상업적 중요도가 높지 않았다. 하지만 근대에 이르러 상해는 세계 각국의 금점꾼들을 받아들여 발전시켜 소주와 항주를 초월할 뿐만 아니라 중국의 제일 으뜸 도시로 거듭났다.[84]

---

81) 이 다섯 개 개항도시는 광주(廣州), 하문(廈門), 복주(福州), 영파(寧波), 상해(上海)이다.

82) 중국 당나라 때부터 해상 무역에 대한 모든 사무를 맡아보던 관아 이름이다. 광주(廣州), 천주(泉州), 항주(杭州)에서 해외 각국과 통상하였는데 지금의 해관(海關)이다. 송나라 이후 크게 발전하였다가 청나라 때 폐지하였다.

83) 송강부는 중국 원나라 때 세워진 지역행정구이다. 지리적 위치로는 상해 소주하(蘇州河)의 남쪽 지역을 말한다. 초기 이름은 화정부(華亭府)이다.

84) "明清時期的上海, 已是'江海之通津, 東南之都會'; 但作爲松江府轄下的一個濱海小城, 上海始終仰慕蘇州, 追隨杭州. 近代以來, 上海接納來自世界各地的淘金者, 形成了一種開放傳統, 並迅速走向繁榮, 不僅超越蘇杭, 而且卓然成爲中國的首位城市." 蘇智良, 「上海城市的現代化歷程」, 『文匯報』, 2013年 4月8日 號 參照.

앞선 전통 시기에 비해 근대 시기 상해는 비약적인 발전을 거두었다. 영국조계지(1845), 미국조계지(1848), 프랑스조계지(1849)가 설립되고 1862년에는 영미조계지가 합병되어 공공조계지를 이뤘다. 그러나 그 후 1941년에 일본이 공공조계지를 점령하면서 차츰 영미조계지가 중국에 반환되기 시작하였고 1943년에 완전히 철수되어 조계지 활동은 일단락되었다. 일련의 변화는 모두 98년이란 시간 동안 이뤄졌는데, 이는 근 백 년 동안 서양의 조계지가 상해 근대화 발전에 상당한 기여를 한 것으로 볼 수 있다. 비록 조계지란 제국주의 침략에 의한 치욕의 상징이기도 하지만 한편으로는 중국이 서양의 선진기술을 배울 수 있었던 관문이기도 하였다.[85]

〈표 27〉 상해 관련 여행기록 - 개인문집·단행본

번호	연도	제목	필자	출처
1	1908	海上述懷十八首	張志淵	『韋庵文稿』卷1
2	1908	本港遊覽錄	趙昌容	『白農實記』
3	1911	詩	申圭植	『兒目淚』
4	1914	中華遊記	李炳憲	南通: 翰墨林書局, 民國 5(1916)
5	1916	詩	吳孝媛	『小坡女士詩集』 中篇
6	1923	中遊日記	孔聖學	民國 12(1923)
7	1924	亞洲紀行	朴榮喆	京城: 奬學社, 1925
8	1930	南遊草	朴漢永	『石顚詩鈔』
9	1935	中國紀行	曺圭喆	『夙夜齋叢稿』

---

85) 蘇智良, 위의 논문.

〈표 28〉 상해 관련 여행기록 - 신문·잡지

번호	연도	제목	필자	출처
10	1917.10.17~ 1918.1.15.	支那漫遊(1)~(66)	蘇峰生	『매일신보』 제3629호~제3700호
11	1920.8.25.	上海의 解剖	上海寓客	『개벽』 제3호
12	1920.9.25.	上海로부터 漢城까지	天友	『개벽』 제4호
13	1920.12.1.	上海로부터 金陵까지		『개벽』 제6호
14	1921.12.16.	獨逸(독일)가는 길에 (二)	金俊淵	『동아일보』 제475호
15	1923.2.1.	上海雜感	張獨山	『개벽』 제32호
16	1923.8.1.	上海의 녀름	金星	『개벽』 제38호
17	1925.6.8, 6.22, 6.29, 7.6.	一週旅行記 – 海港에서 上海까지	不平生	『시대일보』 제381호, 제395호, 제402호, 제409호
18	1929.9.1.	上海寶山路	李如星	『삼천리』 제2호
19	1930.5.1.	名文의 香味, 上海에서	李光洙	『삼천리』 제6호
20	1930.7.1.	人生의 香氣	春園	『삼천리』 제7호
21	1931.5.1.	楊子江畔에 서서	洪陽明	『삼천리』 제15호
22	1931.8.4.	버드나무 그늘(8월의 수필), 異域의 孤影	玉觀彬	『동광』 제24호
23	1932.1.1.	나의 海外 亡命時代 – 上海의 2년간	李光洙	『삼천리』 제4권 제1호
24	1932.1.25.	南中國耽奇旅行, 二百寺利의 大村落인 普陀山	崔昌圭	『동광』 제30호
25	1932.3.1.	動亂의 都市 上海의 푸로필	洪陽明	『삼천리』 제4권 제3호
26	1932.10.1.	나의 上海時代, 自叙傳 第二	呂運亨	『삼천리』 제4권 제10호
27	1933.9.1.	女, 世界의 港口獵 奇案內	高麗帆	『별건곤』 제66호
28	1936.12.1.	上海·南京·北京·回想	呂運弘 李光洙	『삼천리』 제8권 제12호

번호	연도	제목	필자	출처
29	1938.4.24, 6.23, 6.24.	江南紀行 第一信船夜, 旅宿鄕愁 - 第二信明暗上海航路 第三信虹口一帶素描	姜鷺鄕	『동아일보』 제5985호, 제6045호, 제6046호
30	1938.5.1.	上海 생각	尹致昊	『삼천리』 제10권 제5호

1908년에 1월에 블라디보스토크의 『해조신문』 주필로 초빙된 장지
연(張志淵)을 따라 블라디보스토크에 갔다가 한민학교(韓民學校) 교사
로 취임한 후 5월에 사퇴하고 장지연과 함께 상해에서 대동회관(大東
會館) 서기로 활동한 조창용(趙昌容)은 상해에 대한 첫인상을 다음과
같이 표현하였다.

"동쪽으로는 시베리아연선(西伯利連線) 동청철도(東淸鐵道)와 통
하고, 북으로는 북경선(北京線)으로 갈 수 있다. 바라본 즉 만국의 상
선이 바다에 모여드는 것이 화살촉이 빽빽이 꽂혀 있는 듯 하고, 풍경
이 아름답고 시가가 엄숙하며 거마가 종횡으로 달리는 바람에 어지러
워 쓰러질듯하여 대로상에 홀로 걸어다닐 수 없다. 돌이켜 생각하건
대 이를 즐기며 여기서 사는 것은 천상선(天上仙)이라. 구구한 우리
한국의 민생은 100년 사이에 흙구덩이 진토에서 늙어 죽으니 어찌 탄
식하고 부러워하지 않겠는가. 일만 호가 정연히 늘어서서 먼지도 없
고 화원은 찬란하고 인물은 선명하며 향내가 풍기니 가히 사람의 정신
을 빼앗을 듯한지라. 밤에는 사람이 복잡하여 걸어다니기 어려워서
거마나 전차로 통행한다."[86]

조창용은 상해의 요긴한 지리적 위치 때문에 세계 각국의 상선들이 모여든 모습이 '화살촉이 빽빽이 꽂혀 있는 듯한' 느낌을 받았고 거리에는 마차들이 종횡무진 달려서 홀로 걷기조차 힘들다고 했다. 또 상해의 가옥들은 사적으로 지은 것이 아니라 관청에서 준 제도양식에 따라 지어졌기에 매호 가옥들이 정연히 늘어져 있었고, 그는 이 모습을 부러운 시선으로 보았다. 또한 깨끗한 위생 상황, 아름답게 가꿔진 화원, 뚜렷한 이목구비에 몸에서 뿜어져 나오는 향수 냄새는 사람의 혼을 빼앗을 정도라고 하였는데 조창용이 이들을 서양인이라고 설명하지 않은 것으로 보아 중국인을 뜻하는 듯하다. 그 시대 상해에서 느낄 수 있는 화려하고 번성한 도시의 전형적인 표현이다. 상해가 비록 홍콩이나 대만처럼 완전한 식민지는 아니었지만, 서양 각국의 조계지들이 치외법권을 행사하여 반식민지(半殖民地)나 다름없는 곳이 되었다. 서양인의 개항으로 발전된 상해는 제국의 전시장으로서 그 역할을 잘 소화하고 있었고 많은 외국 여행객들에게 제국 권력의 힘을 과시하는 장소로도 묘사되었다.

상해는 중국 경제의 중심이자 소비문화가 번영하던 기회의 땅이었다. 공업, 금융업, 무역업, 서비스업 등 다국적 경제활동이 진행되고 있었던 상해의 인구증가는 정치적 변동과도 관련되어 있기는 했으나, 더욱 중요한 원인은 상해의 경제적인 매력에 있었다. 상해의 외국기업과 경쟁에서 살아남아야 했던 중국인들에게 상해는 최신의 경영과 금

---

86) 趙昌容, 『白農實記』, 독립기념관 한국독립운동사연구소 1993. (독립기념관 한국
   독립운동정보시스템 www.i815.or.kr의 번역텍스트 인용.)

융기법을 배우는 학교였고, 기업활동에 최적의 조건을 제공하는 친기업적 공간이었다.[87] 이런 친기업적 공간에 조선의 개성실업가인 공성학(孔聖學) 일행이 조선총독부 전매국과 일본 미쓰이물산(三井會社)의 협조를 받아 중국을 여행하였는데 그때 중국 대륙에서 제일 처음 발을 내디딘 곳이 바로 상해였다. 원래 인삼 관련 이권은 모두 왕실에서 관리하고 있었으나 일제 식민통치 시기에는 조선총독부 전매국에서 장악하고 1914년 이후부터는 일본 독점자본 미쓰이물산주식회사에만 불하되었다. 미쓰이물산이 불하받은 홍삼은 주로 중국 시장에 판매되는데 염가 불하와 해외 독점판매로 폭리를 취한다는 지탄을 받기도 하였지만, 개성삼업조합으로서는 홍삼 판매의 중국 판로를 확보하고 있는 미쓰이물산과의 협력관계가 필요했다.[88]

즉 공성학에게 있어서 상해라는 곳과 중국 시장은 돈을 벌 수 있는 기회의 땅이었다. 그러나 식민지 지배하에 이루어진 여행인바 일본 측의 지원을 받았고 가는 곳마다 미쓰이의 안내를 받아야만 한 것으로 보아 이는 결코 자유롭지 않은 일정이었다. 그는 상해에 대한 첫인상을 이렇게 표현하였다. "상해 시내 전경을 내려다보니 사람들의 행렬은 마치 콩나물 같고 다니는 마차들은 개미 같았으며 노을이 질 때 뚫어져라 바라보니 바닷물이 까마득하게 보였다."[89] 그러면서 시 한

87) 김태승, 「동아시아의 근대와 상해 – 1920~30년대의 중국인과 한국인이 경험한 상해」, 『한중인문학연구』 41, 한중인문학회, 2013, 11쪽 참조.
88) 이은주, 「1923년 개성상인의 중국유람기〈中遊日記〉연구」, 『국문학연구』 25, 국문학회, 2012, 191쪽 재인용.
89) "俯看上海市內全景, 人行如荳, 馬去如蟻, 日暮眼窮, 海水渺茫." 『中遊日記』, 四

수를 읊었다.

천층의 전각들이 구름에 기대고 있고	千層閣倚片雲開
호경이 한눈에 온전히 들어오는구나	滬景全收一目來
만국의 진귀품이 섞여서 해로와 육로로 나르니	萬國錯珍輸海陸
반공중에 푸르른 금빛으로 누대들이 솟았구려	半空金碧聳樓臺
눈매가 깊고 코가 오똑한 자가 바야흐로 세상을 주도하고	
	深眸隆準方持世
잠수함과 비행기가 각각 재주를 뽐내니	潛艇飛機各衒才
높이 하늘에 물으니 하늘은 침묵하고	高語聞天天默默
해산의 동쪽을 바라보며 슬피 배회하네	海山東望悵徘徊

공성학이 처음 상해에 갔을 때 제일 눈에 띄었던 것이 바로 인구였
다. 그는 길거리에 사람들이 다니는 모습을 마치 콩나물이 빽빽이 자
라는 모양과 흡사하다 보았고 거리에 다니는 마차들은 개미들이 짐을
이고 기어다니는 모습과 비슷하다고 보았다. 그리고 상해의 번영과
발전은 서양 사람들이 이 땅을 지배하기 시작해서부터 아주 많은 진귀
품들을 육로와 해로를 통해 통상함으로써 이루어졌고, 잠수함과 비행
기 같은 새로운 운반수단들이 자신들의 자태를 자랑하듯 분주하게 다
니는 모습이 영락없이 세계적인 도시임을 느끼게 해 주었다. '눈매가
깊고 코가 오똑한 자가 바야흐로 세상을 주도하고'에서 이 도시가 서
양인들을 위한, 서양인들에 의해 생겨난 도시임을 암시하였고 '해산

月初六.

의 동쪽을 바라보며 슬피 배회하네'란 마지막 구절에서는 자신의 입장
과 같은 식민지인들에게 상해는 결코 살아가기 쉽지 않은 공간임을
보여주었다.

제국의 전시장으로서 홍콩은 더할 나위 없는 곳이다. 홍콩(香港)은
진한 시기부터 남해군(南海郡)에 속해 있었고 당나라 때는 동완현(東莞
縣)으로 되었다가, 송원 시기부터는 내륙의 인구가 홍콩으로 옮겨가면
서 홍콩의 경제, 문화 발전을 촉진시켰다. 이때 이곳 외항(外港)에 툰
문(屯門)⁹⁰⁾ 순시검사기관(巡檢司)을 설립하여 군대를 주둔시키고 해적
의 침입을 막게 하였다. 명나라부터 청나라 아편전쟁이 일어나기 전
까지 이 지역은 광주부(廣州府) 관할 아래에 있는 신안현(新安縣)이 되

---

90) 명나라 시기 1517년에 포르투갈인 빌리·안츠덕(比利·安刺德)이 대포를 실은 군
함으로 홍콩의 툰문을 침입하고 이듬해 그의 동생인 시몬·안츠덕(西門·安刺德)
이 툰문, 쿠이융(葵涌) 일대와 여러 섬들을 점령하였으며, 그 후로는 포르투갈
특사 미얼정(米兒丁)과 군관 도오(都奧)가 군함 5대와 천여 명이 되는 병사를 이끌
고 툰문에 들어섰다. 1522년에 광동해도부사(廣東海道副使) 왕굉(汪宏)이 군사를
거느리고 포르투갈 침략자들과 싸워 승리를 거두었는데, 이것은 중국이 서양의
침략전쟁에서 처음으로 거둔 승리이다. 1570년에는 일본 해적이 홍콩의 일대 지역
에 침입한 것을 막은 적도 있다. 청나라 시기 1683년에는 영국동인도공사(英國東
印度公司)에서 상선(商船)을 파견해 2개월 동안 홍콩 지역에 머물었는데 이것은
영국의 상선이 처음으로 홍콩에 도착한 것이었다. 그 후, 1741년에는 영국의 군함
이 중국 연해 지역의 동향을 살피러 홍콩의 남부에 잠깐 정착하고, 1806년에도
염탐하러 다녀가고, 1816년에는 영국 정부가 인도에서 총독직을 맡고 있는 야몰스
(亞墨尓斯)를 중국에 파견하여 통상규정 체결과 일부 섬의 할양을 건의하였으나
거절을 당하였다. 1821년 후부터는 아편을 실은 영국의 상선이 자주 홍콩 일대에
정착하기 시작하였고, 1839년에 호광총독(湖廣總督)인 임칙서(林則徐)가 호문(虎
門)에서 아편을 불태워버린 이후 '아편전쟁'에 이르게 되었다. 이를 계기로 영국은
호시탐탐 노리던 홍콩섬을 빼앗고 본격적으로 중국에 대한 침략의 장을 열었다.
趙盛印, 「古代香港歷史變遷」, 『濮阳教育學院學報』, 1997年 第2期, 5~6쪽.

었고 지금의 홍콩섬(香港島), 구룡반도(九龍半島), 신계(新界)를 포함하고 있었다.[91]

　15세기부터 포르투갈, 스페인, 영국, 프랑스 등지의 상인들이 비단, 도자기, 진주, 은, 차 등을 교역하는 장소로 홍콩을 이용해 오면서 홍콩은 '근대' 중국의 수입창구로서, 서양의 상품교역의 교두보로 인식되어 왔다.[92] 영국은 1842년 '남경조약(南京條約)'으로 홍콩섬을, 1860년 '북경조약(北京條約)'으로 구룡반도를, 1898년 '홍콩경계확장조례(展拓香港界址條例)'로 신계 지역까지를 모두 99년 동안 영국에 조차하도록 하였다. 1941년부터 1945년 제2차 세계대전이 끝나기 전까지 근 4년 동안 홍콩은 일본이 점령하고 있었다. 제2차 세계대전 이후 홍콩은 비약적인 경제발전으로 뉴욕, 런던에 버금가는 세계 3대 금융 중심이 되었고 아시아의 금융, 서비스, 항운 중심이 되었다. 그 후 1997년 7월 1일에 99년 동안의 조차과정을 끝내고 '일국양제(一國兩制)' 기치 아래서 중국의 품으로 돌아왔다. 이렇듯 홍콩은 1842년부터 1997년까지 근 155년 동안 영국의 식민통치를 받았으며 중국으로서는 홍콩이라는 지역이 뼈아픈 역사공간이기도 하다. 또한 홍콩은 중국인의 시각에서 '국치의 상징'과 '근대의 상징'으로 표상[93]되기도 한다. 20세기 초반에 홍콩을

---

91) 李培臣·任金榮, 「百年恥辱史 今日一朝雪」, 『鄭州工業大學學報(社科版)』 第一期, 1997, 1쪽.

92) 김태만, 「〈아편전쟁〉과 홍콩, 그리고 21세기의 중국」, 『오늘의 문예비평』, 산지니, 1997, 192쪽.

93) 전근대 중국인들늠 실제로 홍콩을 돌아본 여행자들의 경험세계에서 홍콩에 대한 이미지를 '국치의 상징'과 '근대의 상징'으로 읽었다. 그리고 표면적으로 서로 모순되는 두 이미지는 그들이 근대를 경험하는 내면세계에서 서로 얽혀 있었으며,

유람한 조선인은 영국의 전시장으로서 홍콩을 인식하였으며 이런 제국
의 전시장은 '식민주의'라는 이미지뿐만 아니라, 제국주의의 '권력'을
상징하는 공간으로 승화된다.

〈표 29〉 홍콩 관련 여행기록 - 개인문집·단행본

번호	연도	제목	필자	출처
1	1914	志山外遊日誌 - 南陽群島	鄭元澤	探求堂(1983)
2	1914	中華遊記	李炳憲	南通: 翰墨林書局, 民國 5(1916)
3	1928	香臺紀覽	孔聖求	京城: 中央印書館(1931)

진암(眞菴) 이병헌(李炳憲)이 1914년에 공교복원운동을 펼치려고 중
국에 들렀다가 강유위(康有爲)를 만나러 홍콩에 간 적이 있다. 그는 홍
콩에 체류하면서 겪고 보았던 여러 가지 중에서도 빅토리아 여왕의
동상에서 서양의 권력을 다시 한번 확인하였다.

    "시중에는 유고한 빅토리아 여황(維多利亞女皇)의 동상이 있는데
    생각건대 60년 동안의 성위(聲威)가 전 세계에 떨쳤으나 아직도 사그
    라지지 않았다. 동양에서는 여주(女主)로 흥한다는 것은 들어본 적이
    없고, 오히려 세간에서는 여태후(呂太后)나 무측천(武則天)을 경계하
    였다. 그러나 서양에서 영주는 빅토리아를 첫 순위로 하니, 이것은

───

홍콩의 자연환경도 도시환경의 일부로 감상되어 그들의 근대 경험에 녹아든 것,
즉 모든 것이 중국인의 근대 경험의 분열과 교차 및 그 복잡성에서 잘 드러난다고
하였다. 구체적인 '국치의 상징'과 '근대의 상징'에 대한 논의는 백영서, 「20세기
전반기 중국인의 홍콩 여행과 근대체험 - 또 하나의 경계를 넘어서」, 『중국근현
대사연구』 34, 중국근현대사학회, 2007을 참조하기 바란다.

동서양의 반대적인 비례이고 전제입헌의 다른 점과 벗어나지 않음을 여기다. 이것에 도달하는 자는 천하의 연고에 대해 말할 수 있다."[94]

이병헌은 홍콩의 명승지를 유람하면서 그곳에 빅토리아 여왕의 동상이 있는 것을 보고 매우 의아해하였다. 그는 빅토리아 여왕의 동상을 보고 중국은 여태후나 무측천 같은 여제(女帝)들을 경계의 대상으로 삼고 있으나 서양은 여인을 영주(令主)로 보고 추앙하니 참으로 동서양이 반비례하다고 생각하였다. 그는 서양이 이렇게 할 수 있는 것은 모두 입헌군주제라는 제도 때문에 가능한 것이라고 보고 있다. 강유위는 사회진화론의 관점에 입각하여 입헌군주제를 중국에 제창한[95] 장본인이기도 하다. 이병헌도 강유위의 제자인 양계초(梁啓超)가 쓴『무술정변기(戊戌政變記)』, 신문『만국공보(萬國公報)』[96], 영국인 선교사 이

---

94) " …… 市中有故英女皇維多利亞銅像, 想其六十年聲威震寰球, 而猶不鑠也. 泰東則未聞有以女主興者, 而世以呂太后, 武則天爲戒. 然歐西之令主, 則首排維多利亞, 此正東西反比例, 而究不外乎. 專制立憲之有異耳, 達乎此者, 可以語天下之故也 …… "李炳憲,『中華遊記』4月29日.

95) "강유위(康有爲)·양계초(梁啓超)·엄복(嚴復)·양두(楊度) 등 유신변법파-입헌파(維新變法派-立憲派) 사상가들은 1) 사회진화론의 관점에 입각하여 입헌주의(입헌군주제) 채택이 중국의 불가피한 선택임을 밝히고(開制度局而定憲法), 2) 동시에 천부인권론에 입각한 민권(자유와 평등)의 보장을 강조하면서(興民權), 3) 입헌주의·권력분립 주장을 한층 구체화시켜 의회제도의 정비와 사법제도의 개혁을 현실정치에서 제기했던 것이다(設議院開國會·實行權力分立)."청말 입헌주의에 관련된 논의는 신우철,「근대 입헌주의 성립사 연구 - 청말 입헌운동을 중심으로」,『법사학연구』35, 한국법사학회, 2007, 275~276쪽 참조.

96) "『만국공보(萬國公報)』는 모두 두 가지가 있는데 하나는, 미국인 선교사 임악지(林樂知, Young John Allen, 1836~1907)가 1868년에 상해에서 발간한 신문인데 전형적인 종교 간행물로써 본명은『교회신보(敎會新報)』이다. 1889년 변법을 주

제마태(李提摩太)와 중국인 채이강(蔡爾康)이 공동으로 번역한『태서신사요람(泰西新史要覽)』을 구독한 후 사상적 전환이 생기게 되었다.[97] "이병헌의 이런 사상적 전환은 의회(議會)의 구성과 학교설립이라는 실질적 방안으로 실천 계획이 세워졌다. 그는 1908년 정미7조약(丁未七條約)으로 조선 각지에서 의병들이 민간을 침학하며 분열을 자초한다는 소식에 단합을 추구할 필요성을 제기하며 향촌의 사람들을 설득해 관청에다 민의회(民議會) 설치를 주도하였다. 그러나 민의회의 설립은 성공하였으나 단합을 역설하는 자신의 견해에 수긍하는 사람보다 질시하는 사람이 많아 군립보통학교(君立普通學校) 설립 논의가 무산되는 등의 실패를 겪었다."[98]

이병헌의 입헌군주제에 대한 생각은 이 홍콩행에서 빅토리아 여왕의 동상을 보고 다시 한번 연상되었다. 동상은 1896년에 빅토리아 여왕의 제위 60주년을 기념하기 위하여 홍콩 정부에서 만든 것이다. 이

장하는 단체 광학회(廣學會)의 기관지로 새롭게 출범하고 1907년 말 종간 될 때까지 월간지로 활약하였다. 주편은 임악지이고 이제마태도 편찬 작업을 함께 하였다. 주로 선교와 교우(敎友)들의 커뮤니케이션을 목적으로 만들어진 이 신문은 당시 중국의 시대적 배경과 중국인들의 근대, 그리고 구미에 대한 탐구욕으로 금방 세속과 과학의 비중이 늘어나고 종교 내용이 줄어들면서 국제정세와 과학지식을 전파하는 도구로 변신했다. 다른 하나는, 강유위가 "공차상서(公車上書)" 이후 창간한 신문인데 1895년 8월 17일부터 발행한 짝수일간지이다. 제46기부터는『중외기문(中外記聞)』으로 이름을 바꿨다." (김준,「근대 동아시아 지적 토대의 형성 – 진암 이병헌의 사상 전환을 사례로」, 남명학연구소 춘계 학술대회, 2015, 104쪽.)

97) 김준, 앞의 논문, 102쪽.

98) 설석규,「진암 이병헌의 현실인식과 유교복원론」,『남명학연구』22, 남명학회, 2006, 339~340쪽 재인용.

병헌은 여왕의 동상에서 영국 제국주의의 권력을 보았고, 그것은 공간구조 및 공간조직은 권력이 작동하는 방식을 반영한다는[99] 푸코의 이론으로 풀이된다. 즉, 동양의 세계에서는 생각조차도 할 수 없는 여왕의 동상이 서양의 세계에서는 그 국가를 대표하는 상징물이며 범접할 수 없는 권력의 상징으로 표상된다.

이처럼 국가는 전통성과 통치의 위엄을 나타내기 위해 다양한 표현체를 생산하며 실록이나, 법령집, 역사서 등은 물론이고 도시의 공간적 표현체들을 통해 국가는 그 통치 권력을 상징한다. 건축물과 거리, 광장이나 망루 등의 공간적 배열을 총괄하는 도시계획은 기능적 요인 외에 통치 권위를 상징하기 위해 설계되었다.[100]

이런 "통치의 위엄을 나타내기 위한 다양한 표현체"를 진암 이병헌은 동상 외에 공원(公園)이라는 장소를 통해서도 보았다. 이병헌이 홍콩에서 체험한 공원은 유원(愉園), 취원(翠園), 장원(樟園)이었는데 그곳에 대한 인상을 아래와 같이 적어 놓았다.

> "유원(愉園)에 이르러서는 주변을 소요하며 관람해보니 원은 한인이 경리한 곳에 속해 있었고 정자와 못과 대는 구불 돌아 서로 마주하여 지극히 정미하고 깨끗하였다. 또 기이한 꽃과 나무들이 풍성하고 찬란하였는데 유독 노란 국화가 많았다. 줄기는 높게 솟아 구름에 늘

99) 전종환·서민철·장의선·박승규 지음, 『인문지리학의 시선』, 논형, 2008, 「8장-장소와 경관을 새롭게 읽기」, 293쪽.
100) 김왕배, 『도시, 공간, 생활세계 – 계급과 국가 권력의 텍스트 해석』, 한울, 2000, 145쪽.

어지고 꽃받침은 금전을 토해낸듯 하며 서리를 업신여기는 자질이 또 더위를 능히 견뎌냄이 더욱더 탄식한다.

돌아서 구불구불 들어가니 취원(翠園)의 뜰에는 식물들로 가득 차 있는데 모두 솜씨 좋은 장인이 만든 것으로 혹 바로잡거나 굽혀서 왜 인의 형상을 만들기도 하였다. 뿌리는 이(履)로부터 뚫고 나왔는데 혹 억지로 굽혀서 동물의 모양을 만들었다. 싹은 입국에서 나와 품종마 다 색색마다 모두 남다른 자태를 드러냈는데 보기에 혹 아름답지 못한 것도 있었다.

장원(樟園)에 들어가니 나무의 열매가 있었는데, 껍질을 뚫고 자라 마치 버섯이 나무 몸체에 붙어있는 것과 같았으니, 천하의 식물이 많 기도 하다. 또 다시 봐도 불가사의하다. 의자에 앉아 잠시 쉬었다가 해가 기울어지려 할 즈음에 서양인의 매장하는 곳에 들어가 보니, 석 총과 옥관이 제도는 비록 다르지만 모두 깨끗하고 정갈했다. 높은 비 와 짧은 비가 모양은 혹 달랐으나 법식은 제각기 방정하였다. 각 사방 의 빛깔이 맑고 반들거리고, 무덤이 가지런히 놓이며 사이에 기이하 고 아름다운 꽃들이 있다. 또 분수를 설치하고 섬돌을 쌓아 좌우에 앉을 의자를 나열해 두어 사람들로 하여금 머물며 감상하게 하였으 니, 마치 절승의 공원에 들어온 듯하다.

중국인의 들판이나 물가 아무 곳에 매장하는 것에 비하면 어찌 하늘 과 땅 차이 뿐이랴. 백암이 말하기를, '세상에서는 서양인들의 생활정 도가 동양 세속보다 훨씬 낮다는 것은 알지만 죽은 사람을 보내는 예절 또한 극진함을 알지 못한다. 아! 서양에서 동양을 취한 것이 진실로 적지 않으나, 동양에서 서양을 취하는 것이 어찌 한계가 있으리오.'"[101]

---

101) "至于愉園, 因逍遙周覽. 園屬漢人所經理, 而亭榭池臺, 屈轉相對, 備極精洒. 又有 異花異樹, 盈遲燦爛, 惟黃菊最多, 莖秀雲朶, 蕚吐金錢, 益歎其凌霜之質, 又能耐 暑也. 復逶迤而入, 翠園滿庭植物, 皆巧施人工, 或逞矯揉而矮人狀. 根從履穿, 或

이병헌이 경험한 유원, 취원, 장원은 그야말로 처음으로 겪어 본 것들
이었다. 이병헌은 홍콩에 도착하기 전에 먼저 상해를 유람한 적이 있
다. 그는 상해의 황포탄공원(黃埔灘公園)을 통해 근대식 공원을 경험하
였는데, 여기서는 주로 인도 병사에 대한 인상을 피력하였다.

> "간간이 인도 병사들이 순찰하고 있었고 빨간 두건으로 머리를 감
> 싸고 곱슬머리로 상투를 하였다. 혹 돌아다니고 있는데 신체는 백인
> 들보다 훨씬 크고 생김새는 사납고 어두워 보였다. 호루라기를 불면
> 서 다니는 것이 영국조계가 점한 우세를 알 수 있었다."[102]

홍콩에서는 그 '권력공간'이 삼원(三園)을 통해 드러나는데, 유원에
서는 이름 모를 갖가지 꽃과 나무들, 취원에서는 장인의 솜씨를 뽐내는
작품들, 장원에서는 죽은 사람의 비석을 세우는 풍습에서 선진적인
서양의 문화가 곧 권력의 공간임을 또다시 깨닫게 된다. 특히 죽는
사람을 보내는 예절(送死禮節)에 있어서 '중국인들이 들판이나 물가에
매장하는' 풍속에 비해 훨씬 깨끗하고 간결하며 사자(死者)에 대한 존

強屈曲而作動物樣. 芽從口出種種色色, 皆呈別態. 觀或, 有不雅者矣. 入樟園, 則
有見樹之實, 穿生于其皮, 恰如化菌之着于樹身者, 天下之植物, 衆矣. 又見其不可
思議者矣. 少憩于椅, 日斜方迴, 入于西人埋瘞所. 石塚玉棺, 制雖不一而備甞潔
淨. 崇碑短碣, 樣或差殊, 而式各方正. 色澤瀅滑, 堂斧整楚, 間植名花異卉, 又設
噴池築砌, 左右列置坐椅, 令人留連嗟賞, 如入絕勝之公園也. 比中國人之亂瘞於
原野, 溝瀆者, 何啻天壤. 白岩曰, 世知西人生活程度, 遠勝於東俗, 而不知送死之
節, 又能自盡也. 噫! 吾知西之取東者固自不乏, 而東之取西者, 當何限也."李炳
憲, 『中華遊記』 4月29日.

102) "……間有印度巡兵, 以紅巾纏頭, 卷髮爲髻耳. 或有環而身材比白人尤偉大, 面
貌獰黑在, 在出哨可知, 英界之占優勢 ……"李炳憲, 『中華遊記』 3月29日.

중이 묻어난 예의라고 찬양한다. 그는 서양인들이 작은 석총옥관(石塚 玉棺)으로 만든 비석을 정결하게 줄지어 놓고 사이사이에 꽃으로 장식 하며 비석 주변을 분수대나 작은 섬돌들로 쌓아올려 장식한 공간이 마치 '절승의 공원'에 온 것 같다고 표현하였다.

"이에 권력이 모든 관계를 통하여 조용히 작동되기보다는 오히려 경관을 통해 명시적으로 시각화된다고 본 조르주 바타유(Georges Bataille)[103]의 방식에 주목할 필요가 있다."[104] 즉, "식민지배자들의 기 념비적 건축물은 권력적 은유로서 기능했고 의도적으로 새로운 신민 (臣民)들을 위압할 수 있도록 만들어진 것이다."[105]

---

103) "조르주 바타유(1897~1962)는 프랑스 사상가이자 소설가이다. 문학·철학·예술· 사회학 등 광범위한 영역에서 '죽음, 에로티즘, 금지, 침범, 과잉, 소비, 증여, 성 스러운 것 등의 주제는 모두 지고성이라는 중심 테마에 수렴된다'고 보는 입장이 다."(『해외저자사전』, 교보문고, 2014.)

104) 조앤 샤프 지음, 『포스트식민주의의 지리 – 권력과 재현의 공간』, 이영민·박경환 옮김, 여이연, 2011, 107쪽.

105) 조앤 샤프 지음, 위의 책, 104~107쪽. 이 책에서는 "미셸 푸코의 원형 교도소는 제레미 벤담(Jeremy Bentham)이 고안한 흥미로운 감옥에 기초하였고, 이 감옥은 감시탑이 중앙에 있지만 죄수들은 자신이 언제 감시인으로부터 감시당하는지 알 수 없도록 되어있다. 푸코는 죄수들이 자신이 언제 감시당하고 있는지를 알 수 없기에 사실상 감시인들이 감시탑에 항상 있을 필요가 없다는 것이다. 그것은 죄 수들의 규율화를 용이하게 하는 건축 구조였고, 자기규율을 강화하도록 중앙탑에 서 뿜어져 나오는 권력의 시선으로 보았다. 푸코는 이것을 근대 사회가 작동하는 방식에 대한 일종의 은유라고 간주했다." "하지만 식민주의하에서는 통치 권력이 지배를 지속하기 위해 드러나지 않는 교 묘한 방식으로 규율적 경관을 사용할 뿐만 아니라, 여전히 스펙터클한 형태의 권 력, 예를 들어 공개적인 잔혹한 형벌 같은 것들이 계속해서 행사되었다. 이에 조르 주 바타유는 푸코와 다른 방식으로 접근한 것인데 그것이 바로 위 인용문의 내용 이다. 위 인용문에서 신민(臣民)은 푸코의 모델과 반대인데, 그것은 건축 형태가 신민들에 대한 훈육적 시선을 용이하게 한다기보다는 신민들 자신이 직접 건축물

그리하여 이병헌에게 빅토리아 동상도, 유원·취원·장원도 모두 대
영제국이 식민지 통치를 통해 이루어낸 '권력의 공간'이고 위상이다.
그들은 '경관을 통해 명시적으로 시각화'한 효과를 이루어냈고 그것은
또 야경(夜景)을 통해 보이기도 한다.

천기가 일전하여 화성이 돌아가니	天機一轉火星回
불야의 강산에 환상의 경계가 열렸네	不夜江山幻境開
십 만개 누대는 혼돈의 세계로 돌아간 듯하고	十萬樓臺歸混沌[106]
삼천 세계는 여래가 강림한 듯	三千世界[107]降如來
긴 무지개 물에 거꾸로 비쳐 용궁을 찾고	長虹倒水探龍窟
명월주는 드리워 개미더미 헤아리는 듯	明月垂珠[108]數蟻堆
더운 날 왕래는 아직 미정이니	暄熱往來猶未定
강 복판에서 노 하나로 잠시 배회하노라	中流片棹暫徘徊

이 시는 손봉상(孫鳳祥)[109]이 쓴 「향항야경(香港夜景)」이다. 1928년

에 내재된 권력의 기호를 바라보도록 하고 있기 때문이다."라고 설명하였다.
106) 천지개벽 초에 아직 만물이 확실히 구별되지 않은 상태.
107) 불교에서 3천 개나 되는 세계라는 뜻으로, 넓은 세계 또는 세상을 가리키며, 삼천
     대천세계(三千大千世界)의 준말이다.
108) 명월주는 일명 야명주라고도 한다.
109) 손봉상(孫鳳祥)은 경기도 개성 출생으로, 개성삼업조합의 초대조합장을 역임하
     고, 1912년 합자회사 영신사(永信社)를 개성의 거상인 김원배(金元培)·공성학(孔
     聖學)·김정호(金正浩)·박우현(朴宇鉉) 등과 같이 설립하여 사장에 취임, 상품의
     도산매·위탁판매, 창고업 및 금융업을 경영하였다. 개성의 전화(電化)를 위하여
     1917년 4월 개성의 거상 김정호·김기영(金基永)·공성학 등과 개성전기주식회사
     를 설립하여 취체역이 되었다. 1918년 9월 자신의 삼포를 기틀로 하여 공성학·
     김정호 등의 협력을 받아 고려인삼주식회사(高麗人蔘株式會社)로 법인화하여 삼

에 홍삼판로시찰차 손봉상, 공성학(孔聖學), 공성구(孔聖求)[110] 등이 일본 미쓰이물산의 안내를 받으면서 여행하였고, 공성구는 자신의 기행일기와 손봉상, 공성학의 기행시를 합쳐서『향대기람(香臺紀覽)』을 출간하였다. 이 여행의 여정은 부산을 거쳐 시모노세키, 대만, 홍콩, 마카오, 상해로 이어진 경로이다. 손봉상은 갑자년(1924)에 이미 중국 일대를 유람한 적이 있었고 4년 뒤에 다시 중국의 대만, 홍콩 지역에 이르렀다. 그는『향대기람』의 서문에서 홍콩에 대해 다음과 같이 서술하면서 지명과 관련된 전통적 지식이 근대적 실질과 괴리를 이루고 있는 현상을 기술하였다.

> "홍콩은 조그마한 섬으로 광동성(廣東省)과 복건성(福建省)사이 초택(草澤)에 어촌 몇 집이 의지해 있었다. 그러나 지금은 변화하여 큰 도시가 되어 거기에 살고 있는 100만 명의 사람들로 시끌벅적하니 신세계라 이를 만하다. ……
> 태산(泰山)에 올라서는 부자(夫子, 孔子)가 천하를 작게 여긴 기상을 상상하였고, 여산(廬山)에서는 이백(李白)이 폭포를 보았다는 시구를 외웠으며, 장강(長江)을 굽어보면서 오(吳)나라와 위(魏)나라가 패권을 다툰 자취를 조문(弔問)했고, 요동(遼東) 벌판을 지나면서 수(隨)나라와 당(唐)나라의 군대가 실패한 해를 떠올렸으니, 이번에 간

포경영을 관장하는 한편, 회사의 주 목적은 인삼 판매를 적극화하는 것이었다. (『한국민족문화대백과』, 한국학중앙연구원.)
110) 공성구는 1920년대 개성삼업조합에 근무하였고, 사촌 형 공성학(孔聖學)이 관장하는 고려인삼주식회사에서 사업을 도와 1929년에는 개성고려청년회 이사장을 지낸 인물이다.

일은 제목 없는 그림을 보는 것과 같아서 처음에 의심하던 것이 끝내 개운치 않았다. ……

하문(廈門)을 지날 때에는 오직 한유(韓愈)의 사당만이 200리 거리에 있다고 들었으니, 비로소 남쪽 지역이 황폐해졌다는 것을 알게 되었다. 하물며 홍콩은 바다 위의 이름 없는 푸른 산봉우리에 불과했지만 오늘날과 같은 번성함이 있게 되었으니, 그렇다면 사물은 알려짐과 알려지지 않음이 있는 것인가, 아니면 지역에 흥함과 망함의 구분이 있음인가. 만약에 그것을 다른 나라에게 떼어 넘겨주어서 남의 손을 빌려 이룬 것이라 하더라도 나로서는 미심쩍은 것이 풀리지 않았다. …… "[111]

손봉상은 개성의 실업가이자 전통적인 유교 교육을 받은 전통 지식인이다. 그는 태산에 올라서는 공자의 기상을, 여산에 올라서는 이백의 시를, 장강을 굽어보면서는 오나라와 위나라의 전쟁사를, 요동벌판을 지나면서는 수나라와 당나라가 요동 땅을 빼앗긴 역사들을 떠올렸다. 하지만 '바다 위의 이름 없는 푸른 산봉우리에 불과한' 홍콩이란 곳은 한 번도 책에서 읽어 본 적이 없는 미지의 땅이었으나 영국의 식민지가 되면서 주목해야 하는 '실질'을 담보하는 도시로 탄생된 것에 주목하였다.

「홍콩야경」을 쓴 손봉상도 근대로 이행하면서 실업가의 길을 걷고 있지만 유교 교육을 받고 자란 사람이었다. 그에게 홍콩의 밤은 예전에 자신이 생각했던 동양의 밤과 전혀 다른 세계였고 그것은 마치 '화

---

111) 공성구 지음, 『香臺紀覽』, 박동욱 옮김, 태학사, 2014, 10~11쪽.

성이 돌아가니', '환상의 경계가 열린 것' 같았고, '혼돈의 세계'를 보는 것과 '삼천세계'가 내려와 있는 것 같이 현실세계가 아닌 환상을 보는 것 마냥 신비하였다. 또 알록달록 무지개색을 내는 빛은 물에 반사되어 마치 '용궁을 찾아가는 것' 같았고, 구술모양의 야명주들은 개미 더미를 헤아리는 것처럼 많음을 보여주었다.

빅토리아 여왕이 1837년부터 1901년까지 근 64년 동안 대영제국을 통치하면서 이 시기 영국은 정치, 경제, 문화의 최고 번영기를 맞이하였고 세계적인 강대국으로서 '해가 지지 않는 제국'으로 일컬어졌다. 영국은 자신들의 권력을 동아시아에서 홍콩이라는 공간을 통해 표출함으로써 '해가 지지 않는 제국'임을 과시하였다. 또 그들은 산업혁명을 성공적으로 치른 뒤 '전구의 발명'을 통해 홍콩의 밤을 '야경'으로 표현하면서 홍콩을 전 세계에 '해가 지지 않는 제국'임을 입증하는 '권력의 공간'으로 드러내고자 하였다.

20세기 초 중국 여행에서 아편 체험은 아주 매력적인 경험이다. 이에 『향대기람』의 저자 공성구의 일행도 이 경험을 통해 영국 식민지 배통치의 '권력'을 실감한 적이 있다.

"비가 내리기도 하고 혹은 해가 뜨기도 하다가, 밤이 되자 비가 쏟아붓듯 내렸다. 중국인 홍삼 특약 판매자 연합이 연회에 초대하여, 불야성인 시가를 지나 금릉주루(金陵酒樓)라는 술집에 도착하였다. 금릉주루는 서양식으로 새로 지은 건물이다. 내부 치장은 순전히 화류목(花柳木)만을 사용했다. 한 칸에 20명을 수용하였으며, 중국의 18성으로 이름을 붙였으니 절강루(浙江樓)라거나 호북루(湖北樓)와 같은 것이었다. 각 누의 내부에는 아편 피우는 대를 설치했다. 가운데에는 등불을 하나 켜놓고, 좌우로 마주 누워 흡연하는 대로 물건을 대주었는데, 그 진액은 공짜였다. 처음 보고 깜짝 놀랐다. 이때 나는 더위와 습기로 소화불량에 걸려 시험 삼아 두 차례 흡연했으나 그다지 효과를 느낄 수 없었다. 대개 이 독성 물질은 중국으로 흘러 들어와 피해를 주어 나라 형편이 위태로운 데까지 이르게 했다. 근래 중국 정부가 아편을 엄금했으나 홍콩은 영국령이었다. 그래서 아편 피우는 것을 이처럼 개방하였으니 참으로 가히 개탄할 만한 것이었다."[112]

공성구 일행은 중국인 홍삼 특약 판매자 연합에서 초대한 연회에 참석하러 시내에 있는 술집에 갔는데 이 술집은 단순히 식사와 주류를 제공하는 곳이 아니라 아편을 피우는 곳이기도 했다. 무진년(戊辰, 1928) 에 공성구 일행이 중국에 갔을 때는 이미 중화민국(中華民國)이 통치한 지 십여 년이 흐른 뒤이다. 위에서 남경 지역을 소개했을 때 언급했듯이 국민당은 수도인 남경을 중국의 모범적인 도시로 거듭나게 하기 위해 아편, 창기, 마작, 점술 등을 모조리 없애 버리려는 시도를 하였고 비로 소 신수도의 이미지를 만들어왔다.

그러나 중국의 정치 권력은 일정 시기를 제외하고는 대체로 아편정 책을 재원 확보 수단으로 이용하기도 하였다. 특히 중화민국 시기에 들어서서는 군벌 간의 군사비 확보 과정에서 아편금지정책이 재원 확 보의 수단으로 전락하였고, 남경정부도 역시 북벌과 공산당 토벌과정 에서 막대한 군사비 지출 등으로 인해 아편금지정책을 제대로 시행하 지 못하였다.[113] 중국인들이 아편의 만연을 완전히 뿌리 뽑지 못한 이

---

112) 공성구 지음, 앞의 책, 「5월 27일, 아편을 피우다」, 82쪽.

유는 이런 국가적 재원의 부족에 기인한 것이다.

당시 홍콩에서도 역시 아편은 주점과 같은 공개된 장소에서 버젓이 팔렸던 듯하다. 공성구는 소화불량을 핑계 삼아 두 차례 흡연을 시도 했으나 만족할만한 효과를 보지 못하였다. 하지만 홍콩의 개방적인 아편관(鴉片館)을 보고 개탄하였다. 중국 영토에서는 아편 거래가 공개적으로 드러나지 않았다면, 영국의 식민 영토인 홍콩에서는 정상적으로 거래되기도 하였던 것이다. 그는 영국의 이런 통치 이념에 개탄하였고 같은 식민지인의 입장에서도 쉽게 이해를 하지 못하였다. 모든 제국주의 국가가 그러하듯 자신의 우월성을 식민지배를 받는 '신민'들에게 보여주는 방식은 각양각색이었다.

기원 230년, 삼국시기(三國時期)에 오나라 국왕 손권(孫權)이 군사 1만 명을 "이주(夷洲)"[114]로 파견했으며 이것은 오나라 심형(沈瑩)이 쓴 『임해수토지(臨海水土志)』에 수록되어 있는데, 이는 대만(臺灣)에 대한 최초의 기록으로 간주된다. 대만은 수나라부터 원나라까지는 유구(琉球)라고 불렸고 당나라 말기부터 한족(漢族)들이 이주하기 시작하여 송원 시기에는 상당수의 사람들이 팽호(澎湖) 일대인 대만에 들어가

---

113) 박강, 「근대 중국의 아편·마약의 사회문제」, 『한중인문학연구』 14, 한중인문학회, 2005, 298~299쪽.

114) "夷州在臨海郡東南, 去郡二千裏. 土地無霜雪, 草木不死. 四面是山, 眾山夷所居. 山頂有越王射的正白, 乃是石也. 此夷各號爲王, 分割土地, 人民各自別異, 人皆髡頭, 穿耳, 女人不穿耳. 作室居, 種荊爲蕃鄣. 土地饒沃, 既生五穀, 又多魚肉. 舅姑子父, 男女臥息共一大床. 交會之時, 各不相避. 能作細布, 亦作斑文. 布刻畫, 其內有文章, 好以爲飾也. …… " [吳]沈瑩, 張崇根輯注, 『臨海水土志』, 中央民族大學出版社, 1998.

살았다. 원나라 말기에 설치된 팽호순검사(澎湖巡檢司)는 1387년에 명나라가 해금정책을 실시하면서 폐지되었지만 1563년에 연해 부근의 치안문제로 다시 설치되었다. 명성조·영락연간(明成祖·永樂年間)에는 삼보태감(三寶太監)으로 불리는 항해가 정화(鄭和)가 방대한 군함을 거느리고 남양(南洋)의 각국을 방문하던 차에 대만에 머문 적이 있었는데 그때 공예품과 농산품을 가져가 널리 분포시켰고 나중에 삼보강(三寶姜)이란 특산품이 민간전설로 전해져 오기도 하였다.[115]

15, 16세기는 대항해 시기로 유럽의 해상강국들이 세계의 곳곳을 발견하고 탐험하여 자신들의 식민지와 무역, 선교활동을 활발히 펼쳐 나갔다. 1624년에 네덜란드동인도회사(荷蘭東印度公司)는 중국과 일본의 무역 거점인 남대만(南臺灣)을 점령하였고, 그 후 스페인의 북대만(北臺灣) 점령지마저 빼앗으며 대만 전체를 자신들의 식민지로 만들었다. 이때부터 대만은 근 38년 동안 네덜란드의 지배를 받았고 1661년 명나라 말기 청나라의 세력과 대항하던 정성공(鄭成功) 장군은 군사 2만 5천 명을 거느리고 대만을 진공하여 그 땅을 수복하였다. 청나라가 건국된 후 대만을 차지한 정성공 정권과 청 정부는 계속 대치하였고 1683년 청 정부는 복건수사제독(福建水師提督) 시랑(施琅)을 파견하여 정성공 군대를 무너뜨리고 이듬해에 복건성(福建省) 소속의 대만부(台灣府)로 귀속시켰다. 이후 많은 내륙 사람들이 이민을 통해 넘어가 대만의 인구는 190만 명에 이르렀다.[116] 그 후, 1879년에 메이지 유신으로

---

115) 「臺灣的歷史沿革」, 中國臺灣網, www.taiwan.cn.
116) 伊藤潔(原著), 陳水螺(漢英編譯), 『台灣歷史』, 前衛出版社, 2004, 20~60쪽.

빠르게 제국주의 행렬에 오른 일본은 류큐(琉球)를 병합하고 대만과 조선을 호시탐탐 노리고 있었다. 그러다가 1894년에 청일전쟁(淸日戰爭)을 기점으로 청나라는 대만을 일본에게 할양하고 조선에 대한 종주국의 권위도 상실하였다. 일본은 대만을 50년 동안 식민지로 통치했고 제2차 세계대전의 참패로 대만을 다시 중국의 영토로 반환하였다. 그러다가 1949년에 중화인민공화국이 탄생하면서 중화민국의 국민당 정부는 중국 내전에서 패하고 대만으로 돌아갔으며, 현재까지 대만은 자주독립과 중국에의 복속 사이에서 실랑이를 벌이고 있다.

현재까지 알려진 "조선인 최초의 대만 방문은 1727년 해난사고를 당해 표류하던 중 대만에 도착해 그곳에 머물다 조선으로 돌아온 기록을 통해 확인할 수 있다. 그 후 1877년까지 15회에 걸쳐 총 170명의 표류민이 대만을 거쳐 왔는데, 그들의 이동 경로는 대체로 대북-하문-복주-북경-의주였다. 이처럼 근대 이전 대만과 조선은 주로 청나라를 매개로 연결되어 있었다."[117]

하지만 "20세기 초 대만 여행은 주로 일본 측의 관할 아래에서 이루어진 여행들이 대부분이고 그 여행은 일본의 식민지배의 우월성과 타당성을 보여주는 것을 목적으로 하였다. 일제 식민 시기 대만 관광은 단순히 조선 사람들에게 대만의 풍경과 문물을 소개하려는 목적이 아니었다. 일본 식민정부가 관광 사업에 심력을 기울였던 것은 경제적인 이윤 이상의 가치가 있다고 생각했기 때문이다. 동화적 의미를 가

---

117) 오태영, 「근대 한국인의 대만 여행과 인식 – 시찰기와 기행문을 중심으로」, 『아세아연구』 56, 아세아문제연구원, 2013, 300~301쪽 재인용.

진 관광지의 관람은 실은 사상 통치의 일환이었다."[118] 다음 도표는
20세기 30년대까지 쓰인 대만 여행과 관련된 기록들이다.

〈표 30〉 대만 관련 여행기록

번호	연도	제목	필자	출처
1	1916	內地及臺灣視察記	韓相龍	京城: 朝鮮總督府
2	1921	臺遊雜感	朴潤元	『개벽』 제9호
3	1921	臺灣에서 生活하는 우리 兄弟의 狀況	朴潤元	『개벽』 제13호
4	1922	臺灣案內	東京平和博覽會內臺灣館 編	東京: 東京平和博覽會內臺灣館
5	1922	亞洲紀行 - 臺灣	朴榮喆	장학사
6	1923	臺灣福州를 단여와서	盧正一	『동아일보』 제1199호
7	1927	臺灣, 香港, 比律賓, 支那 漫遊記	崔哲岳	京城: 朝鮮總督府
8	1928	香臺紀覽	孔聖求	中央印書館
9	1930	臺灣紀行	朴有鎭	『조선일보』 제3272호
10	1930	海洋博物館	韓鐵舟	『별건곤』 제31호
11	1930	反亂線上에 立한 臺灣의 生蕃과 熟蕃, 그들의 生活相과 今後運命如何	壽春山人	『별건곤』 제35호
12	1930	臺灣蕃族과 朝鮮	朴潤元	『동아일보』 제3573호
13	1931	臺灣의 過去와 現在, 그 政治的 産業的 地位	黃崗	『동광』 제17호
14	1931	臺灣紀行	金赫默	『매일신보』 제8575호
15	1934	[빠나나]이야기 臺灣視察에서 본대로(上, 下)	金俸植	『동아일보』 제4729호

---

118) 陳慶智, 「'香臺紀覽' 기록에 투영된 일제시대 臺灣의 모습」, 『동아시아문화연구』
56, 동아시아문화연구소, 2014, 257쪽.

위 목록은 대만에 관련된 여행기록들이다. 위 목록의 여행기록들을 중심으로 조선인의 대만 인식에 대해 살펴보고자 한다.

> "대북신사는 대북시의 북쪽인 검담산(劍潭山) 기슭에 있는데, 기타시라 가와노미야(北白川宮能久親王) 전하를 위해 건립한 것이다. 메이지(明治) 29년, 대만을 정벌하는 전역(戰役)에서 가와노미야 전하는 군대를 통솔하며 여기저기에서 싸우다 탄알에 맞아 죽었다. 그의 혼령을 평안하게 하기 위해 이 신사를 지은 것이다. 신사의 규모는 숭고하고 존엄하였다. 숲의 나무는 무성하였고 석등 수백 개가 좌우로 마주해 늘어서 있었으니, 모두 대만의 관리와 백성이 봉헌한 것이다. 담수(淡水) 한 줄기가 신사 앞으로 가로질러 흐르고 있어 이름을 검담(劍潭)이라 했다. 검담 옆에 있는 절은 검담사(劍潭寺)라 했는데, 옛날 정성공(鄭成功)이 이 지역을 개척할 때 그 보배로 여기던 칼을 못물에 던졌으므로 검담사라는 이름이 붙었다. 신사 앞에서 사진을 찍어 기념으로 삼았다."[119]

공성구가 쓴 『향대기람』에서는 일본 신사에 대해 소개하였는데 그 중 대만에서 참배한 신사 중 하나가 바로 대북신사(臺北神社)[120]이다. 대북신사는 1895년에 가와노미야가 대만을 정벌하는 전쟁에서 죽은 것을 기리기 위하여 개설되었다. 기타시라 가와노미야는 황족으로, 후시미노미야(伏見宮) 친왕가의 아홉 번째 왕자로 태어났다. 그는 일본

---

119) 공성구 지음, 앞의 책, 「5월 5일, 대북의 여러 명소를 두루 다니다」, 28쪽.
120) 대북신사는 『향대기람』의 표시대로 쓴 것인데, 지금은 대남신사(臺南神社) 혹은 대만신사(臺灣神社)로 부른다.

의 식민역사에서 동아시아 첫 식민 지역인 대만을 정벌하는 중에 희생된 영웅이다.[121] 일본은 대만 교화정책에서 이런 영웅적 경관을 사용하여 "통치의 위엄을 나타내기 위한 다양한 표현체"[122]로 부각시키고 자신들의 '권력' 상징의 공간으로 표상하였다. 이러한 표현은 자국의 영웅뿐만 아니라, 대만 본 지역의 영웅인 정성공(鄭成功)의 신사에서도 보이는데, 기본적인 설립 목적과 맥락은 대북신사의 그것과 대동소이하다.

　"방향을 틀어 개산신사(開山神社)에 이르렀다. 이 신사는 정성공을 위해 만든 것이다. 정성공은 명말(明末) 때의 사람이다. 그의 아버지는 무역인으로 일본 규슈의 나가사키(長崎)로 건너가 일본 여인에게 장가들어 정성공을 낳았다. 그러다 아버지가 본국으로 돌아가 다시 오지 않자 그의 어머니는 어린 정성공을 데리고 명나라에 왔다가 그대로 눌러 살았다. 명나라가 망할 때쯤 그는 명조의 자손을 거느리고 난리를 피해 여기에 도착했다. 앞서 거주하던 네덜란드 사람과는 함께 살 수 없어 서로 다투다가 여러 날 만에 비로소 통치 권한을 손에 쥐고 이 땅을 지배하게 되어 동평왕(東平王)으로 추봉되니, 이것이 그의 약력이다. 신사의 규모는 매우 장엄하였다."[123]

---

121) 『향대기람』에서는 전쟁에서 싸우다가 총에 맞아 죽었다고 하였으나, 전쟁 중에 병을 얻어 죽었다는 설도 있고 그의 죽음은 아직도 미스터리로 남아있다. 최근에 대만 학자 吳佩珍은 그의 형상으로부터 대만 식민지사관을 '패자'의 입장에서 논의를 하였다. 자세한 내용은 吳佩珍, 「明治〈敗者〉史觀與殖民地台灣-以北白川宮征台論述爲中心」, 『台灣文學硏究學報』 第二十期, 2015를 참조하기 바란다.
122) 김왕배, 앞의 책, 145쪽.
123) 공성구 지음, 앞의 책, 「5월 11일, 고웅과 대남역 일대를 구경하다」, 52~53쪽.

공성구 일행이 5월 11일에 유람한 곳은 정성공을 기리는 개산신사
(開山神社)였다. 일본 사람들이 식민지 대만 교화정책에 있어서 청나
라와 대치한 명나라 장군을 흠상할 일은 없을 터이지만, 그의 어머니
가 일본 여인이라는 사실을 증명하면서 그 또한 엄연히 일본 핏줄이
섞여 있음을 명시하고, 그의 신사를 후세에 기리도록 아주 장엄하게
지어 놓은 것이다. 그 당시 대만 곳곳의 신사라는 공간은 일본 식민
'권력'의 상징과 식민의 타당성을 제시하고 그것으로 식민지인들을 교
화하는 수단으로 쓰고 있었다.

일본인들이 세계패권 다툼에 뛰어들면서 가장 처음 식민 지배를 획
책한 외국 땅이 바로 대만이었다. 그만큼 대만은 지리적으로도 일본
과 아주 가까이에 있을 뿐만 아니라 아열대, 열대기후로 물산이 풍부
하여 자원이 부족한 자국에 원료를 공급하는 중요한 지역이었다. 대
만 관련된 여행기록에는 자원에 관한 이야기가 많이 나온다.『향대기
람』의 기록을 보면,

"산업은 농업이 주가 되어, 쌀을 해마다 두 번씩 수확하는데 600여
만 석이나 되어서 250여 만 석을 수출하고 있으며, 감자 19억 근과
차 1,900여 만 근, 땅콩 50여 만 근, 콩 종류가 10여만 석이었다. 이
땅의 특산물이 파초 열매는 한 해 생산이 2억 8,000만 근이어서 수출하
는 금액이 1,300여 만 원이며, 파인애플 수출액은 170만~180만 원이
다. 사탕 생산액은 8억 근이고, 장뇌와 기타 임산 수산 광산 등 연간
수출 총액이 2억 6,700만 원이며 수입은 1억 7,000만 원이었다. 초과
한 수출 금액이 1억 원에 가까웠으니 그 풍부함을 알만하였다."[124]

여기서 대만의 자원이 얼마나 풍부한지 보여준다. 일본인들에게 대만은 자국의 부족한 자원을 보충해줄 수 있는 최적의 생산공간이자 이윤 창출의 공간이다. 그중 귀하면서 가장 독보적으로 많은 것이 바로 사탕이다. 대만의 사탕 생산액이 8억 근에 달한다고 하였는데 사탕은 예로부터 귀한 물품이었다.

전통 시기 설탕이 조선이나, 일본에서는 아주 귀하고 사치한 물품이기에 곧 왕실이나 귀족들이 쓰는 권위의 상징물이었다.

개항 이후 일본의 설탕장려정책에 힘입어 대만은 일본에서 소비되는 설탕의 주요 원산지가 되었고 당시 대만제당업은 '당업제국주의(糖業帝國主義)'라고 불릴 정도였다.[125] 다산 박영철의 『아주기행』에서도 사탕(砂糖) 관련된 수치들을 기록[126]해 적을 정도로 그 당시 대만 여행기록에서는 종종 제당업이나 사탕수수 관련된 수익수치들이 보이곤 하였다. 그것은 대만의 제당업이 근대화 발전을 상징하는 문명 담론으로 비춰졌고, 곧바로 일본의 식민정책의 권력 상징으로 표상되었다. 설탕이 전통 시기에 왕의 권력의 상징이었다면, 근대로 이념하면서는 제국주의 권력의 상징으로 부각된다.

---

124) 공성구 지음, 앞의 책, 「5월 13일, 대만의 이모저모를 기록하다」, 57쪽.

125) 伊藤潔(原著), 陳水螺(漢英編譯), 『台灣歷史』, 前衛出版社, 2004, 148쪽.

126) "砂糖, 以甘蔗製造, 甘蔗作付反別, 爲八萬甲, 會社十四, 資本金九千三百萬圓, 工場三是一個所, 製糖高, 四億五千萬斤, 價額一億四千萬圓." 朴榮喆, 『亞洲紀行』, 中編, 臺灣.

2) 모더니티 문화의 만연

20세기 초 중국 여행기록에는 중국이 세계적인 무대에서 낙오자의 역할을 담당하고 있었다. 그러나 그 당시 개화파들은 중체서용(中體西用)을 주장하였고, 중국의 경제, 사상뿐만 아니라 전통적인 문화가 점차 모더니티로 변화되었다. 그중에서 상해는 중국의 모더니티의 문화를 수용하고 답습하는 중요한 공간이었다.

> "江岸과 平行하는 大道의 일홈도 黃浦灘이라 닙 넓죽넓죽한 白楊木이 운치잇게 江岸으로 들숭날숭 버리어서고 그 그림자로 전차, 마차, 자동차, 인력거 정신이 횡하게 왓다갓다하며 巍峩하게 돌로 지은 會社銀行大宮室은 이곳이 제일이라는데 支那大國의 재정을 줌을럭거리는 滙豊은행은 더욱 有心하게 보이며 그 줄로 니억니억 나라는 적어도 돈 만키로 유명한 白耳義은행과 기타 어느 나라 은행이고 이곳에 지점 하나이라도 아니 둔 이가 업다 하니 支那의 금융중심이 이 猫額만한 黃浦灘頭에 다함도 遠來한 客에게는 이상한 감상을 주더이다."[127]

이 여행기록은 이광수가 처음으로 상해에 갔을 때 쓴 것인데 그는 상해에 대한 여러 가지 묘사 중에 모더니티한 면모를 은행에서 찾았다. 황포탄 근처에 즐비하게 세워진 은행 중에서도 회봉은행(滙豊銀行)은 중국의 재정을 관리하기에 더욱 유심히 보인다고 하였다. 회봉은행은 봉건중국의 금융시장을 통제했던 핵심적인 외국자본으로서 영업실적이 가장 뛰어났고 정치, 경제적으로도 봉건 중국체제에 대하

---

127) 이광수, 「名文의 香味, 上海에서」, 『삼천리』 제6호, 1930.5.1.

여 막대한 영향력을 지니고 근대 자본주의 발전과정의 가장 중심에서 활동했던 은행이다.[128] 이광수는 이런 중국의 큰 자본을 움직이는 기관을 모더니티의 상징으로 보고 '이상한 감상'을 받았다고 하였다. 이광수는 회봉은행을 단순한 영국 권력의 상징으로 본 것이 아니라 근대 중국을 모더니티하게 변화시키는 문화로 보았다.

1936년에 『삼천리』 잡지에 실린 「上海 · 南京 · 北京 · 回想」에서 여운홍(呂運弘)은 상해에 대해 다음과 같이 회상하였다.

"南京路의 殷盛은 지금도 여전하였다. 십 여 층 건물도 작고 늘어가고 아스발트 우로 분주히 지나가는 近代 尖端的 남녀들로 더욱 늘어간다. 더구나 야경은 찬란하였다. 네온싸인이 하늘에 흐르는 별 모양으로 무수히 번득이고 있었다. 東京의 銀座가 번성하지만 上海의 南京路 殷盛은 그 이상이다. 그러나 한거름 옆골목에 발을 드려놓으면 거지 거지 거지 거지의 떼에 진저리를 치게 한다. 그 蒼白한 얼골 아편에 중독된 빈신불수의 그 四肢 몸에서 나는 악취, 거리에는 이 乞人 외에 强盜깽, 挾雜輩가 橫行한다. 한거름 잘못 드디면 제 몸에 진 財物은 물론 의복까지 심하면 생명까지 빼았기고 만다. 戰慄의 범죄의 이 도시 그러면 四馬路의 茶館같은 데서 보는 세련된 南方美人 그 매력에 세계의 온갖 인종은 모아든다. 陶醉와 歡樂을 그 속에서 찾기爲하여. ······"[129]

---

128) 이철원, 「근대중국경제와 홍콩─상하이은행(HSBC)의 성장」, 『역사문화연구』 11, 한국외국어대학교 역사문화연구소, 2000, 121쪽.

129) 呂運弘, 「上海 · 南京 · 北京 · 回想」, 『삼천리』, 1936.12.1.

그는 남경로의 은성이 도쿄의 긴자보다 더 번화하다고 하였다. 같은 시기 이광수는 「동경구경기」에서 "銀座는 歡樂의 中心地로 世界的 名聲을 가지고 있다. 이곳에는 各百貨店과 飲食店과 카페와 댄스 호올이 集中되어서 東京住民은 밤에 銀座에 나오는 것을 큰 行樂으로 알고 있다."[130]고 『조광』잡지에 긴자에 대해 소개한 바가 있다. 긴자는 20세기 초 20년대 후반부터 도쿄의 가장 번화한 공간으로 일컬어지고 있었다. 여운홍은 그런 도쿄의 긴자를 능가하는 곳으로 상해 남경로를 묘사함으로써, 상하이의 발전적 측면을 강조했을 뿐만 아니라, 이러한 '천당적인' 공간 뒤에 숨겨진 '지옥적인' 모습을 극명하게 대비시켰다. 즉 '한거름 옆골목에 발을 드려 놓으면 거지 거지 거지 거지의 떼에 진저리를 치게 한다.'고 묘사하고 '아편', '악취', '강도' 등 생명의 위협까지 느낄 수 있는 아찔한 범죄적 공간으로 대비시켰다. 하지만 찻집에서 볼 수 있는 '세련된 남방미인'은 '세계의 온갖 인종'들이 모여 '도취'와 '환락'을 찾는다고 하였다. '옆골목의 거지떼'와 '찻집의 세계 온갖 인종'은 '골목'과 '찻집'이라는 두 가지 공간을 '약자'와 '강자'의 대립으로 내세워 상해의 '지옥'과 '천당'이 공존하는 모습을 보여주고 있다.

그 당시 모더니티의 대명사로 중국의 상해는 빼놓을 수 없는 지위에 있었다. 경제성장과 더불어 상해의 모던 문화는 그 시대 사회상을 대표할 만큼 압도적이었다. 도쿄의 은좌를 능가할 만한 남경로가 상해 모더니티 문화를 이끌어갈 중심에 있었다.

---

130) 『이광수전집18』, 삼중당, 1962, 291~292쪽.

　유럽인들은 자신들의 문화와 기술, 종교로 토착민들을 조금씩 밀어내면서 아메리카 대륙의 신주인이 되었다. 일본은 '탈아입구(脫亞入歐)'하여 유럽의 신대륙 탐험을 허심하게 배우면서 곧바로 중국과 조선을 그 실험의 대상으로 삼았다. 사나운 맹수로 변신한 일본과 '종이호랑이(紙老虎)'가 된 중국과의 싸움에서 중국은 대만을 떼어주는 치욕을 겪었고, 대만은 일본의 양자(養子)인 양 남다른 변신을 거듭하였다.

　1916년에 한성은행 전무취체역(專務取締役) 한상룡(韓相龍)에 의해 작성된 『내지급대만시찰기(內地及臺灣視察記)』는 대만 권업공진회(勸業共進會)를 시찰하고 쓴 일본어 시찰기이다. "그의 여행목적이 대만 권업공진회와 관련된 경제 시찰이었음에도 불구하고, 생번(生蕃) 가옥, 번도(蕃徒) 교육소를 방문한 것은 한편으로 문명 개량화되어가는 대만을 확인하기 위해서였다."[131] 『내지급대만시찰기』는 조선과 대만의 발전상을 비교해보라는 조선총독부의 지시를 받은 시찰기이다. 이 시찰기에서 한상룡은 같은 식민지로서 '식민모국' 일본과의 관계에 대한 인식은 소거한 채, 문명개화의 발전상에 초점을 맞춰 식민지 조선 근대화의 당위성을 부각시키기 위한 근거로 대만을 제시하고 있다.[132] 그리하여 생번 가옥과 번도 교육소를 방문하는 등은 모두 대만 토착민들이 일본에 의해 교화하고 개화되어 가는 과정을 조선에게 보여주고자 하는 의도였다. 이러한 상황은 1928년에 개성삼업조합 일행들이 대만을 여행했을 때도 비슷하였다.

---

131) 오태영, 앞의 논문, 304쪽.
132) 오태영, 위의 논문, 306쪽.

"아침 일찍 일어나 밥을 먹은 뒤 귀빈관을 쭉 살펴보고, 번인 아이들이 다니는 학교를 시찰했다. 남녀 50여 명이 모두 맨발과 맨몸이었고 앞가슴만 헝겊 조각으로 가린 자가 많았다. 교사가 아이 몇 명을 지정하자 어떤 아이는 대화를 했고, 어떤 아이는 강연을 했는데, 일본말을 사용했다. …… 대만에서 태어난 번인족은 본래 평지에서 살았는데 이주한 한족(漢族)에게 압박받고 산속으로 물러나 살아가고 있었다. 모두 일곱 종족이었는데, 언어나 풍속이 서로 달랐다. 모두 740여 집단으로 인구는 13만여 명이었다. 타고난 성질이 사납고 모질며 동작이 날쌔 용감하게 싸우는 것을 좋아하였다. 자신들끼리는 아주 끈끈하게 단결하고 힘을 똘똘 뭉쳐 외부에서 가해오는 모욕을 방어하였다. 어업과 수렵 생활을 하는 그들은 완전히 원시 민족과 같았다.

그중에서 한족으로 귀화한 번족은 성질이 점차 온순해져 현대의 정치 체제에 동화되었는데, 각판산 주민들이 대개 이러한 부류였다. 그들의 생활상을 살펴보니 단순하고 꾸밈이 없이 세상에 대한 욕망이 없는 것 같았다. 그러나 근래에는 차츰 교화되어 생활이 조금씩 개선되자, 그 안에서 돈을 저축하여 세금을 내는 자도 있고 의전(醫專)을 졸업해 산 위에서 개업한 자도 있었다."[133]

이것은 공성구가 쓴 『향대기람』의 5월 7일 일기의 일부분이다. 이날의 일정은 번인 아이들이 다니는 학교를 시찰하는 것이었다. 번인 아이들의 차림새는 '맨발과 맨몸에 앞가슴만 헝겊 조각으로 가린' 전형적인 토착 원주민 모습이었지만, 아이들이 대화하고 강연하는 언어에 모두 일본어를 사용함으로써, 일본 식민지의 교화정책이 제대로 실행

---

133) 공성구 지음, 앞의 책, 「5월 7일, 번인을 직접 만나보다」, 37~38쪽.

되고 있음을 보여주었다. 또 한족으로 귀화한 번족들도 일본 식민체제
에 동화되어, 부를 쌓고 납세도 하고, 의과 전문학교를 졸업한 자들도
있어 병원 개업마저 하는 상황이었다. 1922년에 다산(多山) 박영철(朴榮
喆) 일행이 보여준『아주기행(亞洲紀行)』에서도 한상룡의『내지급대만
시찰기』와 비슷한 내용들로 편집되었다.

이 시대 여행기록들에서는 우수한 일본 식민지의 이미지를 부각시
키기 위하여 그 지역 원주민에 대한 교화정책이나 근대식 교육체계를
식민정책의 일환으로 보여주기도 한다. 그것은 조선에 보여주기 위한
수단이고 조선인들을 교화하려는 목적이었다.

근대 조선의 여성 서양화가인 나혜석이 1927년에 구미유학길에 오
르면서 중국, 러시아를 거쳐 유럽과 미국을 여행하였는데 그가 중국을
경유한 지역은 안동, 봉천, 장춘, 하얼빈, '만주'였다. 그중에서 미술에
조예가 깊은 그는 하얼빈에 대한 인상을 다음과 같이 표현하였다.

> "哈爾濱은 北으로 歐露 及 歐羅巴 各國을 통하야 세계적 교통로가
> 되어 잇고 南으로 長春과 續하야 南滿洲鐵道와 연락한 곳으로 세계인
> 의 출입이 不絶하고 露國혁명 이후 舊派 즉 白軍派가 亡命되여 이리로
> 多數 집합하게 되어섯다. 당시는 세계적 음악가, 미술가, 其外 各 기술
> 가가 만히 모혀드러 處處에서 조흔 구경을 할 수 잇섯든거슨 내가 본
> 사실이다. 과연 哈爾濱은 市街가 번번하고 인물이 繁華한 곳이다."[134]

나혜석이 본 하얼빈은 유럽의 작은 도시를 모방한 것처럼 세계적

---

134) 羅蕙錫,「쏘비엣露西亞行, 歐米遊記의 其一」,『삼천리』제4권 제12호, 1932.12.1.

음악가, 미술가 기타 기술가들의 집합공간이었다. 그는 하얼빈을 긍정적이고 예술적 색채가 짙은 번화한 문화공간으로 보았다.

> "할빈! …… 여러 나라의 인종을 모아서 한 도회를 만든 곳은 세계가 넓다할지라도 상해(上海)를 내어노코는 별노 업다, 그러기에 이 할빈에는 상해와 가튼 국제덕의 도회문화가 되어 잇다, 그리고 그의 특증으로하는 것은 에로와 구로이며 그것이 극도로 발달되어 잇다. 할빈의 에로의 세계 구로의 천지에 충만되어 잇는 것은 모다 백계로서아인의 계집들 뿐이다.
>
> 백계로서아 인이라 하면 현금은 어느 나라에서든지 아모 보호도 밧지 못하는 민족이다, 동시에 어느 곳 민족에게든지 어느 계급에게서든지 보호를 밧지 못하는 터이다, 즉 쏘비엣 로서아에서 쫏겨나서 이 도회를 이 세상 유일의 안주지와 낙원으로 생각하는 민족이다. 그러기에 룸펜생활을 아니할 수 업시 된다. 여기에 그네들 독특의 자유가 생기는 것이다. …… 이 자유가 할빈의 에로, 구로를 만들고 잇슴으로 그 에로, 구로가, 엇더한 공긔 속에 잠겨 잇슬 것인고 함은 능히 상상할 수 잇다.
>
> 술과, 인육과, 빗(光)과 이 셋이 엉클니운 이상한 세계! 이 세계를 백계로서아인 류만명은 꾸며노코 그리고 사라간다. 그러면 에로와 구로가 엇더한 모양으로 전개되는고, 몃 가지를 적으리라."[135]

이 글을 쓴 작가는 누구인지 모르나 1931년 '만주사변' 이후 '만주국'의 관할 아래에 놓인 하얼빈의 문화는 나혜석이 본 것처럼 아름답고

---

135) 「哈爾賓의 情調 朴게렌스키」, 『삼천리』 제5권 제9호, 1933.9.1.

낭만적인 예술의 도시가 아니었다. '에로의 세계 구로의 천지에 충만'
한 환락장으로 변화였고 '술과 인육과 빛이 엉클어진 이상한 세계'로
묘사된다. 1932년에 '만주국'이 건립되고 신경(新京)이 새로운 수도로
자리를 잡게 되면서 한때 화려했던 하얼빈의 국제적 도시로서의 명성
은 신경에 빼앗기고 만다. 사람들은 더 이상 하얼빈을 가지 않아도
신경에서 하얼빈의 향수를 누릴 수 있게 되었다.

3. 이주와 정주의 공간

20세기 초 중국 여행기록에서 이주와 정주는 조선인에게 중요한 삶
의 요소로 자리 잡았다. 많은 조선인들은 일본 식민주의 탄압을 피해
고향을 등지고 타국으로 이주하게 되었고, 또는 일제의 선전으로 일확
천금을 노리며 사람들도 월경(越境)하여 새로운 삶을 영위하고자 하였
다. 조선인의 사회에서 이주와 정주의 공간은 중국의 동북 지역에 가장
많았고 이 지역은 조선인의 사회에서 '만주'라는 이름으로 불렀다.

'만주(滿洲)'는 지리적 명칭과 민족의 명칭 두 가지 의미를 내포하고
있는데 지리적으로는 현재 중국의 동북삼성(東北三省)인 흑룡강성(黑
龍江省), 길림성(吉林省), 요녕성(遼寧省)을 포함하고 있다. 이 지역은
춘추전국시기 연나라(燕國)의 요동군(遼東郡), 요서군(遼西郡)으로 편
입되었고 진시황이 중국을 통일한 후에는 연나라의 옛 지역들이 요동
군(遼東郡)으로 정해졌으며 진시황이 건설한 만리장성의 시발점이 바
로 요동이었다. 명나라 시기에는 이곳에 산해관(山海關)을 세워 연경

으로 들어가는 관문으로서 '천하제일관(天下第一關)'이라 불렀다. 청나라 시기에는 애신각라·황태극(愛新覺羅·皇太極)이 청나라의 발상지인 후금(後金)을 '만주'로 개칭하였다.[136]

민족을 지칭하는 용어로 살펴보면 '만주'는 청나라가 자신들의 부족을 부르기 위해 사용한 명칭이었다. 애신각라·황태극이 중원진출을 염두에 두고 여러 가지로 불리던 자기 부족의 명칭을 '만주'로 통일하여 부족의 정체성을 정립한 후 국호를 '대청(大淸)'으로 바꾸고 연호도 '천총(天聰)', '숭덕(崇德)'이란 이름으로 바꿨다. 이것은 변방의 여진족이 중원을 차지하고 중국천하의 주인이 되려는 정체성의 표현으로 볼 수 있다.[137] 20세기 초 중국 여행기록에 비친 '만주'는 크게 두 가지로 볼 수 있는데, 하나는 망명인이나 이방인의 신분으로 '만주' 땅에서 느끼는 비수이고 다른 하나는 노다지 꿈을 안고 새로운 삶과 기회를 찾아 떠났지만 녹록하지 않았던 현실이다. 그 당시 '만주' 지역을 다녀간 여행기록을 보면 다음과 같다.

〈표 31〉 '만주' 관련 여행기록 - 개인문집·단행본

번호	연도	제목	필자	출처
1	1910	西征日錄	趙昺澤	『一軒集』 卷5
2	1910	詩	李建昇	『海耕堂收草』 卷四
3	1911	遼河日記	安孝濟	『守坡文集』 卷3
4	1911	西徒錄	李相龍	『石州遺稿』 卷6
5	1911	渡江錄	盧相益	『大訥手卷續編』 元·亨

---

136) 「關於滿洲(東北地區)範圍的官方資料」, www.chinaneast.gov.cn.
137) 이명종, 「근대 한국인의 만주 인식 연구」, 한양대학교 박사학위논문, 2014, 19~20쪽.

6	1911	西征錄	金大洛	『西征錄』 册1, 2, 3
7	1912	遼左紀行	張錫英	
8	1912	間島紀行	朴勝振	『聽荷集』
9	1912	北艮島視察記	趙昌容	『白農實記』
10	1914	詩	李斗勳	『弘窩文集』 卷2
11	1916	詩	吳孝媛	『小坡女士詩集』 中篇
12	1917	西征記	李鼎夏	『心齋遺稿』 卷2
13	1919	亞洲紀行	朴榮喆	京城: 獎學社, 1925, 中, 下篇
14	1923	中遊日記	孔聖學	
15	1925	逢泉紀行	鄭琦	『栗溪集』 卷1

〈표 32〉 '만주' 관련 여행기록 - 신문·잡지

번호	연도	제목	필자	출처
1	1903.5.23.	滿洲視察談		『황성신문』 제1373호
2	1910.2.1~4.	安氏의 旅行記事		『황성신문』 제3285호~제3288호
3	1916.9.29. 9.30.	滿洲遊歷觀(1), (2)	春圃 盧麟圭	『매일신보』 제3310호, 제3311호
4	1917.4.19 ~5.31.	滿洲見聞錄(1)~(19)[138]	西海生	『매일신보』 제3474호~제3510호
6	1921.7.1	在間島 朝鮮人社會의 過去와 現在와 將來-局子街	朴埜	『개벽』 제13호
7	1922.6.5~9.20.	滿蒙遊行記-(1)~(45)[139]	木春	『매일신보』 제5226호~제5301호

---

138) 4.19 만주견문록(1) 雨亭 張作霖督軍; 4.21 만주견문록(2) 봉천의 日支人街; 4.22 만주견문록(3)경기의 봉천; 4.24 만주견문록(4) 奉天의 諸問題; 4.25 만주견문록(5) 現狀維持의 營口; 4.26 만주견문록(5) 營口의 장래; 4.28 滿洲見聞錄(6) 大連에서; 4.29 만주견문록(6) 油房全盛의 대련; 5.12 만주견문록(7) 鞍山站의 制鐵事業; 5.13 만주견문록(8) 鞍山站과 本溪湖; 5.15 滿洲見聞錄(9) 不動産貸附問題; 5.16 滿洲見聞錄(10) 大連과 新事業; 5.17 滿洲見聞錄(11) 白人民政長官; 5.18 滿

번호	연도	제목	필자	출처
8	1923.9.25.	旅行記(전4회)	姜東柱	『조선일보』 제1111호~제1114호
9	1923.10.1.	間島		『개벽』 제40호
10	1925.7.1. 8.1.	南滿洲行(第一信) 南滿洲行(第二信)	李敦化	『개벽』 제61호, 제62호
11	1925.10.6~8.	北滿奧地旅行記	金弘日	『동아일보』 제1865호~제1867호
12	1927.10.15	滿蒙踏査旅行記	李鍾鼎	『조선일보』 제2552호
13	1930.2.1	大滿洲踏破記	金義信	『별건곤』 제26호
14	1930.7.1	人生의 香氣	春園	『삼천리』 제7호
15	1930.9.1	最近三大事變과 現場光景		『삼천리』 제8호

洲見聞錄(12) 混沌한 哈爾賓; 5.19 滿洲見聞錄(13) 혁명후의 哈爾賓; 5.20 滿洲見
聞錄(14) 식료문제와 日露感情; 5.22 滿洲見聞錄(14) 大豆滯貨이십만 ; 5.23 滿洲
見聞錄(15) 일본상품의세력; 5.24 滿洲見聞錄(16) 粗製濫造의 聲; 5.26 滿洲見聞
錄(16) 哈爾賓見聞錄; 5.27 滿洲見聞錄(17) 東洋的의 長春; 5.29 滿洲見聞錄(18)
南滿洲에 大寶庫; 5.31 滿洲見聞錄(19) 만주에서 歸하여, 총 19회로 실렸다.

139) 작가 木春이 쓴「滿蒙遊行記」가 『매일신보』에 실린 횟수는 다음과 같다. 1922년
6월5일 滿蒙遊行記(1)-角力과 程子冠, 6월23일(2)-安東의 一日, 24일(3)-瀋陽
의 印象, 25일(4)-農學士의 副領事, 26일(5)-瀋陽雜感1, 30일(8)-車室의 花一朶,
7월1일(9)-馬賊 騷動, 2일(10)-吉林一瞥, 4일(11)-勃海의 古都, 5일(12)-吉林에
서 長春에, 12일(17)-武人의 淚와 血, 16일(20)-移住同胞(其1), 17일(21)-移住同
胞(其2), 20일(23)-소제목 없음, 22일(25)-蒙古에 入함, 23일(26)-赤化한 蒙古,
24일(27)-一割5分 談判, 25일(27)-遙野壯觀, 28일(28)-星浦의 半日, 8월2일
(29)-大連의 古今, 4일(30)-老虎灘半日, 7일(31)-粉牛와 睡豚, 12일(32)-百戰山
河, 13일(33)-最後의 一幕, 20일(34)-五龍背一日, 22일(35)-大陸所感(其一), 31
일(36)-大陸所感(其二), 9월2일(37)-西伯利撤兵의 利益, 3일(38)-大陸所感(其
四), 4일(39)-烟商과 賣春婦, 7일(40)-齋宣王이 關雲長에게 跪拜하는光景, 8일
(41)-中國人의 本領, 17일(42)-擱筆에 臨하야(一), 18일(42)-擱筆에 臨하야(二),
20일(45)-擱筆에 臨하야(四).

16	1930.11.8, 11.9.	奉天에 修學旅行오는 學友에게 (전3회)	金鳳洙	『조선일보』
17	1931.1.27 ~30.	滿洲까지의 修學旅行記(一)~(四)	鄭樂勝	『매일신보』 제8390호~제8393호
18	1932.1.25.	아편을 먹는다	無爲生	『동광』 제30호
19	1932.5.15, 7.1.	動亂의 間島에서 最近의 北滿情勢, 動亂의 間島에서(續)	金璟載	『삼천리』 제4권 제5호, 제7호
20	1932.12.1.	滿洲國 遊記	林元根	『삼천리』 제4권 제12호
21	1932.12.1.	쏘비엣露西亞行, 歐米遊記 其一	羅蕙錫	『삼천리』 제4권 제12호
22	1933.1.1.	滿洲國과 朝鮮人將來, 滿洲國紀行(其二)	林元根	『삼천리』 제5권 제1호
23	1935.1.1 ~3.1.	騷然한 北滿洲行, 松花江까지 騷然한 北滿洲行 寧古塔과 東京城, 騷然한 北滿洲行	元世勳	『삼천리』 제7권 제1호~제3호
24	1935.10.1	奉天印象記	金台俊	『삼천리』 제7권 제9호
25	1936.1.24 ~26, 1.28~30.	滿洲走看記 -(1) 겨울의 國境情調 (2) 感慨깊은 奉天城 (3) 古色蒼然한北陵 (4) 恐怖病의 夜行車 (5) 膨脹하는 新京相 (6) 亂舞의 國際都市	全武吉	『동아일보』 제5443호~제5445호, 제5447호~제5449호
26	1936.2.1.	蒼茫한 北滿洲	金璟載	『삼천리』 제8권 제2호
27	1936.2.1.	民族興亡의 자최를 차저 -興安嶺上에 서서 蒙古民族興亡을 봄	元世勳	『삼천리』 제8권 제2호
28	1936.12.1.	新京有感	金璟載	『삼천리』 제8권 제12호
29	1937.1.1.	天涯萬里에 建設되는 同胞村	松花 江人	『삼천리』 제9권 제1호

1) 망명인과 이방인의 애수

(1) 유교 지식인들의 고토(故土) 인식

1910년대 한일합병을 겪은 조선인들은 일제의 관할을 피하고자 망명을 떠났다. 주로 '만주' 일대의 황무지를 개간하여 새로운 삶의 터전으로 삼았다. 특히 유교 지식인들의 '만주' 땅에 대한 애착은 더욱 특별했다. 그들은 '만주' 일대를 고조선, 발해의 고토(故土)로 인식하였다.

고려왕조는 건국 초기부터 요동 땅에 대한 회복 의지가 강하였다. 하지만 거란, 여진, 몽고 등이 차례로 요동을 장악하여 회복하기 어려웠으나 원나라 시기에 이르러 고려인이 요동 일대를 자주 왕래하고, 또 많은 유민(遊民)이 이주하였으므로 요동에 대한 정서적 유대감이 존재하였다.[140]

조선 전기에는 만주족인 청나라가 중원을 차지하였기 때문에 '만주족=이적' 의식이 강하였고 그것은 조선 내부에서만 북벌대의(北伐大義)로 번지다가 남명(南明)이 망하자 퇴조되었다. 그리고 단군, 기자를 '만주'와 연관시킨 고토의식이 생성되었다. 조선 중기에는 '만주=고토' 의식과 '만주=이적' 의식이 결합되어 "조선=중화" 의식으로 승화되면서 '만주'는 조선중화론을 내면화하는 역할을 하였다.[141]

이러한 역사적 배경 속에서 20세기 초의 '만주'는 조선인에게 선조의 발자취가 있는 옛 영토로서, 이곳에 다시 정착한다는 생각이 있었다. 이런 신조는 유교 지식인들에게 더욱더 강렬히 표출되었다.

---

140) 한석정, 노기식 편, 『만주, 동아시아 융합의 공간』, 소명출판, 2008, 84쪽.
141) 이명종, 앞의 논문, 26~44쪽.

　1911년에 석주 이상룡은 안동에서 서울을 거쳐 '만주'로 도착하기까지의 망명과정을 일기체로 기록하고 그 제목을『서사록(西徒錄)』이라고 하였다. 그는『서사록』의 첫 부분에 자신의 망명의사를 다음과 같이 밝혔다.

　　"국가에 아무 사고가 없을 때는 국민들이 그 삶을 즐기며 옛것을 지키는 것을 요의로 삼는다. 국가가 어려움이 많을 때는 국민들이 목숨조차 잇지 못하여 조용히 숨어사는 것을 상책으로 삼는 법이다. 기록(綺角)이 상산(尙山)에 은거한 것이나 주진(朱陳)이 무릉(武陵)에 숨어 산 것이 천고에 미담으로 전하는 것은 대개 이 때문이다. …… 작년 가을에 이르러 나라 일이 마침내 그릇되었다. 이 7척 단신을 돌아보니, 다시 도모할 만한 일이 없는데, 아직 결행하지 못한 것은 다만 한 번의 죽음일 뿐이다. 어떤 경우에든 '바른 길을 택한다(熊魚取舍)'는 것은 예로부터 우리 유가에서 날마다 외다시피 해온 말이다. 그렇다면 마음에 연연한 바가 있어서 결단하지 못한 것이 아니며, 마음에 두려운 바가 있어서 결정하지 못한 것이 아니다. 다만 대장부의 철석과 같은 의지로써 정녕 백 번 꺾이더라도 굽히지 않는 태도가 필요할 뿐이다. 어찌 속수무책의 희망 없는 귀신이 될 수 있겠는가? 고공단보(古公亶父)는 아내를 이끌고 기산(岐山)의 아래로 옮겼고, 전횡(田橫)은 무리를 이끌고 해도(海島)로 들어갔다. 예로부터 뜻을 가진 선비가 자신의 뜻을 이루지 못할진대, 일가를 온전히 하여 은둔하는 것도 또한 한 가지 방도였다. 하물며 '만주(滿洲)'는 우리 단군성조(檀聖)의 옛터이며, 항도천(恒道川)은 국내성(國內城)에서 가까운 땅이었음에라? 요동은 또한 기씨(箕子)가 봉해진 땅으로서 한사군(漢四郡)과 이부(二府)의 역사가 분명하다. 거기에 거주하는 백성이 비록 복제가 다르고 언어가 다르다고는 하나, 그 선조는 동일한 종족이었고, 같은 강의 남북에 서로 거주하면서 아무 장애 없이 지냈으니, 어찌 이역(異域)으로 여길 수 있겠는가? 이에 이주하기로 뜻을 결정하고 전지를 팔아 약간의 자금을 마련한 후, 장차 신해년(1911) 1월 5일 먼저 서쪽으로 출발하기로 하였다. 대개 왜인의 속박이 날로 심해지기 때문에 일시에 길을 나서게 되면 혹 뜻밖의 곤란이 생길까 염려해서이다."[142]

이상룡은 신민회가 해외기지를 개척하고자 하는 과정에서 뜻이 맞아 '만주' 망명을 결심하였는데 그의 망명은 혈족 바탕 위에서 이루어진 안동의 혁신유교 지식인[143]의 집단적 망명이었다.[144] 이상룡은 자신의 망명에 대해 구차히 목숨을 부지하려는 것보다 어떠한 경우에도 '바른 길을 택한다'는 유가의 신조에 따른 행동이라고 하였다. 그는 국난을 당한 후 자신이 자결하지 않는 이유는 목숨이 아까워서가 아니라, 속수무책으로 죽어서 희망 없는 귀신이 될 수 없어서이기 때문이라고 하였다. 결국 이상룡은 "백 번 꺾여도 좌절하지 않을 뜻으로 단군 성조의

---

142) 안동독립운동기념관 편, 『(국역)石洲遺稿』(下), 경인문화사, 2008, 13~15쪽.
143) 일반적으로 사용하는 혁신유교 지식인의 개념에는 1894년부터 시작된 의병활동에 직간접으로 참여하고 애국계몽운동에 헌신하며, 1910년 한일합병 이후에는 '독립운동'에 참가해 민족의 자주독립을 몸소 실천하는 유교 지식인을 지칭한다. 즉, "19세기 중엽 이후에 태어나 성장한 정통유교 지식인이면서 19세기 말과 20세기 초에 의병운동이나 애국계몽운동을 거쳐 1910년 이후에도 독립운동에 참여함으로써 전통에서 근대로의 혁신을 꾀한 유교 지식인을 지칭하는 용어로 파악할 수 있다." 고순희 논문에서는 혁신유림으로 표기되었지만 이 글에서는 유림을 유교 지식인으로 통일한다. 고순희, 「일제 강점기 만주망명지 가사문학-담담층 혁신유림을 중심으로」, 『한국시가문화연구』 27, 한국시가문화학회, 2011, 46쪽.
144) 권병혁, 「석주 이상룡의 생애와 사상」, 『안동사연구』 3(1), 안동대학 안동사연구회, 1989, 33쪽.

영토, '만주'로 옮겨가 독립운동을 펴겠다."는 결단을 내렸다.[145] 그는
1911년 1월4일부터 4월 13일까지 망명 온 과정을 일기체로 썼는데 이에
따르면 2월 22일에는 『숙신사(肅愼史)』, 23일에는 『부여사(扶餘史)』,
24일에는 『본국사(本國史)』, 『신라사(新羅史)』, 29일에는 『발해사(渤海
史)』를 읽었다. 그중 『부여사(扶餘史)』를 읽은 한 부분을 보면 다음과
같다.

> 『부여사(扶餘史)』를 읽었다. 『만주원류고(滿洲源流考)』에 이르기
> 를 "부여의 옛 나라는 두막루(豆莫婁)이니, 물길(勿吉) 북쪽 천 리에
> 있었다."고 하였다. 『만주지지(滿洲地誌)』에는 "부여가 처음 북쪽에
> 서 나라를 일으켰을 때는 읍루(挹屢)와 인접하여 있었는데, 점차 남으
> 로 내려와 드디어 개원(開原)·성경(盛京) 등지를 거쳐 봉황성(鳳凰城)
> 을 지나 조선에 걸쳐 있었다." 하고, 또 "부여는 안령산맥(安嶺山脈)의
> 동쪽 눈강(嫩江) 유역에서 나라를 일으켜 과이심(科爾沁)·몽고 땅에
> 까지 이르렀다."고 하였다. ……
> 또 『한서』와 『진서』에 모두 이르기를, "부여는 현토의 북방 천여
> 리이니 땅이 사방 2천 리이다. 현토는 지금 대개 평해성 복주(復州)
> 등지이다."라고 하였다. 원류고에 이르기를 "발해의 부여부(夫餘府)
> 는 곧 부여의 국도가 있었던 곳이니 지금의 개원이다."라고 하고 또
> "부여는 본래 예(穢)의 땅이다. 그러므로 그 나라 안에 옛날 예성(穢
> 城)이 있고 그 왕의 인장을 「예왕지인(穢王之印)」이라 한다."고 하였
> 다. 여기에 의거하면 아마도 북부여 중기 이후에 왕이 예의 백성을

---

145) 정병석, 「일제강점기 경북 유림(儒林)의 만주 망명일기(亡命日記)에 보이는 현실
인식과 대응 – '백하일기(白下日記)'와 '서사록(西徙錄)을 중심으로」, 『민족문화
논총』 58, 영남대학교 민족문화연구소, 2014, 98쪽.

쫓아내고 다시 개원으로 천도하였으나, 이때는 성경 이남이 조선 땅으로 이미 삼한이라는 나라가 있어 자치의 제도를 행하고 있었고, 흑룡강과 길림성 지경은 점점 읍루와 물길이 차지하게 되어 나라의 한계가 2천 리를 넘지 못하였다. 본래 예 땅이었다고 하여 인장에 '예왕'이라고 칭하였던 것인가.[146]

이상룡은 『서사록』에 자신의 역사인식을 담기도 하였다. 그가 조선의 고대사들을 읽고 조선의 영토 범위를 한반도가 아닌 '만주' 지역까지 확장시킨 것은 중국 중심의 사대주의적 역사관으로부터 벗어나 고대사를 주체적인 시각에서 정리하고자는 민족주의적 태도에서 기인된 것이다.[147] 그의 이런 태도는 만주수복(滿洲收復)과 '만주'의 독립기지화(獨立基地化)를 전제로 이루어진 것이므로, 역사의 객관인식보다는 국가의 체통을 높이고 국민의 정신을 기르는 것이 아니면 역사가 있으나 마나 한 것이라는 생각 때문이었다.[148]

또 이러한 고토의식은 그 당시 망명을 한 유교 지식인들에게 공통되게 발견되는 의식이었다.

"더구나 이 땅이 어느 땅이며 이때가 어떤 때인가? 이 양백(兩白)의 사이는 바로 우리 부여의 옛터이다. 압록강은 다만 띠처럼 가늘게 경

---

146) 안동독립운동기념관 편, 앞의 책, 32~33쪽.
147) 박원재, 「석주 이상룡의 현실인식과 유교적 실천론 – 정재학파의 유교개혁론」, 『오늘의 동양사상』 11, 오늘의 동양사, 2004, 390쪽.
148) 한영우, 「1910年代의 民族主義的 歷史敍述 – 李相龍·朴殷植·金教獻·檀奇古史를 중심으로」, 『한국문화』 1, 한국문화, 1980, 99~100쪽.

계가 되었으나 닭 우는 소리와 개 짓는 소리가 서로 돌리며, 그 속에
누른 길(黃裏)은 옛 사신들이 지나던 통로로 수레 먼지와 말발굽이
서로 이어지던 곳이다."[149]

이것은 백하 김대락이 1911년에 '만주'를 이주하면서 쓴 일기인『서
정록(西征錄)』에 수록된「권유문(勸諭文)」의 일부분이다. 그는 망명지
를 '만주' 지역으로 결정한 것에 대해 자신의 조상의 발자취를 따랐기
에 '만주' 지역이 이주할 적임의 공간임을 밝혔다. 그도 이상룡처럼
부여의 옛터에 대한 고토의식을 내세워 자신들의 조상과 사신들이 지
나던 통로로써 이 땅은 민족의 얼이 뿌리내린 곳이라고 생각하였다.
1912년에 '서간도' 지역을 망명한 회당 장석영도『요좌기행(遼左紀
行)』에서 다음과 같은 비슷한 고토의식을 느꼈다.

"평양의 북쪽과 압록강의 동쪽에 '서간도'가 있는데 땅은 수 천리에
해당한다. 이는 우리 단군의 옛 땅이지만 오랫동안 폐해진 도시가 되어
만주인이 점거해 소유하였다. 수십 년 동안 조선인들이 가혹한 정치의
괴롭힘으로 방랑하는 자들이 많았다. 망국 이후로 뜻이 있는 지사들이
왕왕 영영 더 나가서 돌아오지 않는 사람이 있다. 세상에서 전하기를
산천이 심원하고 토양이 비옥하여 살기에 적합하다고 한다."[150]

---

149) 「勸諭文」,『국역 백하일기』, 경인문화사, 128~129쪽.
150) 張錫英,『遼左紀行』, "平壤之北, 鴨江之東, 有日西間島. 地方數千里, 是我檀君故
疆, 而久爲廢都, 滿人據而有之. 數十年間, 韓人困於苛政, 流寓者甚眾. 亡國以
後, 有志之士, 往往有長往而不返者. 世傳山川深遠, 土壤甚肥, 可居也."

장석영은 1912년에 망명지를 찾기 위해 남북만주와 시베리아 지역을 답사·견문한 적이 있다. 그도 전형적인 민족 고토의식으로부터 출발하여 망명지를 물색하고 있었다. 그의 기행은 1월 19일부터 그해 4월 29일까지 '서간도', 안동, 봉천, 하얼빈을 거쳐 시베리아까지 갔다가 다시 밀산부(蜜山府)로 돌아오는 긴 여정이었다. 그의 여행목적이 망명지 선정에 의한 답사이기 때문에 그는 지리, 인물, 풍속, 산물, 학문, 역사 등을 상세히 기록하였고 조선 이주민들의 생활고와 상황을 살피는 데에 주력하였으며 장래의 문제까지도 생각하였다.[151] 그 시대 유교 지식인들이 망명이나 망명지 선정을 위하여 중국을 여행한 기록에는 모두 유사한 양상들이 보인다. 그들은 '만주'에 대한 고토의식에서 시작하여 해외의 독립운동기지로 적합한 장소를 찾으려 했고 거기서 구국운동의 기초를 닦으려 했다.

이러한 고토 의식으로 인해, 이미 19세기 중엽부터 '만주' 지역에는 조선의 이주민들이 모여 한인 사회가 형성되었다. 19세기 중엽, 청나라는 러시아 세력이 남하하는 것을 저지하기 위해 이민실변(移民實邊) 정책을 채택하여 한족의 '만주' 이주를 적극적으로 장려하였다. 이 정책은 조선인들에게도 묵인되었고, 점차 그들이 황무지를 개간하는 것까지 권장하였다. 1860년에 함경도, 평안도 일대에 자연재해가 들면서 많은 사람들이 '간도'를 비롯하여 '남만주' 일대로 유입되기 시작하였고 그 수도 점차 늘었다.[152] 1880년에 조선의 집단 이주가 본격화되

---

151) 윤병석, 「요좌기행 해설」, 『史學志』 8(1), 단국사학회, 1974, 163쪽.
152) 吳世昌, 「在滿韓人의 抗日獨立運動史研究 – 1910~1920年의 獨立運動團體를 中

자 청나라 정부는 월강금지정책을 폐지하고 조선인 유치를 적극 추진했다. 더 많은 이주자들이 몰려오면서 청나라는 귀화를 지시했고, 조선인들은 원래 조선의 땅이라고 주장했다. 이로 인해 조선과 청나라 간 국경문제가 발생했고, 일본과 청나라는 '간도협약'을 체결했다. 일본은 요동 지역의 철도 부설권과 광산 채굴권을 양보받는 대가로 두만강을 국경으로 인정했다. 이 협약으로 청나라는 조선인 이주민에게 거주권과 토지 소유권을 부여해 더 많은 이주민을 유입시켰다.

또 한일합병 직후(1910~1912) '만주' 이주민의 숫자는 49,722명으로 1918년 36,627명, 1919년 44,344명, 1926년 21,037명, 1928년 45,987명에 비해 제일 많은 수치를 기록하여 이때는 가장 활발했던 이주시기로 손꼽힌다.[153] 그러나 망국의 백성들이 생계를 위하여, 정치적 망명을 위하여 고향을 등지고 옛 선조의 고토에 와서 새로운 삶을 꾸미는 것은 쉬운 일이 아니었다. 극심한 생활고에 시달려야 했고 일제와 청나라의 이중 압박에 달하는 등 고난의 역사가 시작되었다.

(2) 이방인들의 생활난

'만주' 지역으로의 이주민 역사는 많은 고난을 겪은 역사라고 할 수 있다. 19세기 중엽부터 '만주'로의 이주가 본격적으로 시작되었으나, 시간이 많이 흘러도 조선인들의 삶은 정치적 상황에 따라 불안정하게

心으로」, 성균관대학교 박사학위논문, 1988, 16쪽.

153) 신주백, 「한인의 만주 이주 양상과 동북아시아 – 농업이민의 성격 전환을 중심으로」, 『역사학보』 213, 역사학회, 2012, 238쪽.

변화했다. 청나라 말기에 조선과 청나라 사이에 여러 갈등이 있었음에도 불구하고, 청나라는 조선인의 이주를 우호적으로 받아들였다. 그러나 일본이 조선인의 '만주' 이주 문제에 개입한 이후로 상황은 부정적으로 변했다. 중국 정부는 일본이 '만주'에서 세력을 확대하기 위해 조선인을 이용한다고 생각하여 조선인에 대한 탄압을 시작했고, 이는 1920년대 후반 만몽적극정책으로 더욱 심화되었다. 이런 이방인으로서의 생활난을 다룬 중국 여행기록들이 등장하였는데 다음과 같다.

"1931년 9월 18일 야중에 京城시내는 신문호외를 돌니는 방울소리에 싸이엿다. 나는 자다가 놀내여 자리옷을 입은 채로 급히 門窓을 밀치고 뛰여나가서 신문호외를 바다 어두운 눈을 비비고 보니 滿洲에 사변이 잇는 것을 급보한 것이다. 이것은 일본군대가 자국의 권익을 보장하랴고 자위적으로 奉天을 점령하얏다는 보도이다. 이 사건을 따라 奉天에 잇는 중국인 군대는 패잔병의 일홈을 가지고 遁去하게 된 것이다. 이 패잔병은 이른 곳마다 살인, 방화, 약탈을 자행하야 지나는 곳은 모도 殘滅에 빠지고 말앗다. 滿洲란 이곳은 우리 동포가 백년의 역사를 가지고 滿洲 동서남북의 방방곡곡에 안이 사는 곳이 업시 수백만의 대부대가 존재하고 잇서 그 荒漠無際한 광야를 개척하고 水田의 농작을 개척하야 東三省 중국인이 백미의 맛을 보기도 조선동포의 血汗의 공이라고 할 수 잇고 경제적으로 말하야도 同地 중국인의 豪富의 번성도 우리 조선동포의 水田農의 결정인 것이 10의 8,9라고 하야도 과언이 안이다. 우리 동포는 滿洲에 잇서서 滿洲 중국인의 자양물의 공급은 물론이요, 황야를 沃土로 전환시키며 빈자를 부자로 향상시켜준 절대한 공헌이 잇다. 이럼에도 불구하고 今般 사변에 잇음에 따라, 중국인 패잔병은 奉天으로붓터 또는 吉林으로붓터 자군영을 퇴각하야 遁去하는 도중에서 우리 동포의 주거하는 촌락을 만나거나 또는 白衣人만 보면 殺戮하기를 마지 안이하며 방화, 약탈, 강X 등을 無所不至하얏다. 재래에 역사적 관계 갓흔 것은 말할 필요도 업다. 그럿치만 우리 동포가 滿洲에 이주가 적어도 백년의 역사가 잇고 이주한 이래 중국인에 대하야 공헌이 막대한 것은 再言할 것 업시 滿洲에 동서남북을 통하야 개척생산의 絕對 利功이 잇는 그 점으로 보아도 이다지 잔혹에 이른다는 것은 피의 순환으로 생명을 가진 인류로서는 상상하기 좃차 어렵다고 한다. ……

滿洲에서 사는 형편은 풍년이나 흉년을 물론하고 한곳에 수년을 사지는 못하게 되는 형편이라 한다. 흉년에는 農債를 지고 갑지 못한 관계가 잇서 생활를 그곳에서 계속치 못하게 되얏고 농사에는 農債는 갑지만은 1년 동안을 사라오는 관계상 인가와 흔히 불화하기도 하고 장구히 생활를 계속하랴 하든지 계속하는 듯 하면 지주는 작료를 加重하고 기타 과세를 모도 가중하야 생활을 영구존속 할 수가 업시 본토인 측이 계획적으로 하는 까닭이라 한다. 또는 풍년농사를 잘 지여 수중에 금전이 드러오는 때도 잇기는 잇서도 이것을 저축할 도리가 업다 한다. 토지나 가옥을 매입하야 산업에 기초를 확립케 할 도리가 업는 때문에 만치 안은 돈을 가지면 志氣未定한 부류가 중국인과 賭博이나 혹 酒用이나 하야 결국 낭비하야 버리게 된다 한다. 이리하야 생활의 기초는 세울 수가 근본적으로 업다고 한다. 이 생활은 근본적으로 표류적 생활이다. 그런데다가 今般 사변이 잇으니 우리 동포생활이 과연 참화에 빠질 따름이다. 이러한 우리 만주동포의 생활에 잇서서 근본문제를 考究치 안이 할 수 업다고 한다. 今般에 참화 중에 이러한 비극이 잇다.

패잔병의 殺到를 듯고 업고지고 껄고 안고 들을 건너는 때에 패잔병이 前路에 잇서 진퇴를 못하고 3夜를 들 가운대에서 경과하는대 그

밤은 맛침 달이 밝은 밤이다. 어른들은 나무그늘을 의지하야 몸을 감추고 어린 아희는 들구렁텅이에 누이고 수수갱이로 그 우를 가리고 숨도 쉬지 안코 잇는대 패병이 그 압흐로 지나가는대 그 시간이 긴대도 그 아희가 울지를 안이하는 까닭에 간신이 화를 면하고 사랏다 한다. 이런 말을 들을 때에 가슴이 미여지는 듯 하얏다. 이 모든 말은 긋친다.

대체로 보아 우리 在滿同胞는 滿洲에서 퇴각할 길도 업다. 그럿타면 滿洲에서 생활를 계속하야만 할 것이다. 계속하랴면 今般 사변을 오히려 우리 동포들에게 준 엇던 교훈으로 삼고 중국인을 감정으로 대치 말 뿐 안이라 더욱이 친선을 도모하야 滿洲중국인과 우리 在滿同胞 간에 개재한 살풍경이 평화기로 전환케 하는 것이 우리 在滿同胞가 조선인의 근본태도를 선명히 하는대 가장 善美한 방침이 된다고 자신한다."[154]

이 글은 서정희(徐廷禧)가 쓴 「滿洲 遭難同胞를 보고 와서」란 글이다. 일본은 1929년에 세계 경제대공황을 겪으면서 자신들의 이권이 타격을 받자 그 위기 극복을 위해 '만주' 침략을 획책하였다. 그리하여 그 발단으로 1931년 9월 18일에 '만주사변'을 일으켜 '만주' 전 지역을 점령하는 데 성공하였다. 이 사변으로 '만주'에 거주하는 많은 조선인들이 피해를 입게 되었고 저자는 재만동포협의회의 위문사로서 봉천 수용소를 비롯한 14개 지역의 피란동포 수용소를 방문하였다. 그가 보고 들은 것을 기록하여 『삼천리』 잡지에 실었는데 그 참상은 매우 참혹했다. 그는 '만주'에 사는 조선인들의 생활고를 전해 들으면서 흥

년에는 지주들의 작료와 과세가 과중하고 풍년에는 금전이 들어와도 토지나 가옥을 매입해야 하기 때문에 작은 돈은 오히려 도박이나 술에 낭비하여 생활의 기초를 세울 수가 없다고 하였다. 하여 힘든 나날을 보내는 사람들을 보고 '표류적 생활'을 영위하고 있다고 표현하였다. 또 사변이 일어났을 때 패잔병들이 잔류해 있어 3일 동안이나 들에서 지내면서 패잔병과 마주칠 뻔한 화를 면한 사실을 듣고 가슴이 미어지는 슬픔을 토로하였다.

하지만 재만조선인들의 이런 생활에는 퇴로가 없었고 계속 살아가야만 했기 때문에 오늘과 같은 사변을 교훈으로 삼을 것을 제안하였다. 그리고 중국인과 대립할 것이 아니라 오히려 친선을 도모하여 평화를 유지할 것을 제의하였다.

'만주'에 거주한 조선인들은 일제의 '신민' 보호정책으로 일제의 간섭을 받아야 했고 또 '만주'에 거주하는 중국인들의 견제로 이중고통의 나날을 보내고 있었다. 이러한 고통은 1910년대 독립운동을 위한 애국지사들의 망명에서도 나타났다. 장석영이 망명지 선정을 위해 '서간도' 일대를 답사하면서 보고 느낀 것은 조선인들이 생활난에 쫓기어 민족의식과 풍속을 잃어가는 현실과 유교적인 생활 규범이 파괴되어 가는 모습이었고, 그는 이에 망국민의 통한을 느꼈다.[155] 유교 지식인들의 '만주' 망명은 옛 선조들의 고토의식에서 발현된 것이기도 하지만 그들이 벌인 구국운동은 유교적 이데올로기를 지키기 위한 것이었다. 그러나 현실에서는 생활고로 인해 유교적 규범이 파괴되어 갔고 유교 지식

---

155) 윤병석, 앞의 논문, 164쪽.

인들은 희망을 잃고 다시 고향으로 돌아가는 길을 택하게 되었다.

2) 신민의 노다지 꿈과 현실

1910년대 전후에는 망국의 한을 품은 애국지사들이 국권회복의 꿈을 가지고 '만주'나 중국의 기타 지역을 방문하였다면 1910년대 중후반부터는 일확천금을 획득하려는 노다지 꿈을 안고 '만주' 지역에 온 이들도 있었다. 1931년에 '만주사변'이 발발한 후에 일제는 '만주국'을 건립하고 이 지역을 당시 자국의 제국주의 총력전의 전략적 거점으로 삼았다. 이에 '만주국'이 성립되고 '만주' 이주의 정책이 실시되면서 '만주'는 "긍정의 이미지로 순화되고 근대화된 선진 '만주국'의 면모에 초점이 맞추어지게 되었다. '만주'를 여행한 작자들이 공유하였던 '만주'에 대한 대표적인 이미지인 '만주 벌판'은 단순한 자연물이 아니라 작자에 따라 긍정의 땅, 새로운 삶의 터전으로서의 희망적 표상이거나, '만주'의 척박한 현실로 토지에 대한 갈등을 겪는 동포들의 열악한 생활상을 상징하였다."[156] 20세기 초 중국 여행기록에 나타난 '만주'의 또 다른 면모에는 노다지 꿈을 향한 월경과 그 현실이 있다.

"余ᄂ實業에 主眼으로 置ᄒ고 政治的觀念은 無ᄒ 故로 産業上 富源地開發의 狀況을 實査키 爲ᄒ야 滿洲境內의 鮮人所居地된 都會處及 村落을 細細히 遊歷코져ᄒ얏스나. …… 此로브터 北滿洲各地及露領

---

156) 허경진·강혜종, 「근대 조선인의 만주 기행문 생성 공간」, 『한국문학논총』 57, 한국문학회, 2011, 242~243쪽.

西比里亞諸處에 散在흔 我鮮人一般의 農業又는 礦業의 二種은 可謂
天然富庫로 將來多大흔 希望과 現在莫大흔 利益이 有흠은 但耳聞에
不過ᄒ나 目擊과 一般의 推測을 得ᄒ얏고. …… 惟今滿洲의 逼留ᄒ
는鮮人은 幾乎無資本人으로 歲月을 徒送ᄒ는者一多흠은 事勢固然이
어니와 若干의 資本이 有ᄒ고 此에 慧眼을 舉흔 者一有ᄒ야 疾足着手
ᄒ면 可謂天與의 時機를 勿失ᄒ리로다 茲에 淺劣을 不願ᄒ고 所感을
畧陳ᄒ야 諸賢의 參考에 供코져ᄒ노라."157)

이 기사는 1916년 『매일신보』에 실린 「만주유력관(滿洲遊歷觀)」이
다. 저자 노인규는 부원지 개발의 상황을 시찰하기 위하여 '만주' 지역
을 여행하였다. 그는 '북만주' 일대에 흩어져 있는 조선인들이 보통
농업과 광업에만 종사하고 장래 희망과 막대한 이익을 취하였다는 것
은 듣기에 불과하다고 하였다. 그러면서 약간의 자본이 있는 자들은
지금이 '만주' 지역에 투자하기 좋은 시기이므로 놓치지 말기를 당부
하였다. 노인규는 실업가로서 정치적 개념은 없다고 밝혔다. 그는 이
후에 평양제사소(平壤製絲所)의 대표직을 역임하였다. 그는 '만주' 여
행기록을 통해 '만주'가 돈을 벌 수 있는 곳임을 대중들에게 알려줌으
로써 많은 사람들에게 노다지의 꿈을 부풀게 하였다.

노인규보다 1년 늦게 여행한 서해생(西海生)의 「滿洲見聞錄 – 好景
氣의 奉天」을 보면 봉천이란 곳에 대한 당대의 인식을 엿볼 수 있다.

"奉天에 着ᄒ야 市況의 近狀을 聞흔즉 何人이라도 異口同音으로 好

157) 盧麟奎, 「滿洲遊歷觀」, 『매일신보』, 1916.9.30.

景氣라 語ᄒ며 日本人은 漸漸增加ᄒ야 今日은 八千以上을 算ᄒ니 大正
六年末ᄭ지ᄂ 人口一萬의 聲을 必聞ᄒ리라ᄒ야 其勢ᄂ 貨家에 現ᄒ니
一三年ᄭ지 鐵道附屬地나 十間房이나 空家가 多ᄒ더니 近頃은 廣大ᄒ
市中을 細探홀지라도 空家ᄂ 見키 難ᄒ고 聞或家居家財를 運出ᄒᄂ
家가 有ᄒ나 幾時間을 經키 前에 新住人은 競爭的으로 入住ᄒ고 從ᄒ
야 家賃도 高ᄒ며 新築家屋도 小ᄒ지만은 陸紹落成된다ᄒ더라"[158]

그는 봉천의 번화한 양상을 인구수로 표현하였는데, 일본인의 수도
점점 늘어나 1만 구가 된다고 하였다. 1, 3년 전만 하더라도 빈집들이
많았으나 요즘은 빈집을 보기 어려울 정도로 입주자들의 경쟁이 쟁쟁
하다고 보았다. 또 봉천에 도착하면 어떤 사람이든 하는 말은 다르지
만 호경기(好景氣)라고 내는 음은 똑같다고 할 정도로 경제의 전망이
좋다고 보았다. 그의 이러한 표현은 신문을 읽는 독자들이 봉천으로
가면 노다지 꿈을 실현할 수 있다는 생각을 가지게 한다.

「滿洲遊歷觀」이나 「滿洲見聞錄 - 好景氣의 奉天」은 모두 『매일신
보』에서 기재된 여행기록이다. 그 당시 『매일신보』가 일본인이 간행한
『경성일보』와 통합되어 조선총독부의 기관지로 활약한 상황을 보아
이 두 여행기록도 일제의 만주이민정책과 관련된 프로파간다이다.

원세훈(元世勳)의 「나의 海外 亡命時代 - 海外轉轉 10有 8年」이란
여행기록에서는 '만주국'이 건립된 후 안정을 찾아가는 이주민의 모습
에 대해 서술하였다.

---

158) 西海生, 「滿洲見聞錄 - 好景氣의 奉天」, 『매일신보』, 1917.4.22.

"…… 눈물로 고국의 산하를 작별하고 豆滿江을 무사히 건너선 나는 龍井에서 淸津까지 곡물을 운송하고 도라가는 우리 동포 牛車夫들과 동반하여 西向하여 걸어가는 도중에서 間島移住 동포의 생활상태도 물어보며 그들이 언제부터 間島에 이주하엿으며 고국에 도라갈 생각은 업는가 등등의 말을 주고 밧엇는데 間島移住 동포의 생활상태를 고국에서 飢寒에 못견듸는 동포의 생활상태에 비하면 낙원의 생활이라고 자랑도하며 그들이 그 땅에 이주한지는 발서 3代가 되는 사람도 업지 안이하나 대개는 10년 좌우에 이주된 사람들이라 하며 자기들이 고국에 도라갈 생각이 업슬뿐만 아니라 고국에 잇는 빈궁한 친족들을 그땅으로 이주식힐야고 노력중이라고 한다.

동행하는 그들은 내가 단발한 것과 나의 언어동작이 자기들과 서로 달은 것을 의심스럽게 생각하면서 나다려 무슨 까닭에 이런 되땅(胡地)에 오는가고 물어본다. 『나도 당신들처럼 되땅이라도 차저와서 안락한 생활을 할여한다』고 하엿지만 그들은 내말을 밋지 안이하고 더욱더욱 의심스럽게 생각하며 자기들끼리 수군수군하엿다. 이러그러 『오랑캐골嶺』이라는 고개에 올나섯다.

嶺上에 올나와서 다리 쉬임을 하는 나는 하루길을 동반하는 이 동포들과의 문답 중에서 예상하지 못하얏던 멧 가지의 늑김을 가지지 안이치 못하게 되엿섯다. 첫재로 내가 이역이라 생각하기는 『托身異域을 昔人所悲라』던 『李陵 答 蘇武』書 중의 異域 2자로 인식하고 『언제나 이 이역에서 다시 고국에 도라가게될가?』 하는 생각을 가젓는데 그들은 『이역이 樂土요 고국이 지옥이라』는 생각을 가젓다는 것과 둘재로 그들이 가지고 잇는 상투는 한갓 나의 까끈 머리를 비웃을 뿐만 아니라 그들의 민족적 자존심은 『되땅』과 『오랑캐골』이라는 지명을 짓고서도 생활에서는 樂土로 認한다는 것과 셋재로 이들은 오즉 생활의 나라를 차저서 豆滿江을 東渡도 하며 西渡도 하는 자유가 自在하는데 나는 무슨 까닭에 금일에 豆滿江을 一渡하고 보니 『一去不復返』의 감이 有

한가 하는 등에 심사하다가 『商女不知亡國恨 하고 溝江猶唱後庭花』라
는 한족의 고시를 생각하는 자위도 하여 보앗다. ……"[159]

이 글은 원세훈이 해외로 망명하였을 때 겪은 에피소드들을 적은
것이다. 그는 처음 두만강을 건너 용정 일대에 도착했을 때 만난 조선
인에게 고국에 돌아갈 생각이 없는 지에 대해 물어본 적이 있었다.
그러나 돌아오는 대답에 원세훈은 놀라움을 멈추지 못했다. 이미 이
주한 지 10년이 되던 시점인지 그들은 고국에서 굶주린 삶에 비하면
'낙원의 생활'이라고 자랑하며 오히려 고국에 있는 친족들을 데리고
올 생각까지 있다고 하였다. 원세훈은 이주한 사람들의 이야기를 되
새기면서 자신이 생각했던 이역(異域)은, "이역에 몸을 맡기니, 옛사람
들 슬퍼했던 일이였거니라(托身異域, 昔人所悲)."라는 서당에서 배웠던
한문 고사가 먼저 떠오르는 곳이었다. 이것은 '슬픔'과 '다시 돌아오겠
다는 생각'이 포함된 의미였다. 하지만 원세훈이 접촉한 사람들은 '이
역이 낙토요, 고국이 지옥이라'라는 생각을 가지고 있었던 것이다. 또
'되땅'과 '오랑캐골'이란 지명으로 민족적 자존심은 부추기면서 생활
에서는 낙토로 인식하는 아이러니한 상황을 보았다. 그는 "상녀는 망
국의 한을 모르고, 강 건너 후정화만 부르네(商女不知亡國恨, 隔江猶唱
後庭花)."라는 시로 스스로를 위로하였다. 즉, 상업을 하는 여자가 망
국의 한은 모르고 망국의 한이 담긴 노래만 흥얼거리는 것에 비유한

---

159) 元世勳, 「나의 海外 亡命時代 - 海外轉轉 10有 8年」, 『삼천리』 제4권 제1호,
1932.1.1.

것이다.

원세훈이 만난 이주민은 타향살이에 힘들어 고향을 그리워하지 않
았고 오히려 타향살이가 낙토고 고향은 힘든 추억으로만 얼룩진 장소
로 기억하고 있었다. 이것은 20세기 초 노다지 꿈을 안고 중국에 이주
한 조선인 이주민이 보인 하나의 경향이었다.

제4장

20세기 초 중국 여행기록의 문학사적 의의

　　20세기 초 조선인이 쓴 중국 여행기록은 근대적 여행체제를 통해 생산된 문학적 소산이다. 근대적 여행체제는 여행하는 주체의 신분적 제한이 없고 여행하는 대상국이 동아시아로부터 아메리카 대륙, 유라시아 대륙, 동남아시아 지역까지 확장되었다. 현재까지 이루어진 연구를 정리하면서 20세기 초 중국 여행기록의 문학사적 의의를 살펴보면 다음과 같다.

　　첫째, 전통 시기 연행록과의 차이점이다.

　　전통 시기 조선의 해외 여행기록은, 주로 사행인원들이 중국과 일본에 사행을 다녀오면서 작성한 연행록과 통신사행록이다. "연행록은 고려부터 조선왕조까지 7백여 년 동안 조선인들이 외교적인 통로로 중국에 나가서 보고들은 견문과 선진문물에 대한 체험들을 자유롭고 창의성 있게 기록한 것이다."[1] 통신사행록도 연행록과 다를 바 없는

---

1) 임기중, 『연행록연구층위』, 학고방, 2014, 18쪽.

데, 일본에 다녀온 것을 계기로 작성한 견문록을 말한다. 즉, 전통 시기 조선인이 해외 견문을 할 수 있는 경우는 연행사로 중국에 가거나 통신사·수신사로 일본에 가는 것이었다. 그러므로 전통 시기 해외견문은 중국 중심의 동아시아권이라는 지역에 한정되어있다. 1894년 마지막 연행을 끝으로 연행의 시대가 막을 내리면서 중국을 대상으로 한 공식 사행기록인 연행록은 더 이상 지어지지 않았다. 전통 시기 연행록이 국가적 업무를 바탕으로 이루어진 것이라면 20세기 초 중국 여행기록은 사적인 여행을 근간으로 이루어졌다.

연행록의 노선에는 모두 4가지 코스가 있는데 육로(陸路) 2코스는 요동(遼東)-십리보(十里堡)-광녕(廣寧)-연경(燕京)과 요동-안산(鞍山)-광녕-연경이고, 수로(水路) 2코스는 평도(平島)-묘도(廟島)-등주(登州)-연경과 평도-각화도(覺華島)-조장역(曹莊驛)-연경이다.[2] 이처럼 전통 시기 중국 여행은 주로 연경을 중심으로 한 북방 지역에 대한 노선이었다. 20세기 초 중국 여행기의 여행노선은 기차(火車)나 윤선(輪船), 자동차(汽車) 등 근대화된 교통수단을 이용하여 상해, 대련, 청도, 안동 등 여러 도시에 직접 닿을 수 있었다. 이 시기 근대적 교통수단인 기차나 자동차를 타고 가며 스치는 풍경들은, 도보나 말을 통해 보는 풍경과는 사뭇 다른 것이었고, 이에 대한 기록들을 통해 근대인들의 감각이나 인식 체계의 변화과정들을 엿볼 수 있다.[3]

---

2) 임기중, 「水路燕行錄과 水路燕行圖」, 『한국어문학연구』 43, 동악어문학회, 2004, 261쪽.
3) 김중철, 앞의 논문, 2005, 308쪽.

교류적 측면에서 전통 시기에는 공동문어(共同文語)라고 할 수 있는
한문이 동아시아 지식인들의 중요한 의사소통의 도구였다. 읽는 발음
은 달라도 한자가 가진 의미는 서로 공유했기 때문에 사신들은 필담을
통해 상대국의 정보를 수집하고, 인적, 물적 교류를 이룰 수 있었다.
즉 필담은 구어체의 대화와 같은 역할을 하면서도 문어체로서의 성격
을 가졌으므로 구어와 문어의 교집합적인 공간을 창조하였다.[4] 20세기
초 중국 여행기록의 교류도 역시 필담의 맥락을 이었다. 즉, 연행록에
서 중요시되었던 필담창수를 통한 문화교류가 20세기 초 중국 여행기
록에도 계속 등장한다. 주로 개인문집과 단행본에 수록된 중국 여행기
록에서 중국 인사들과의 교류가 기록되었고, 신문과 잡지에 실린 여행
기록에는 중국 인사들과의 교류가 다루어지지 않았다. 신문과 잡지는
근대적 매체로서 불특정 다수의 대중을 독자로 두었고 한문보다는 국
한문이나 국문체를 주요 표기수단으로 삼았기 때문에 주로 한문을 매
개로 하는 교류가 이루어지기 쉽지 않았다. 또한 신문과 잡지의 필자는
아예 공개되지 않거나 필명을 쓰는 경우가 있어서 구체적으로 여행기
록을 작성한 필자가 누구인지 파악하기 쉽지 않았다. 특파원, 투고자,
일반 작가 등 작자의 신분도 다양했고, 기본적으로 이들이 쓴 여행기록
은 여행을 위한 안내서 역할도 겸했다. 하지만 개인문집과 단행본에
수록된 여행기록은 대중적인 독자들보다는 한문 교양을 갖춘 한정된
독자를 염두에 두고 있었으므로, 전통 시기의 여행기록과 그 형식과

---

4) 김풍기, 「필담의 문화사―조선후기 동아시아 문화교류의 한 방법」, 『비평문학』
  42, 한국비평문학회, 2011, 153쪽.

내용이 비슷했다.

둘째, 20세기 초 중국 외 해외 기행문과의 차이점을 들 수 있다. 근대 초기의 기행 담론은 문명개화를 위한 견문 넓히기를 주제로 하여 계몽성을 내포하고 있다.[5] 조선인들은 문명개화를 위해 가깝게는 일본, 멀리로는 미국이나 유럽을 다녀와서 여행기록을 남겼는데 주로 개인문집이나 단행본에 수록되었고, 신문이나 잡지에도 실렸다. 개인 문집이나 단행본에 수록된 여행기록은 유교적 사유의 틀에 맞춰 정형 화되었고, 신문이나 잡지에 실린 여행기록은 국한문혼용체와 국문체 로 작성된 것으로서 발전된 해외문명을 대중들에게 소개하는 측면에 서 차이가 있다. 하지만 20세기 초 조선인들의 중국 여행 목적에는 단순한 근대 문명의 탐방만 있는 것이 아니다. 중국과 조선은 오랜 조공관계 체제를 유지해왔고 끊임없이 교류하였다. 임진왜란, 병자호 란, 청일전쟁까지 전쟁과 화해를 도모하면서 두 나라는 밀접한 관계를 유지해왔다. 근대적 체제가 성립된 이후로는 더 이상 조선에 대한 간섭 과 청나라에 대한 의존은 없었지만 서양을 여행했을 때와는 다른 심리 와 관심이 있었던 것이 주목할 만하다. 일본과 서양 여행이 선진문물을 받아들이고 새로운 지식체계를 수용하는 의미가 있었다면 20세기 초 조선인들은 중국 여행을 통해 중국의 역사문화유산을 체험하고자 하 였다. 연행록에 기록된 중국의 찬란했던 전통문명을 직접 체험하는 것을 통해 보고자 하였다. 전통 시기에는 나라에서 벼슬을 한 관원들 중에서도 우수한 인재로 승인이 되어야만 중국을 가 볼 수 있는 기회가

---

5) 김경남, 앞의 논문, 2013, 102쪽.

생겼다. 어려운 과정을 거쳐야만 사절단의 사신으로 행차할 수 있는 자격이 있었다. 하지만 근대에는 사적 여행체제가 형성되었으므로 누구든 갈 수 있었기 때문에 많은 여행자들이 전통문명을 찾고자 중국을 찾았다. 또한 20세기 초 중국 여행을 통해 조선인들은 유교의 근원지를 찾아가 보고자 하였다. 조선은 유교적 이데올로기를 바탕으로 수립된 국가이다. 유교의 근원지인 곡부는 사절단 사신들도 가보지 못한 곳이었다. 곡부에는 공자의 후손들이 살고 있었고 이 시기 강유위를 필두로 공교운동이 형성되면서 조선의 많은 유교 지식인들이 성지 순례하듯 곡부를 찾았다. 일제의 압박으로 국권을 상실한 조선의 유교 지식인들은 유교의 복원을 통해 국권을 되찾으려고 노력하였다. 그런 흔적이 20세기 초 중국 여행기록에 나타난다. 마지막으로 20세기 초 중국 여행을 통해 과거 서책 속의 명승고적을 견문하고자 하였다. 특히 소주와 항주는 조선인들에게 유토피아와 같은 아름다운 고장으로 인식되었고 낭만주의적 풍류가 살아있는 도시로 손꼽혔다. 과거에 소주나 항주를 직접 체험해본 사람들이 극히 적었기 때문에 아름다운 수향 도시는 전설처럼 조선인들의 심상지리에 각인되어 있었다. 위의 세 가지 경우는 해외 기행문에서 찾아볼 수 없는 것으로서 중국 여행기록에서만 나타난 조선인의 중국 여행에 대한 인식이다.

셋째, 20세기 초 중국 여행기록은 고전 기행문학과 현대 기행문학의 매개 역할을 하였다. 20세기 초 신문·잡지에 실린 중국 여행기록은 근대에 이르러 일본 기행과 서양 기행의 형식을 따랐지만 개인문집·단행본에 수록된 중국 여행기록은 연행록의 양상을 그대로 답습한 경우가 많다. 20세기 초 중국 여행기록은 유교적 사유체제를 그대로 유지하면서 쓴 기록과 새로운 매체에 적응하면서 서구식 형식에 맞춰 쓴 여행기록이 모두 공존한다.

넷째, 20세기 초 중국은 조선인의 해외 여행의 주요 거점으로 활용되고 있었다. 『본항유람록(本港遊覽錄)』을 쓴 조창용은 '간도'를 거쳐 블라디보스토크에 갔고, 『지산외유일지(志山外遊日誌)』을 쓴 정원택은 '간도', '만주', 상해를 거쳐 남양군도(南洋群島)에 갔고, 『독일에 가는 길에』의 저자 김준연은 상해를 거쳐 싱가포르, 이집트에 갔으며, 『海洋博物館 − 世界周行記(해양박물관 − 세계주행기)』의 저자 한철주는 대만, 홍콩을 거쳐 남지나해, 말라카해협, 인도, 남미 부에노스아이레스에 이르렀고, 『쏘비엣 露西亞行, 歐米遊記』의 저자 나혜석은 '남만주', '간도', 하얼빈을 거쳐 유럽으로 향했다. 이 시기 해외 여행이 대중화되면서 많은 사람들이 세계를 여행하고자 하였고 세계 여행의 첫 시발점을 중국으로 정한 경우가 많았다. 조선에서 해외 여행을 하려면 중국이나 일본을 거쳐 해외로 나가야만 했다. 유라시아대륙으로 이어진 중국은 좋은 지리적 조건으로, 많은 여행자들이 세계로 향하는 관문 그리고 해외 체험의 시발점이었다.

제5장

결론

　이 글은 20세기 초 조선인이 쓴 중국 여행기록을 중심으로 중국 여행기록 자료를 수집·정리하였고, 그 자료를 근거로 20세기 초 조선인들의 중국에 대한 인식을 고찰하였다. 근대 전환기 조선인에게 중국 여행은 전근대와 근대의 시기가 혼합된 가운데 복잡한 양상을 보인다. 근대의 문호개방이 이루어지면서 조선과 중국은 자국의 독립마저 지키기 힘든 격변기를 겪으면서 자연스럽게 관계가 소원해졌다. 조선에 대한 일제의 통치가 확고해진 이후부터는 일제의 문화통치 영향으로 중국 여행도 점진적으로 늘어나기 시작하였고, 중국에 대한 다양한 체험과 인식을 통해 중국과 세계에 대한 인식이 변하였다.

　전통 시기 조선의 해외 여행은 중국과 일본을 위주로 한 사행이었다. 연행록은 고려 시기부터 조선왕조 시기까지 사행인원들이 공식적으로 중국에 가서 보고 듣고 느낀 점을 일기, 시 산문 형식으로 적은 기록을 말한다. 조천록이나 연행록은 20세기 초 중국 여행기록의 전사(前史)로 볼 수 있지만, 전술과 같이 연행록은 국가의 공식적인 사행이며, 기록자들이 주로 정사, 부사, 서장관과 같은 외교사절이거나 함께 수행한 자제군관들이다. 규정에 따른 정형화된 공식 보고서의 성격을 지닌 기록과 박지원과 같은 자제군관들이 기록한 자유로운 여행기록도 있다. 무엇보다도 연행록은 유교적 사고와 '중화세계관'[1]의 관점에서 다루어진 기행이지만, 20세기 초 중국 여행기록은 '중화세계관'과 '탈중화주의'[2] 시각 그리고 서구문명 지향 사이의 긴장관계로 점철되어 있는 것이 특징이다.

대한제국기의 중국 여행기록은 서양이나 일본 견문 기록에 비해 양적으로 많지 않다. 그것은 조선이 독립자주국으로서 대등한 위치에서 청나라와 대외외교를 수립하고자 하였지만, 청나라는 과거 종주국으로서 체면을 유지하고자 대한제국의 외교사절단이 입국하는 것을 꺼렸고 대신 흠차대신을 파견하는 등 소극적인 외교를 펼쳤기 때문이다. 이 시기 중국 여행기록은 주로 『황성신문』에 실렸는데 『황성신문』은 개신 유학자 중심으로 운영되면서 국가적 개혁을 주요한 이슈로 삼았다. 이 당시 『황성신문』에 실린 중국 여행기록은 그 수가 많지 않아 특징을 규정하기는 어렵지만 전형적인 기행문 형식보다는 중국 정세의 소개나 중국 여행을 권장하는 내용 정도가 있다.

1910년대는 한일합병으로 많은 조선의 유교 지식인들이 고향을 떠나 망명이나 독립운동을 하러 중국을 방문하고 자신의 개인문집이나

---

1) 배우성, 『조선과 중화』, 돌베개, 2014, 14~29쪽.
2) 김문식, 「근대 한국의 탈중화주의」, 『오늘의 동양사상』 15, 예문동양사상연구원, 2006, 57~70쪽.

단행본에 여행기록을 수록하였다. 이 시기 신문·잡지에는 '만주' 관련 여행기록이 속출하기 시작하였는데 이는 조선인들의 '만주' 이주정책을 장려하고자 '만주' 관련 여행 정보나 각종 시세를 흘린 경우가 대부분이다. 이 시대 잡지에는 서장이나 곡부와 관련된 여행기록이 등장하면서 조선의 독자들도 서서히 중국의 다양한 지역을 볼 수 있는 계기를 마련해 주었다.

1920년대는 일제의 문화통치시대가 열리면서 중국 여행이 활성화되었다. 1920년대 개인문집이나 단행본에 수록된 중국 여행기록을 보면 일제의 지배하에서 친일세력과 결탁한 실업가들이 중국 여행을 하기 시작하였다. 1910년대에는 정치적 망명이나 독립운동을 하기 위해 중국 지역을 찾았다면 20년대는 일제당국의 가이드를 받는 경우도 있었다. 1920년대 일제는 문화통치의 일환으로 조선어 민간신문의 발행을 허용하면서도 각종 언론규제법규를 존속시켜 가혹하게 통제하였다. 이 시기는 다양한 매체들이 중국 여행기록들을 다양한 형식으로 주목하여, 중국 여행의 번성기를 이루었다.

1930년대를 거치면서 개인문집과 단행본에 수록된 중국 여행기록의 수는 점차 줄어드는 추세이고 신문과 잡지에 실린 중국 여행기록은 점차 증가하는 추세를 보인다. 이 시기는 신문자본의 성장과 함께 신문, 잡지에 실린 중국 여행기록이 다른 시기에 비해 많은 양을 차지한다. 이 시기에는 여행이 대중화되면서 더 많은 사람들이 중국을 직접 체험하였다. 특히 '만주사변' 이후, 일본은 중국의 동북삼성에 '만주국'으로 세우고 조선인의 이민정책을 실시하였기에 '만주' 관련 여행기록들이 증가 추세를 보였다.

연행이 막을 내린 1894년 이후부터 1937년 중일전쟁까지 중국 여행 기록은 총 125편으로 추정되는데 그중 개인문집과 단행본에 수록된 여행기록이 38편이고, 신문과 잡지에 실린 여행기록이 87편이다.

존재양상 면에서 20세기 초 중국 여행기록에는 한문으로 쓴 것과 국한문혼용체로 쓴 것이 병존한다. 한문의 시대가 점차 끝나가고, 국 한문을 혼용하는 시기에 진입하면서 여행기록에도 이러한 양상이 반 영된 것이다. 한일합병을 겪으면서 유교 지식인들이 망명길에서 쓴 중국 여행기록은 형식적인 측면에서 기존의 연행록을 답습하였고, 신 문·잡지가 발간되면서 기존의 글쓰기가 그 실효성을 잃어가는 측면 도 있었다. 한문으로 쓴 중국 여행기록은 독자가 한정된 집단이고, 애 초부터 상업적인 목적의 글쓰기가 아니었기에, 저자는 자신의 유교적 인 관점을 여과 없이 글쓰기에 투영하였다. 반면, 국한문 혼용으로 쓴 중국 여행기록은 독자층이 더 넓은 일반 대중이었으므로, 새로운 요 소들을 많이 삽입하였고 이해하기 쉽고 자극적인 표현들이 많은 흥미 위주의 글쓰기에 가까워졌다. 20세기 초 중국 여행기록은 새로운 여 행 방식의 등장과 함께 전통적인 것과 새로운 것을 수용하거나 매개하 는 역할을 하고 있었다.

근대의 새로운 상징인 신문과 잡지 시장이 발달하면서 점차 독자층 이 확대되었고, 확대된 독자층은 어려운 한문보다는 읽기 쉬운 국한 문이나 국문을 선호하였다. 그래서 신문·잡지의 문자는 국한문이나 국문으로 점차 변화하였다.

그동안 20세기 초의 중국 여행기록에 대한 연구는 일본 기행, 서양 기행, 외국인의 조선 여행 등 다양한 여행문학과 비교했을 때 비교적 주목을 받지 못하였다. 이에 본고는 20세기 초 중국 여행기를 수집하고 면밀하게 분석하였다. 이 시기 중국 여행기는 크게 보수적인 성향을 띤 유교 지식인들의 것과 근대적 상업 출판에 힘입은 매체들의 것이 있는데, 이 텍스트들을 통시적 관점에서 고찰하였다.

20세기 초 조선인이 쓴 중국 여행기록의 의미는 기존 연행록과의 대조되는 지점에서 그 의미가 선명하게 드러난다. 여행공간이 확장됨과 동시에 여행동기에 서서히 변화가 생겼고 실질적 효용이 떨어진 '중화'를 새롭게 바라보고 평가하는 조류가 발생하였다.

그러므로 20세기 초 중국 여행기록은 지역의 다양성이라는 주제를 갖게 되면서 일본과 서양 여행기록과 비교하여 더 복잡한 양상을 보인다. 20세기 초 중국 여행기록에 나타난 중국 인식을 살펴보면 다음과 같다.

첫째, 전통 유교에 대한 인식이다. 이 시기 조선인들은 전통 유교의 근원지를 찾고자 중국을 방문하였는데 그 이유를 4가지로 귀결할 수 있다. 1) 공교운동을 통해 상실된 국권을 회복하고자 노력하였고 이러한 과정에서 성지(聖地)화된 곡부를 방문한 것이다. 2) 중국 여행을 통해 자신의 '조상의 뿌리를 찾거나', '조상을 기리기' 위해 찾는 경우도 있었다. 3) 곡부가 사변을 당했을 때 위문사의 자격으로 곡부를 찾아 후손들을 위문하고 '유교 지키기'에 일조한 경우도 있다. 4) 일정에 없는 견문이지만 곡부를 방문한 후 자부심을 느낀 경우도 있는데, 오효원은 여성으로서 최초로 곡부를 방문하였다.

둘째, 중국의 역사와 문화유산에 대한 인식이다. 북경에 남아 있는 문화유산을 보고 옛 수도의 명성에 대한 기억과 현 제도에 대한 실망감이 동반되는 양상들이 많이 보인다. 고전적인 유물이 남아 있는 전통적인 도시에서부터 국민정부의 신수도로서 근대적인 도시로 변화한 남경이란 도시는 과거와 현재와 미래를 합쳐놓은 의미의 도시로 인식된다.

셋째, 근대적 명승고적에 대한 인식이다. 조선인들은 중국의 명승(名勝) 구경을 통해 옛 강남 지역에 대한 추상적인 인식을 극복하였다. 낭만적 풍류문화가 있을 것이라는 기대는 현실과는 다른 양상으로 발전되어 적잖은 실망감을 느꼈다. 하지만 더 큰 자연의 승경(勝景) 앞에서는 망국의 슬픔이 동반되는 '자아성찰'의 과정까지 이르게 된다.

넷째, 중국에 만연되고 있는 서양문화에 대한 인식이다. 중국의 일부 도시는 아편전쟁 이후에 급속도로 발전되었고 개항도시로서 서양의 문물과 제도를 수용하여 발전시켰다. 그중에서 상해는 근대 문화의 대표도시로 손꼽히며 '동양의 파리'로 불렀다. 20세기 초 중국 여행기록의 여행분포도를 보면 상해를 가장 많이 찾은 것으로 나타나는데 상해는 지리적 요건에 따라 조선에서 서양의 문화를 접할 수 있는 가까운 거리에 있었을 뿐더러 일제의 감시가 적어 정치활동을 자유롭게 할 수 있는 조건을 갖추었다. 상해가 제국의 전시장으로 변한 모습과 곳곳에 만연된 서양문화를 보고 '중화주의'가 사라져 가고 있음을 인식하였다.

다섯째, 조선인들의 '만주' 지역에 대한 인식이다. '만주사변'과 중일전쟁의 발발로 조선은 일본의 전시동원체제에 편입되었으며 일본의 괴뢰정권에 의해 만들어진 '만주국'은 '오족협화(五族協和)', '왕도낙토(王道樂土)'의 기치를 내세워 많은 조선인 이민자를 배출하였다.

이 시기 조선인들이 이주(移住)하고 정주(定住)하는 '만주' 지역을 여행하면서 망명인의 삶과 이방인의 애수를 보았고 일확천금을 노린 사람들이 기회와 삶의 낙원으로 중국을 찾았지만 현실이란 장벽을 뛰어넘지 못한 실정에 대해 통탄하였다.

20세기 초 조선인이 쓴 중국 여행기록은 전통 시기 연행록의 뒤를 이은 새로운 기행문학의 양상으로서 가치가 있다. 20세기 초 중국 여행기록에는 다양한 지역에 대한 인식과 인상이 존재한다. 근대 여행이 활성화되면서 많은 여행기록들이 생성되었지만 20세기 초 중국 여행기록은 전통과 근대를 이어주는 매개 역할을 하고 있어 중국 밖 세계 인식의 교두보 역할도 하였다. 그동안 고전문학에서는 전통 시기 연행록에 대해서는 유교적 사유체계의 틀에서만 연구를 진행하였고, 근대 기행문학의 연구는 신문·잡지를 텍스트로 하는 '탈중화주의' 시각에서만 살펴보았다. 본고에서는 연행록과 근대 기행문학 사이에 존재하는 20세기 초 중국 여행기록의 자료를 찾아내고 정리함으로써 고전문학과 현대문학자 학문 분과의 논리상 다루기 어려웠던 근대 전환기 중국 여행기록의 연구를 고찰하였다. 20세기 초 조선인의 중국 여행기록의 자료 목록을 정리하고 그 자료를 바탕으로 중국 인식에 주목하였으나 자료가 방대하여 다양한 체제, 표기 수단, 글쓰기 방식 등에 대해 치밀하게 분석하고 논의하지 못하였다. 이에 대해 후속 작업으로 연구를 진행할 예정이다.

국문초록

　본고는 20세기 초 조선인이 쓴 중국 여행기록에 대한 연구이다. 본 연구는 특히 이전 시기의 연행록과 달리 중국의 다양한 지역들에 대한 여행이 이루어지던 20세기 초 조선인의 중국 여행기록들을 주된 연구 대상으로 삼았다. 그리고 그동안 알려지지 않았던 20세기 초 조선인의 중국 여행기록을 발굴하고 다양한 자료들을 수집하여 목록을 제시하고 검토한 후 전체적인 존재양상과 그 시대 조선인의 중국 인식에 대해 살펴보는 것을 목적으로 하였다.

　전통시대의 연행록이 중국의 북방 위주의 노선이라는 한계점이 있다면, 20세기 초 중국 여행기록은 남방을 비롯한 중국의 전국 지역을 여행할 수 있다는 특이점이 있었다. 연행의 폐지 이후 조선인의 중국 여행은 이전 시대와는 전혀 다른 여행 조건들을 갖추게 된다. 여러 가지 근대 문물이 도입되면서 사적인 관광 체제가 수립되었고 일반 대중들도 해외로 나갈 수 있는 기회가 주어졌다. 20세기 초 조선의 지식인들에게 중국은 서양과 일본에 비해 상대적으로 위상이 낮아졌지만, 여전히 다른 의미에서의 동경의 대상이었다. 어느 정도의 한문 교양을 지니고 있던 조선인 여행자들은 중국을 실제 여행하기 전 이미 각 지역에 대한 전형적인 이미지 또는 고정관념들을 가지고 있었다. 그들은 중국의 전 지역을 유람하면서 보고 듣고 느낀 점을 개인문집이나 단행본으로 출판하였고, 신문이나 잡지에 실어 다른 독자들과 공유하였다. 그들은 '중화'라는 문화적 개념의 효용이 떨어진 중국의 모습을 비하하기도 하고, 애통해하기도 하면서, 점차 새로운 시각으로 근대 중국을 바라보게 되었다.

20세기 초 중국 여행기록의 대략적인 양상과 특징을 살펴보면 다음과 같다. 대한제국기 청나라는 과거의 종주국으로서의 입지를 포기하고 어느 정도의 체면 손상을 감수해야 하는 입장에서, 조선의 사절단의 방문을 꺼렸으며, 흠차대신을 조선에 파견하는 소극적 방식으로 외교 관계를 유지하였다. 또 서로 간의 외교 현안 문제에서도 많은 어려움을 겪었고 줄곧 긴장과 갈등, 그리고 유동적인 상태를 유지했다. 이런 상황에서 조선과 중국의 관계는 옛 조공외교 체제하에서 진행되었던 것과는 판이한 모습을 보였고 사행기록이나 기타 여행기록들이 나오기가 쉽지 않았다. 대한제국기 조선인이 쓴 중국 여행기록은 개인문집·단행본으로 기록된 것이 2편이고 신문·잡지는 주로『황성신문』에 3편이 실렸다. 이 시기는 전통 시기 공식사행인 연행록이 끝난 후 사적인 여행체제가 수립된 초기 단계로 근대 조선인이 중국 여행에 대한 맹아기(萌芽期)로 볼 수 있다.

1910년대 중국 여행기록은 유교 지식인들이 한일합병 이후 망명을 떠나거나 일제의 감시가 적은 해외에서 구국운동을 펼치면서 작성된 경우가 많으며, 현재 남아 있는 기록은 모두 25편이다. 1910년대 신문·잡지에 실린 중국 여행기록은『황성신문』,『매일신보』,『대한흥학보』,『반도시론』에 실린 기록이 5편인데 신문에 실린 기록은 모두 '만주(滿洲)' 지역을 배경으로 하였고 잡지에 실린 기록은 새로운 지역인 서장(西藏)과 곡부(曲阜)를 다루었다.

1920년대는 일제가 문화통치로 통치정책을 변경하였고 여행이 활성화되기 시작하였다. 이 시기 개인문집·단행본에 수록된 중국 여행기록의 편수는 8편인데 주로 홍삼판로시찰과 견문, 공교운동을 위주로한 여행기록이다. 이 중 3편은 친일세력과 결탁한 실업가들의 중국 여행기록도 포함되어 있다. 또 이 시기 신문·잡지에 실린 중국 여행기록은 주로 『시대일보』, 『매일신보』, 『동아일보』, 『조선일보』, 『개벽』, 『동광』, 『별건곤』, 『삼천리』에 실린 30편이다. 이 시기에는 조선어 민간 신문과 잡지 발행이 허용되었고 많은 중국 여행기록들이 다양한 신문·잡지에 게재되었다.

1930년대는 여행이 대중화되면서, 더 많은 여행기록들이 생산되었다. 특히 '만주사변'과 중일전쟁의 발발로 조선은 일본의 전시동원체제에 편입되었으며 일본의 괴뢰정권에 의해 만들어진 '만주국'은 '오족협화(五族協和)', '왕도낙토(王道樂土)'의 기치를 내세워 많은 조선의 이민자를 배출하였는데 이 당시 중국 여행기록은 이러한 상황과 밀접한 관련이 있다. 그중 개인문집·단행본에 수록된 중국 여행기록은 모두 3편에 불과하고 모두 견문이나, 위문(慰問), 유학(留學)에 관련된 기록이다. 1930년대는 일제의 지배통치가 안정기에 들어서면서 10년대, 20년대처럼 구국운동을 위하여 중국을 방문하고 여행기록을 남긴 경우는 없다. 또한 이 당시 신문 잡지라는 매체가 자본과 밀접한 관련을 맺게 되어, 여행과 여행기록이 산업적 측면에서 기획되는 경우가 많아지게 되었다.

20세기 초 중국 여행기록에 나타난 중국 인식을 살펴보면 다음과 같다. 첫째, 전통 유학의 대면을 통해 유교의 '진정성'을 찾고자 노력하였고, 서양의 문화에 의해 위축된 유교를 다시 '지키기' 위해 애썼다. 둘째, 역사문화유산이 유구한 도시를 여행하면서 찬란한 문화유산에 대한 '기억'과 현실제도에 대한 '부조리함'이 교차하는 이중적인 인식을 느꼈다. 셋째, 근대적 명승(名勝) 구경을 통해 옛 강남 지역에 대한 심상지리에 '거리감'을 형성하였다. 하지만 더 큰 자연의 승경(勝景) 앞에서는 망국의 슬픔이 동반되는 '자아성찰'의 과정까지 이르게 되었다. 넷째, 근대화된 도시를 여행하면서 제국의 전시장으로 변한 중국의 모습과 곳곳에 만연된 서양문화를 보고 '중화주의'가 사라져 가고 있음을 인식하였다. 다섯째, 조선인들이 이주(移住)하고 정주(定住)하는 지역을 여행하면서 망명인의 삶과 이방인의 애수를 보았고, 일확천금을 노린 사람들이 기회와 삶의 낙원을 쫓아 중국을 찾았지만 결국 현실이란 장벽을 뛰어넘지 못한 실정을 여행기록에 담았다.

이렇듯 20세기 초 조선인의 중국 여행기록은 중국에 대한 다양한 인식과 인상을 보여주었다. 본고는 20세기 초 중국 여행기록의 자료 정리와 새로운 지역을 여행하게 된 여행자들의 중국 인식을 살펴봄으로써, 근대 전환기 조선인들의 중화주의적 중국 인식이 어떻게 극복되어 나아갔는지 살펴보았다.

中文摘要

    本論文主要研究朝鮮人在20世紀初所寫的中國旅行記錄。與20世紀之前的燕行錄不同，本研究立足于20世紀初的旅行記錄，此記錄中涵蓋了朝鮮人對中國多數地域的描寫。本論文的研究目的在於通過發掘未被世人所知的20世紀初朝鮮人的中國旅行日記，收集此類豐富的文獻并形成目錄，以期管窺在當時朝鮮人對中國的認識。

    朝鮮時期燕行錄記錄的主要路線限於中國北方，20世紀初朝鮮人在中國旅行記錄的特点是開始讲述含有中國南方在內的全部地區。燕行被廢止之後，朝鮮人在中國的旅行與之前的時代相比，其旅行的條件完全不同。隨著多樣的近代文明不斷被引進，個人觀光的體制被確立，同時一般百姓也逐漸有了到海外進行旅行的機會。20世紀初，對於朝鮮知識分子來說，中國與西洋、日本相比，雖然地位相對變低，但是在某種程度上仍然是充滿了向往。具有一定漢文教養的朝鮮旅行者在去中國旅行之前，他們已經對各區域有固定的印象，或者具有固定的觀念。他們一邊瀏覽中國全部的地域，一邊將感想寫入自己的文集或者單獨出版成書。有的通過在報紙和雜誌上登載，與讀者共享其經歷。他們對於曾經稱爲中華文化的大清充滿了鄙視和痛心，并用新的視角來逐漸看待中國的近代社會。

    20世紀初朝鮮人对中國旅行記錄的基本樣相如下所述。大韓帝國時拋棄了清朝作爲宗主國的立場，因而清朝在一定程度上經受顔面

上的損傷, 在這種立場下, 清朝回避朝鮮使節團的訪問, 同時在朝鮮派遣欽差大臣時用消極的方式維持朝鮮與中國的關係. 同時, 在相互的外交懸案問題方面, 經歷了很多困難, 一直處在緊張和糾纏中, 保持著流動的狀態. 在這種狀況下, 朝鮮同中國的關係展現出與舊時朝貢體制下的進行的外交是截然不同的情形, 因而在個人旅行記錄和其他旅行記錄中很難展現出當時的關係. 大韓帝國時, 朝鮮人寫成中國旅行日記有用個人文集或者單行本記錄下的內容有2篇, 而在報紙和雜誌上發表的內容主要登載在『皇城新聞』上, 有3篇. 此時期可以看作是在朝鮮時期因公使行的燕行錄結束后, 因私出行體制被確立的初期階段之下, 近代朝鮮人在中國旅行的萌芽時期.

1910年, 中國旅行記錄是一些朝鮮的儒教文人在韓日合併之後, 在日治監視較小的海外國家逃亡并展開救國運動, 他們撰寫了很多. 當今共留有25篇記錄. 1910年在報紙和雜誌上登載的旅行記錄有在『漢城報紙』、『每日新報』、『大韓興學報』、『半島時論』上的5篇內容, 其中在報紙上登載的記錄全部以滿洲地區作為背景, 在雜誌上登載的記錄則出現了西藏與曲阜這些新地區.

1920年日帝用文化統治來改變統治政策, 旅行開始被激發. 此時期, 朝鮮人的個人文集和單行本收錄的中國旅行記錄共8篇, 主要圍繞紅參銷路的考察、見聞、孔教運動的旅行記錄. 其中三篇是與親日勢力勾結的實業家們的中國旅行記錄. 同時, 此時期在報紙和雜誌上登載的中國旅行記錄主要是在『時代日報』,『每日新報』,『東亞日報』,『朝鮮日報』,『開闢』,『東光』,『別乾坤』,『三千里』上登載的30篇內容. 此時期, 朝鮮民間的新聞和雜誌被允許發行, 很多

中國旅行記錄在很多報紙和新聞上被刊載。

1930年，旅行變得大眾化，產生了很多旅行記錄。特別是因為九一八事變和中日戰爭的爆發，朝鮮被編入日本的戰時動員體制，依靠傀儡政權而建立起的滿洲國強化'五洲協和''王道樂土'的價值，同時派出了很多朝鮮移民者。因而，當時的中國旅行日記與這些內容有密切的關聯。其中，在個人文集、單行本中收錄的中國旅行記錄總共3篇，均是有關于見聞、慰問、留學方面的記錄。1930年，日本對韓半島的統治進入了穩定期，因而在訪問中國的旅行記錄中沒有再出現有關救國運動的內容. 同時，當時報紙雜誌等媒體密切關注與資本的關係，在所有產業的層面，旅行和旅行記錄被規劃的情況變得越來越多。

20世紀初朝鮮人訪問中國有多種目的。其中，有通過直面傳統儒學，作為孔教運動來努力尋找儒教的真實性，也有為追尋、追思自己祖上而來到儒教的故鄉曲阜，以單純的訪問和以慰問使的身份去守護危機下的曲阜。 同時， 他們一邊游览有着悠久历史文化的都市，一邊表現出對於中國作為燦爛文化遺產的記憶與現實中國蕭條腐敗間的雙重認識。通过近代名勝的變遷，以及有關古代江南地區的地理情況的直接體驗，不僅感受距離感，同時在巨大的憧憬面前實現自我心靈的反省過程。

20世紀初朝鮮人所寫中國旅行記錄中展現的中國意識如下所示，其一，從朝鮮傳統儒學層面來看，朝鮮人在努力尋找儒教的真實性，他們根據西洋文化對主導的儒學的再度堅守而努力實踐。其二，通過遊覽歷史文化悠久的都市，經受著對中國燦爛文化遺產的記憶和

現實制度下不合理敗間的雙重認識。其三，通過近代名勝的變遷，以及有關古代江南地區的地理情況的直接體驗，不僅感受距離感，同時在巨大的憧憬面前實現自我心靈的反省過程。對舊時江南地區形成意象地理的距離感。但是，在宏偉的自然景色面前，產生了伴有亡國哀傷的自我反省。其四，通過遊覽近代化的都市，看著作為帝國展示場轉變的中國和在中國到處蔓延的西洋文化，感受著中華主義逐漸消失的中國。其五，通過觀覽朝鮮人遷居的地區，感知他們亡命的生活以及作爲異國人的哀怨。朝鮮人懷著對生活的憧憬和希望來到他們所認為的中國樂園，但是現實的中國並非他們所想。這樣的情形在中國旅行記錄也有記載。

　　通過這些20世紀初朝鮮人的中國旅行記錄，我們可以看出朝鮮人對中國多元化的認識和印象。本論文就20世紀初到訪中國的朝鮮人所寫的旅行記錄來考察旅行者對中國的意識，由此來考探在近代轉型期下朝鮮人是怎樣克服朝鮮人的中華主義的中國意識。

참고문헌

1. 원전자료

孔聖求, 『香臺紀覽』, 국립중앙도서관, 古3653-16.

_____, 『香臺紀覽』, 京城: 中央印書館, 1931.

孔聖學, 『中遊日記』, 규장각, 經古 816-G588.

金大洛, 『西征錄』, 고려대 도서관, 복사본貴-595-1-3.

金相頊, 『勿窩先生文集』, 국립중앙도서관, 古3648-10-753.

盧相益, 『大訥手卷續編』 元・亨, 이은영 개인소장.

李斗勳, 『弘窩文集』, 국립중앙도서관, 古3648-62-520.

李炳憲, 『中華遊記』, 국립중앙도서관, 한古朝63-12.

_____, 『中華遊記』, 南通: 翰墨林書局, 民國 5(1916).

李相龍, 『石州遺稿』, 고려대 도서관, 석주D1-A1161-1-6.

李承熙, 『大溪先生文集』, 韓國歷代文集叢書 1055-1060輯.

李鼎夏, 『心齋遺稿』, 韓國歷代文集叢書 1090輯.

朴勝振, 『聽荷集』, 영남대학교 민족문화연구소, 1988.

朴榮喆, 『亞洲紀行』, 京城: 獎學社, 1925.

朴漢永, 『石顚詩鈔』, 국립중앙도서관, 古朝45-가373.

徐錫華, 『淸石文集』, 韓國歷代文集叢書 1765-1766輯.

安孝濟, 『守坡文集』, 장서각 K南・4-26; 성균관대 존경각 D03B-0644.

_____, 『守坡文集』, 高山齋, 1927.

安孝鎭, 『華行日記』, 국립중앙도서관, 古2817-22, 한古朝63-26.

_____, 『華行日記』, 咸陽: 輔仁堂, 昭和 12(1937).

芮大僖, 『伊山文集』, 국립중앙도서관, 古3648-65-19-1-4.

吳孝媛, 『小坡女士詩集』, 京城: 小坡女士詩集刊行所, 昭和 4(1929).

張錫英, 『遼左紀行』, 장서각, B15HC 2.

張志淵, 『韋庵文稿』, 探求堂, 國史編纂委員會, 1955.

鄭　琦, 『栗溪集』, 국립중앙도서관, 古3648-70-197.

曺圭喆, 『夙夜齋叢稿』, 연세대 도서관, 보존서고1 811.99 조규철 숙.

趙昺澤, 『一軒集』, 韓國歷代文集叢書 1806輯.

趙貞奎, 『西川先生文集』, 韓國歷代文集叢書 2148輯.

_____, 『西川先生文集』, 국립중앙도서관, 古3648-72-120.

趙昌容, 『白農實記』, 독립기념관 한국독립운동사연구소 1993.

『개벽』.

『대한흥학보』.

『동광』.

『동아일보』.

『매일신보』.

『별건곤』.

『삼천리』.

『시대일보』.

『조선일보』.

『황성신문』.

『반도시론』.

2. 국역자료

이광수, 『이광수전집18』, 삼중당, 1962.

공성구 지음, 『香臺紀覽』, 박동욱 옮김, 태학사, 2014.

안동독립운동기념관, 『국역 백하일기』, 경인문화사, 2011.

_____, 『국역 石洲遺稿』, 경인문화사, 2008.

국역수파집간행위원회, 『국역 수파집』, 신지서원, 2008.

3. 국내 저서

구지현, 『계미통신사 사행문학 연구』, 보고사, 2006.

국토연구원 엮음, 『공간이론의 사상가들』, 도서출판 한울, 2001.

김왕배, 『도시, 공간, 생활세계 – 계급과 국가 권력의 텍스트 해석』, 도서출판
　　　한울, 2000.
배우성, 『조선과 중화』, 돌베개, 2014.
서기재, 『조선 여행에 떠도는 제국』, 소명출판, 2011.
서울역사박물관, 『북경 3000년: 수용과 포용의 여정』, 서울역사박물관, 2013.
인하대학교 한국학연구소, 『동아시아 개항도시의 형성과 네트워크』, 글로벌콘
　　　텐츠, 2012.
임기중, 『연행록연구층위』, 학고방, 2014.
전종한·서민철·장의선·박승규 지음, 『인문지리학의 시선』, 논형, 2008.
조성운, 『식민지 근대관광과 일본시찰』, 경인문화사, 2011.
조성환, 『북경과의 대화 – 한국 근대 지식인의 북경체험』, 학고방, 2008.
한국문화역사지리학회, 『현대 문화지리의 이해』, 푸른길, 2013.
한석정, 노기식 편, 『만주, 동아시아 융합의 공간』, 소명출판, 2008.
현광호, 『새로운 시각으로 보는 개항기 조선』, 유니스토리, 2015.
홍순애, 『여행과 식민주의–근대 기행문의 식민·제국의 역학』, 서강대출판부,
　　　2014.

4. 해외 저서

가리타니 고진 저, 『일본 근대문학의 기원』, 박유하 역, 도서출판b, 2010.
강상중 지음, 『오리엔탈리즘을 넘어서』, 이경덕·임성모 옮김, 이산, 2012.
닝왕 지음, 『관광과 근대성 – 사회학적 분석』, 이진형·최석호 옮김, 일신사,
　　　2004.
데이비드 앳킨슨·피터 잭슨·데이비드 시블리·닐 워시본 편저, 『현대 문화지리
　　　학』, 이영민·진종헌·박경환·이무용·박배균 옮김, 논형, 2011.
돈 미첼 지음, 『문화정치 문화전쟁』, 류제헌·진종환·정현주·김순배 옮김, 살림
　　　출판사, 2011.
林語堂 지음, 『북경 이야기』, 김정희 옮김, 도서출판 이산, 2001.
마르쿠스 슈뢰르 지음, 『공간, 장소, 경계 – 공간의 사회학 이론 정립을 위하여』,
　　　정인모·배정희 옮김, 에코리브르, 2010.

에드워드 렐프 지음, 『장소와 장소상실』, 김덕현·김현주·심승희 옮김, 논형, 2005.

王國平, 『西湖文獻集成』第10冊, 杭州出版社, 2004.

윌리엄T.로 지음, 『하버드 중국사 청 – 중국 최후의 제국』, 기세찬 옮김, 너머북스, 2014.

유영하, 『홍콩이라는 문화공간』, 도서출판 아름나무, 2008.

伊藤潔 (原著), 陳水螺 (漢英編譯), 『台灣歷史』, 前衛出版社, 2004.

이-푸 투안 지음, 『공간과 장소』, 구동회·심승희 옮김, 도서출판 대윤, 2007.

조앤 샤프 지음, 『포스트식민주의의 지리 – 권력과 재현의 공간』, 이영민·박경환 옮김, 여이연, 2011.

陳光中 지음, 『풍경 – 북경 古家와 중국근대사 인물이야기에서 역사를 보다』, 박지민 옮김, 현암사, 2007.

陳昭瑛 지음, 『대만과 전통문화』, 한인희·김중섭·박성림 옮김, 한국외국어대학교 지식출판원, 2015.

G.B.엔다콧 지음, 『홍콩의 역사』, 은은기 역, 한국학술정보[주], 2006.

5. 연구논문

구사회, 「일제강점기 박영철(朴榮喆)의 중국기행과 시적 형상화」, 『한국평화연구학회』, 한국평화연구학회 학술회의, 2012.

_____, 「다산 박영철의 『아주기행』과 문학적 형상화」, 『온지논총』 25, 온지학회, 2010.

김경남, 「1920년대 전반기 『동아일보』 소재 기행 담론과 기행문 연구」, 『한민족어문학』, 한민족어문학회, 2013.

_____, 「근대적 기행 담론 형성과 기행문 연구」, 『한국민족문화』 47, 부산대학교 한국민족문화연구소, 2013.

김문식, 「근대 한국의 탈중화주의」, 『오늘의 동양사상』 15, 예문동양사상연구원, 2006.

김상민, 「서양문헌에 나타난 한국: 정형화된 이미지와 사실의 간극」, 『동국사학』 49, 동국사학회, 2010.

김상일, 「石顚 朴漢永의 기행시문학의 규모와 紀實의 시세계」, 『한국어문학연구』 65, 동악어문학회, 2015.

김세호, 「1920年代 韓國言論의 中國國民革命에 대한 反應 – 東亞日報 特派員 朱耀翰의 〈新中國訪問記〉 取材(1928.10~1929.1)을 中心으로」, 『中國學報』第四十輯, 韓國中國學會, 1999.

김종진, 「1920년대 〈불교〉지에 나타난 불교유학생의 문학 활동」, 『불교연구』 42, 한국불교연구원, 2015.

김종철, 「근대 초기 여행기에 나타난 활동사진의 비유에 대한 연구」, 『한국언어문화』 29, 한국언어문화학회, 2006.

김준, 「근대 동아시아 지식인과 지적 공간으로서의 上海 – 眞庵 李炳憲의 上海遊歷을 중심으로」, 한중인문학회 국제학술대회, 2013.

김중철, 「근대 여행과 활동사진 체험의 '관람성(spectatorship)' 연구 – 1920~30년대 기행문 속 활동사진의 비유적 쓰임을 중심으로」, 『현대문학이론연구』 41, 현대문학이론학회, 2010.

金泰丞, 「동아시아의 근대와 상해 – 1920~30년대의 중국인과 한국인이 경험한 상해」, 한중인문학연구』 41, 한중인문학회, 2013.

김풍기, 「필담의 문화사 – 조선후기 동아시아 문화 교류의 한 방법」, 『비평문학』 42, 한국비평문학회, 2011.

김호웅, 「1920~1930년대 조선문학과 상해: 조선 근대문학자의 중국관과 근대인식을 중심으로」, 『퇴계학과 한국문화』 35, 경북대학교퇴계연구소, 2004.

노관범, 「1910년대 한국 유교 지식인의 중국 인식 – 柳麟錫, 朴殷植, 李炳憲을 중심으로」, 『민족문화』 40, 한국고전번역원, 2012.

米家, 泰作, 「近代日本における植民地旅行記の基礎的研究: 鮮滿旅行記にみるツーリズム空間」、『京都大学文学部研究紀要』 53, 2014.

박경석, 「근대중국의 여행 인프라와 이식된 근대여행 – 中國旅行社의 설립과 활동을 중심으로」, 『중국사연구』 53, 중국사학, 2008.

_____, 「民國時期 上海 友聲旅行團과 '레저 여행'」, 『중국근현대사연구』 38, 한국중국근현대사학회, 2008.

朴赫淳, 「見聞錄에 비친 근대 상해의 거리와 문화」, 『지방사와 지방문화』 19,

역사문화학회, 2006.

白永瑞, 「大韓帝國期 韓國言論의 中國 認識」, 『역사학보』 153, 歷史學會, 1997.

백옥경, 「대한제국기 번역관 玄尙健의 활동」, 『역사와 실학』 57, 역사실학회, 2015.

서동일, 「1910년대 韓中儒林의 교류와 孔敎運動」, 『한국민족운동사연구』 77, 한국민족운동사학회, 2013.

설석규, 「진암 이병헌의 현실인식과 유교복원론」, 『남명학연구』 22, 남명학회, 2006.

蘇明, 「近現代域外遊記的勃興與繁榮」, 『大連民族學院學報』 14, 大連民族學院, 2012.

안영길, 「서천 조정규의 만주망명과 시문학」, 『외국문학연구』 11, 한국외국어대학교 외국문학연구소, 2014.

於天禕, 「芥川龍之介文本中的中國情結研究」, 山東大學博士學位論文, 2007.

吳世昌, 「在滿韓人의 抗日獨立運動史研究 – 1910~1920年의 獨立運動團體를 中心으로」, 성균관대학교 박사학위논문, 1988.

오태영, 「근대 한국인의 타이완 여행과 인식」, 『亞細亞研究』 53, 고려대학교 아세아문제연구소, 2013.

윤병석, 「요좌기행 해설」, 『史學志』 8(1), 단국사학회, 1974.

윤선자, 「1920년대 한국인들의 중국 여행기 분석」, 『한중인문학연구』 41, 한중인문학회, 2013.

윤은자, 「20세기 초 南京의 한인 유학생과 단체(1915~1925)」, 『중국근현대사연구』 39, 한국중국근현대사학회, 2008.

윤재웅, 「서정주 번역 『석전 박한영 한시집』(2006)에 대하여」, 『한국문학연구』 32, 동국대학교 한국문학연구소, 2007.

이명종, 「근대 한국인의 만주 인식 연구」, 한양대학교 박사학위논문, 2014.

이은영, 「20世紀初 儒敎知識人의 亡命과 漢文學: 西間島 亡命을 中心으로」, 성균관대학교 박사학위논문, 2012.

이은주, 「1923년 개성상인의 중국유람기 『중유일기(中遊日記)』 연구」, 『국문학연구』 25, 국문학회, 2012.

이은주, 「근대체험의 내면화와 새로운 글쓰기」, 『상허학보』 16, 상허학회, 2006.

이창훈, 「대한제국기 유럽 지역에서 외교관의 구국운동」, 『한국독립운동사연구』 27, 독립기념관 한국독립운동연구소, 2006.

임준철, 「대청사행(對淸使行)의 종결과 마지막 연행록」, 『民族文化硏究』 49, 고려대학교 민족문화연구원, 2008.

张小慧, 「近代外国移民与上海城市文化的发展(1841-1941)」, 宁夏大学硕士学位論文, 2013.

張再軍, 「旅遊報刊與民國時期上海都市旅遊硏究」, 上海師範大學碩士學位論文, 2013.

조성산, 「근대전환기 중화주의의 위기와 조선사 인식」, 『사총』 79, 고려대학교 역사연구소(구 역사학연구회), 2013.

조성운, 「대한제국기 근대 학교의 소풍·수학여행의 도입과 확산」, 『한국민족운동사연구』 70, 한국민족운동사학회, 2012.

조성환, 「韓國 近代 知識人의 上海 體驗」, 『중국학(구중국어문론집)』 29, 대한중국학회, 2007.

陳慶智, 「'香臺紀覽' 기록에 투영된 일제시대 臺灣의 모습」, 『동아시아문화연구』 56, 동아시아문화연구소, 2014.

천병돈, 「경재 이건승의 민족정신」, 『양명학』 40, 한국양명학회, 2015.

최기영, 「1910~1920년대 杭州의 한인유학생」, 『서강인문논총』 39, 서강대학교 인문과학연구소, 2014.

한영우, 「1910年代의 民族主義的 歷史敍述 – 李相龍·朴殷植·金敎獻·檀奇古史를 중심으로」, 『한국문화』 1, 한국문화, 1980.

허경진·강혜종, 「근대 조선인의 만주 기행문 생성 공간 – 1920~1930년대를 중심으로」, 『한국문학논총』 57, 한국문학회, 2011.

황민호, 「개항 이후 근대여행의 시작과 여행자」, 『숭실사학』 22, 숭실사학회, 2009.

황은수, 「개항기 한중일 정기 해운망과 조선상인의 활동」, 『역사와현실』 75, 한국역사연구회, 2010.

<부록>

<부록 1> 20세기 초 조선인의 개인문집·단행본에 수록된 중국 여행기록 목록[1]

번호	제목	저자	연도	소장기관	비고
1	海上述懷十八首	張志淵	1908	경상대도서관	『韋庵文稿』卷1 飜刻發行: 探求堂, 編纂兼發行: 國史編纂 委員會, 1955
2	本港遊覽錄 北艮島視察記	趙昌容	1908 1912	독립기념관 한국독립운동사	『白農實記』 독립기념관 한국독립운동사연구소 1993
3	西征日錄	趙昺澤	1910	국립중앙도서관, 경상대, 고려대, 성암고서박물관, 전남대, 동아대, 대구가톨릭대, 연세대	『一軒集』卷5-雜著 收錄 其它, 卷2-詩도 있음
4	蜜山追憶錄	李基仁	1910	연세대	『白溪文集』, 1986
5	詩	李建昇	1910	규장각, 국립중앙도서관	『海耕堂收草』卷四 收錄
6	詩	申圭植	1911		『兒目淚』
7	遼河日記	安孝濟	1911	전남대, 단국대, 용인대, 전주대, 계명대, 성균관대, 부산대	『守坡文集』 卷3-雜著 收錄
8	西徙錄 燕薊旅遊日記	李相龍	1911 1920	고려대	『石州遺稿』卷6 收錄
9	西征錄	金大洛	1911	고려대	『西征錄』 冊1,2,3 收錄
10	遼左紀行	張錫英	1912	국립중앙도서관	장서각, B15HC 2
11	志山外遊日誌	鄭元澤	1912		探求堂, 1983
12	間島紀行	朴勝振	1912	고려대, 시립대	『聽荷文集』卷2 收錄
13	渡江錄	盧相益	1911	후손 소장, 이은영 개인소장	『大訥手卷續編』 元·亨 收錄

---

1) 표 속 연도는 기행연도를 쓴 것이다.

14	西遊錄	李承熙	1913	국립중앙도서관, 영남대, 부산대, 계명대, 대구가톨릭대, 미국 UC버클리대, 연세대, 경상대, 한국학중앙연구원, 서울대 등	『大溪先生文集』 卷3 收錄
15	山海關紀行	徐錫華	1913	한국국학진흥원	『淸石文集』 卷11-雜著 收錄
16	北征日錄	趙貞奎	1913	국립중앙도서관, 계명대, 부산대, 경상대, 단국대, 용인대, 동아대, 전남대	『西川先生文集』 卷3-雜著收錄 卷1-詩도 있음
17	中州記行	金相項	1913	전남대, 경상대, 국립중앙도서관, 원광대	『勿窩先生文集』 卷1-詩 收錄
18	燕城紀行	芮大僡	1913	사우당종택, 국립중앙도서관, 영남대, 계명대	『伊山文集』 卷5-雜著 收錄 卷2-詩도 있음
19	中華遊記 中華再遊記	李炳憲	1914 1916	국립중앙도서관, 남평문씨 인수문고, 서울대, 경상대	南通: 翰墨林書局, 民國 5(1916)
20	詩	李斗勳	1914	국립중앙도서관, 전남대, 경희대, 동아대, 부산대, 조선대, 한국학중앙연구원, 계명대, 연세대 등	『弘窩文集』 卷2-詩 收錄
21	詩	吳孝媛	1916	동아대	『小坡女士詩集』 中篇 收錄, 京城: 小坡女士 詩集刊行所, 昭和 4 (1929)
22	西征記	李鼎夏	1917	한국역대문집총서 冊1090	『心齋遺稿』 卷2-記 收錄
23	華行日記	安孝鎭	1917	한국학중앙연구원	咸陽: 輔仁堂, 昭和 12(1937)
24	亞洲紀行	朴榮喆	1922	국립중앙도서관, 전남대, 성균관대, 한국학중앙연구원, 국민대, 연세대	京城: 奬學社, 1925
25	中遊日記	孔聖學	1923	남평문씨 인수문고, 규장각, 성균관대	發行地不明, 發行處不明, 民國 12(1923)
26	詩	鄭琦	1925	국립중앙도서관, 고려대, 전주대, 영남대	『栗溪集』 卷1-詩 收錄
27	香臺紀覽	孔聖求	1928	국립중앙도서관, 경희대, 단국대, 전남대	京城: 中央印書館, 1931

28	南遊草	朴漢永	1930	고려대, 동국대, 국립중앙도서관, 송광사 성보박물관, 계명대	『石顚詩鈔』收錄
29	中國紀行	曺圭喆	1935	연세대	『夙夜齋叢稿』詩 收錄

〈부록 2〉20세기 초 조선인의 개인문집·단행본에 수록된 중국 여행기록의 서술방식과 서술내용

번호	저자	제목	서술방식	서술내용
1	張志淵	海上述懷十八首	한시	1908년 2월에 블라디보스토크의 『해조신문(海朝新聞)』 주필로 초빙되었다가 같은 해 5월 『해조신문』 폐간 후 상해, 남경에 4개월간 머물면서 쓴 한시 18수이다.
2	趙昌容	本港遊覽錄 北艮島視察記	산문 일기	1908년 2월, 5월, 6월 상해에 있을 때 쓴 유람록과 1912년 3월 25일부터 11월 1일까지 '북간도' 지역을 관람한 시찰기이다.
3	趙昺澤	西征日錄	일기	1910년 1월 20일부터 3월 9일까지 모두 49일 동안 '간도' 지역을 다녀간 일기.
4	李基仁	蜜山追憶錄	일기	1910년대 중국 밀산부에 머물렀을 때 쓴 회억록이다.
5	李建昇	詩	한시	1910년에 '만주' 지역에 망명하면서 쓴 시들을 묶어 『해경당수초』라 하였다.
6	申圭植	詩	한시	1911년 중국 상해에 망명하고 상해에서 조선의 독립운동을 추진하기 위하여 힘썼다. 독립운동을 하면서 쓴 시들을 묶어 『아목루』라 하였다.
7	安孝濟	遼河日記	일기	1911년 11월 7일부터 이듬해 1월 28일까지의 일기이다. 창원에서부터 '만주' 유하현까지 유하현에서부터 안동현까지 가는 과정을 간략하게 소개.
8	李相龍	西徙錄 燕薊旅遊日記	일기	1911년에 안동에서 서울을 거쳐 '만주'에 도착하기까지의 망명과정을 일기체로 기록한 것. 1920년대 북경, 천진을 유람하고 쓴 일기.
9	金大洛	西征錄	일기	1911년 1월 6일 서울을 떠날 때부터 쓰기 시작하여 망명지에 정착한 과정까지 쓴 내용.
10	張錫英	遼左紀行	일기	1912년에 망명지를 찾기 위해 '서간도'를 중심으로 '남북만주'와 시베리아 지방을 답사 견문한 내용.
11	鄭元澤	志山外遊日誌	일기	1912년 '북간도', 청도, 상해, 항주, 홍콩 등 지역에 대한 견문 내용이다.

12	朴勝振	間島紀行	한시	1912년 독립운동을 하기 위해 '만주' 지방으로 갔을 때 그곳의 풍경과 불우한 시대적 아픔, 자신의 애국심 등을 비장하게 읊은 것이다.
13	盧相益	渡江錄	일기	1911년 11월에 밀양에서 출발해 압록강을 건너면서 쓴 기록과 대놀이 망명지 곳곳을 유람하며 지은 작품이다.
14	李承熙	西遊錄	산문	1913년에 이승희는 동북삼성의 한인공교회에 대한 공교회의 승인을 얻기 위해 차남 이기인, 예대희와 함께 북경에 갔을 때 쓴 여행기이다.
15	徐錫華	山海關紀行	산문	1913년 산해관 일대를 여해하고 쓴 기행문이다.
16	趙貞奎	北征日錄	일기	1913년 조정규, 조병택, 김상항, 조용훈 4명이 함께 북경으로 가는 여행기이다. 북경에서 "경화기인(京華奇人)으로 불리는 이육여(李毓如)"와 중국시사에 관련된 필담을 한 것이 특징적이다.
17	金相頊	中州記行	산문	1913년에 조정규, 조병택, 조용훈과 함께 천진, 북경을 유람하면서 쓴 기행산문이다.
18	芮大僖	燕城紀行	일기	1913년 이승희와 그의 차남 이기인과 동북삼성의 한인공교회에 대한 공교회의 승인을 얻기 위해 북경에 갔을 때 쓴 여행일기이다.
19	李炳憲	中華遊記	일기	1914년 유교의 종교화운동을 위해 중국을 방문했을 때 쓴 여행일기이다.
20	李斗勳	詩	한시	1914년 '만주'의 봉천으로 가 있던 한계를 방문하여 현지 상황을 살피러 떠난 여행이다.
21	吳孝媛	詩	한시	1916년 중국 상해에 들어가 작품활동을 하면서 쓴 여행시이다.
22	李鼎夏	西征記	일기	1917년 중국 봉천 일대를 유람하고 쓴 짧은 여행기이다.
23	安孝鎭	華行日記	일기	회헌(晦軒) 안향(安珦, 1243~1306)의 후손 안효진(安孝鎭)이 회헌선생의 사당인 도통사(道統祠)를 진주(晉州)에 준공하고, 그 연보(年譜)의 서문과 신도비문을 공자(孔子)의 후손에게서 얻고자 하여 1917년 2월 14일 서울을 출발해 중국 곡부(曲阜) 궐리(闕里)로 가서 공자의 75대손 공상림(孔祥霖)에게서 서문을 받고, 76대 종손(宗孫) 공영이(孔鈴貽)에게서 신도비문을 받아온 전말을 기록한 중국 여행기다.

24	朴榮喆	亞洲紀行	일기	다산 박영철이 '간도', 대만, '만주', 중국 남북부 지역을 유람하면서 적은 기록들을 강원도도지사로 재직하던 1925년도에 기행문을 모아서 출간하였다. 상·중·하 3편으로 구성되었는데 상편은 국내의 명산 백두산, 지리산, 금강산, 한라산에 대한 유람기이고, 중편은 일본 내지, 대만, '간도', 블라디보스토크 여행기이고, 하편은 '만주' 몽고와 중화남북부에 대한 유람을 싣고 있다. 1919년 6월에 '간도'를 시작으로 1922년 1월과 5월에 대만과 '만주'와 몽골 지역을 시찰하고 1924년에 중국 남북부 지역을 유람하고 쓴 여행일기이다.
25	孔聖學	中遊日記	일기	1923년 4월에서 5월 초순까지 43일 동안 일본 미쓰이물산의 후원 아래 상해, 소주, 항주, 남경 강남 일대와 곡부, 여산, 태산을 거쳐 북경, 대련, 여순, 등지를 둘러보고 쓴 여행일기이다.
26	鄭琦	逢泉紀行	일기	1925년 산동 '만주' 일대를 유람하고 일기체로 남긴 기록이다. 권1에 수록되어 있는데 1921년부터 '만주'와 '간도'를 세 차례 오가며 빼앗긴 국권회복에 힘쓰며 쓴 시들로 다수 수록되어 있다.
27	孔聖求	香臺紀覽	일기	1928년에 홍삼판로를 시찰하기 위해 개성삼업조합장 손봉상과 技手 이토 기쿠지로(伊藤菊治郎), 사촌형 공성학의 수행원으로 함께 홍콩과 대만 일대를 유람하면서 기록한 시문이다. 일기 형식의 기록문으로 관광 일정의 날짜, 시간, 교통수단, 숙박시설, 견문 등을 대부분 망라하여 자세히 기록하였다.
28	朴漢永	南遊草	한시	1930년대 중국 남방을 유람하고 지은 시 「남유초(南遊草)」가 있는데 주로 항주, 소주, 남경, 상해에 관련된 시 18수가 있고 부산에서부터 출발한 배 위에서 지은 시 한 수와 항해잡감(航海雜感)이 있다.
29	曹圭喆	中國紀行	한시	1935년 중국에 유학했을 당시 쓴 여행 시문이다.

〈부록 3〉 20세기 초 조선인의 한문 중국 여행기록의 서술주체

번호	제목	연도	저자	신분
1	海上述懷十八首	1908	張志淵	유학자(황성신문사 사장, 경남일보 주필)
2	本港遊覽錄 北艮島視察記	1908 1912	趙昌容	독립, 교육운동가(황성국민교육회 간사원, 한민학교 교사)

3	西征日錄	1910	趙昺澤	유학자(1905년 종2품 중추원 의관 부임)
4	蜜山追憶錄	1910	李基仁	유학자
5	詩	1910	李建昇	유학자
6	詩	1911	申圭植	유학자
7	遼河日記	1911	安孝濟	유학자(1889년 정6품 정언)
8	西徒錄 燕薊旅遊日記	1911 1920	李相龍	유학자, 망명인(1922년 대한통의부 수립, 1924년 대한민국임시정부 국무령 취임, 그 후 정의부·참의부·신민부 통합운동 지도)
9	西征錄	1911~1913	金大洛	유학자, 망명인(1913년 공리회 조직)
10	遼左紀行	1912	張錫英	유학자(1907년 국채보상회 회장, 3·1운동 후 독립만세운동 참가, 1925년 제2차유림단운동 영남 대표)
11	志山外遊日誌	1912	鄭元澤	
12	間島紀行	1912	朴勝振	유학자, 망명인
13	渡江錄	1911	盧相益	유학자, 망명인
14	西遊錄	1913	李承熙	유학자, 망명인(1914년 한인공교회 창립)
15	山海關紀行	1913	徐錫華	유학자
16	北征日錄	1913	趙貞奎	유학자
17	中州記行	1913	金相項	유학자
18	燕城紀行	1913	芮大僖	유학자, 망명인(한인공교회 지회 설치)
19	中華遊記	1914	李炳憲	유학자, 유교 종교개혁운동가(한국공교회 지부 설치)
20	詩	1914	李斗勳	유학자
21	詩	1916	吳孝媛	여류문인, 외교활동가
22	西征記	1917	李鼎夏	유학자
23	華行日記	1917	安孝鎭	유학자(1914년 도통사 창건)
24	亞洲紀行	1919, 1922, 1924	朴榮喆	친일파(1926년 함경북도 지사, 1930년 조선 상업은행 부두취, 중추원 참의)
25	中遊日記	1923	孔聖學	유학자, 실업가(1929년 개성양조주식회사 설립, 1934년 춘포사 창설, 1936년 개성삼업주식회사, 개성인삼조합 설립 제2대삼업조합장 역임)

26	逢泉紀行	1925	鄭琦	유학자
27	香臺紀覽	1928	孔聖求	실업가
28	南遊草	1930	朴漢永	불교인(1913년 『해동불교』 창간, 1946년 중앙불교전문학교 교장 역임, 해방 후 조선불교 중앙총무원회 제1대 교정으로 선출)
29	中國紀行	1935	曹圭喆	유학자, 유학생(민족문화추진위원회 교열위원, 고전국역연수원 교수 역임)

찾아보기

ㄱ

각화도(覺華島) 209

'간도(間島)' 33, 49, 196, 213

간도협약(間島協約) 197

갑자년(甲子年) 166

강남매화랑(江南賣畫廊) 125, 133-135

강녕부(江寧府) 119

강유위(康有爲) 100, 158, 159, 212

『개벽』 68, 69, 120, 130, 142, 151,
 173, 187, 188, 223

개산신사(開山神社) 175, 176

개성 167

개성삼업조합 62, 154, 181

개성상인(開城商人) 21

거란(契丹) 104, 190

거의소청(擧義掃淸) 46

건강(健康) 118

건업(建業) 118

검담사(劍潭寺) 174

검담산(劍潭山) 174

경자국변(庚子國變) 42

경제대공황(經濟大恐慌) 200

경항대운하(京杭大運河) 127

계나라(薊國) 108, 109

계성(薊城) 109

계현(薊縣) 109

고궁박물관(故宮博物院) 114

고려(高麗) 98, 99, 137, 208, 214

고려범(高麗帆) 80, 151

고려사(高麗寺) 74

『고산선생실기(孤山先生實記)』 96

고종(高宗) 32, 34

고토의식(故土意識) 85, 86, 190, 194-
 197, 201

곡부(曲阜) 21, 56, 58, 74, 86, 88-93,
 95-107, 212, 216, 218, 223

「곡부를 지나가며 성묘를 알현하다
 (過曲阜謁聖廟)」 100

「곡부를 향해 출발하다(發曲阜行)」
 91, 92

곡부사변(曲阜事變) 74, 75, 104, 105

『곡부성묘위안사실기(曲阜聖廟慰安事
 實記)』 75

공교운동(孔教運動) 37, 49, 60, 90,
 91, 94, 96, 212, 218, 223

공교회(孔教會) 88, 91, 104

공상림(孔祥霖) 99

공성구(孔聖求) 21, 63, 66, 166, 168-
 170, 174, 176, 182

공성학(孔聖學) 21, 62, 88, 96-98, 135,

137, 154, 155, 166

공소(孔紹) 96

공은(孔隱) 96

공자(孔子) 37, 75, 86, 88-90, 93-95, 98-101, 103, 104, 107, 167, 212

공자신위(孔子神位) 94

『공자편년주자연보안자연보(孔子編年 朱子年譜安子年譜)』 88, 98

공헌배(孔憲培) 89

광녕(廣寧) 209

광전(曠典) 90

광주부(廣州府) 156

교제철도(膠濟鐵路) 107

구국운동(救國運動) 37, 49, 50, 90, 99, 107, 196, 201, 222, 223

구로회(九老會) 101

구룡반도(九龍半島) 157

구양수(歐陽修) 136

구음사(鷗吟社) 100

국민정신총동원운동(國民精神總動員運動) 73

국상(國喪) 105

국자가(局子街) 47, 48, 67, 68, 78, 86, 187

국자감(國子監) 113

군립보통학교(君立普通學校) 160

권태용(權泰用) 67

근대 자본주의(近代資本主義) 179

금나라(金) 61, 109

금릉읍(金陵邑) 118

금산사(金山寺) 74

기서(寄書) 71, 72

기타시라 가와노미야(北白川宮能久親王) 174

기행문(紀行文) 17-19, 24, 25, 28, 31, 39, 42, 44, 45, 71, 72, 81, 82, 116, 122, 133, 134, 141, 144, 211, 212, 215

길림(吉林) 61

길림성(吉林省) 61, 185, 194

김경남 17

김경재(金璟載) 78, 79, 80, 110, 189

김대락(金大洛) 47, 53, 187

김동호 32

김득련 34

김만수 34

김봉수(金鳳洙) 76, 189

김봉식(金俸植) 173

김상욱(金相頊) 47, 53, 110

김약수(金若水) 78, 121

김준연(金俊淵) 67, 151

김천(金川) 116

김태승 22

김태준(金台俊) 79, 189

김택영(金澤榮) 21, 46

김혁묵(金赫默) 173

ㄴ

나혜석(羅蕙錫) 79, 189

남경(南京) 23, 40, 56, 74, 85, 109, 118-124, 126, 169, 219

남경조약(南京條約) 119, 148, 157

남당(南唐) 119
남명(南明) 190
남양(南洋) 171
남양군도(南洋群島) 213
『남유초(南遊草)』 73, 74, 120, 130, 150
남조(南朝) 118
남한대토벌작전(南韓大討伐作戰) 45
남해군(南海郡) 156
낭만주의(浪漫主義) 128, 141
내선융화(內鮮融和) 73
『내지급대만시찰기(內地及臺灣視察記)』 181, 183
네덜란드동인도회사(荷蘭東印度公司) 171
노나라(魯國) 88
노신(魯迅) 75
노정(路程) 15
노정일(盧正一) 173
녹동서원(鹿洞書院) 88, 104, 105
녹용(錄用) 89, 90
농상무성(農商務省) 43
뉴욕(紐約) 157

ㄷ

다산(多山) 131, 177, 183
단(丹) 111
당무종(唐武帝) 136
당소의(唐紹儀) 32
당송의(唐宋一) 100
당업제국주의(糖業帝國主義) 177

『대눌수권속편(大訥手卷續編)』 47, 186
대도(大都) 98, 109
대동회관(大東會館) 40, 152
대련(大連) 56, 58, 86, 116, 209
대륙병참기지화정책(大陸兵站基地化政策) 72
대만(臺灣) 21, 23, 63, 86, 148, 153, 166, 170-177, 181, 213
대만 권업공진회(勸業共進會) 181
대만도(台灣島) 35
대몽골제국(大蒙古帝國) 109
대북신사(臺北神社) 174, 175
대상해계획(大上海計劃) 123
대원몽고제국(大元蒙古帝國) 98
대중화(大中華) 37, 82, 213, 216, 223
대한제국(大韓帝國) 32-34, 36, 38, 43, 45
『대한흥학보(大韓興學報)』 55, 58, 222
대한흥학회(大韓興學會) 58
도(道) 94, 99, 100
도강록(渡江錄) 47, 53, 186
도쿄(東京) 103, 180
도쿄모녀학교 101
도쿠토미 소호(德富蘇峰) 55
도통사(道統祠) 88, 98, 99
독립기지화(獨立基地化) 194
독립운동(獨立運動) 15, 20, 37, 39, 46, 47, 49, 59, 90, 107, 193, 201, 215, 216
독립자주국(獨立自主國) 215

독일(德國) 35, 86, 116
동곡(東谷) 141-143, 145, 146
『동광』 69, 80, 110, 121, 123, 151, 173, 189, 223
동남아시아(東南亞) 208
동로학교 106
동북삼성(東北三省) 82, 91, 185, 216
동아시아(東亞細亞) 21, 31, 33, 95, 168, 175, 208, 210
『동아일보(東亞日報)』 17, 22, 24, 67, 68, 77, 110, 120, 121, 151, 152, 173, 188, 189, 223
동완현(東莞縣) 156
동진(東晉) 118
동치중흥(同治中興) 35
등주(登州) 209

ㄹ

량(梁) 118
러시아(俄羅斯) 33, 35, 43, 46, 55, 183, 196
러일전쟁 33, 55
런던(倫敦) 157
류큐(琉球) 172

ㅁ

마르코폴로(馬可波羅) 127, 139
마카오 166
만국공법(萬國公法) 33
『만국공보(萬國公報)』 159
만수산 115-117

'만주(滿洲)' 15, 23, 55, 58, 60, 61, 63, 82, 107, 112, 114, 183, 185-187, 190-198, 200-203, 213, 216, 219, 220, 222
'만주 기행(滿洲紀行)' 19
'만주수복'(滿洲收復) 194
「만주시찰담(滿洲視察談)」 41, 42, 187
『만주원류고(滿洲源流考)』 193
「만주유력관(滿洲遊歷觀)」 203
『만주지지(滿洲地誌)』 193
망명인(亡命人) 15, 28, 85, 92, 146, 186, 190, 220, 224
매란방 116
『매일신보(每日申報)』 54-56, 58, 66, 76, 120, 130, 151, 173, 187, 189, 203, 204, 222, 223
맥캔넬(MacCannell) 92
맹아기(萌芽期) 82, 222
메이지(明治) 171, 174
면방직업(棉紡織業) 127, 149
명성조(明成祖) 171
모현사(慕賢社) 104
목춘(木春) 66, 187
몽골(蒙古) 63, 87
몽골제국(蒙古帝國) 127
몽골족(蒙古族) 122
묘도(廟島) 209
『무술정변기(戊戌政變記)』 159
무진년(戊辰年) 169
문명개화(文明開化) 85, 181, 211
「문묘별기(文廟別記)」 97

『물와선생문집(勿窩先生文集)』 110
미국(美國) 38, 39, 45, 149, 183, 211
『미사일록(美槎日錄)』 34
미수(米壽) 116
미쓰이물산(三井會社) 62, 154, 166
민영환 34
민의회(民議會) 160
밀사(密使) 38
밀산부(蜜山府) 196

ㅂ

박로철(朴魯哲) 77
박봉진(朴鳳鎭) 62
박사호(朴思浩) 128
박승진(朴勝振) 47, 53, 187
박영철(朴榮喆) 21, 49, 63, 66, 131,
    177, 183
박윤원(朴潤元) 68, 173
박한영(朴漢永) 74, 137, 138
『반도시론(半島詩論)』 55, 91, 103,
    222
반식민지(半殖民地) 153
발전기(發展期) 82
발전변화기(衍化期) 36, 82
『발해사(渤海史)』 193
배도(陪都) 109
백거이(白居易) 139
『백계문집(白溪文集)』 46
『백농실기(白農實記)』 40, 51
백영서 23
백제(白堤) 139

번영기(繁榮期) 82, 168
『별건곤』 69, 80, 110, 120, 121, 151,
    173, 188, 223
병자호란(丙子胡亂) 211
복건성(福建省) 166, 171
복건수사제독(福建水師提督) 171
『본국사(本國史)』 193
『본항유람록(本港遊覽錄)』 40, 213
봉천(奉天) 58, 85, 116, 183, 196, 203,
    204
봉천기행(逢泉紀行)』 187
봉천수용소(奉天收容所) 200
봉황성(鳳凰城) 46-48, 59, 193
부도감(副都監) 105
부에노스아이레스(布宜諾斯艾利斯)
    213
『부여사(扶餘史)』 193
「부자묘(夫子廟)」 93, 94
부청멸양(扶淸滅洋) 42
부해거수(浮海去守) 46
『북간도시찰기(北艮島視察記)』 50, 53,
    187
북경(北京) 20, 42, 43, 56, 60-62, 65,
    85, 89, 91, 92, 108, 109, 111-114,
    116, 119, 129, 172, 218
「북경 건치의 연혁(北京建置之沿革)」
    65
「북경 성지의 연혁(北京城池之沿革)」
    65
「북경의 기후(北京氣候)」 65
「북경의 형승(北京形勝)」 65

「북경재위일기(北京在圍日記)」 42

북경조약(北京條約) 157

북경특파원(北京特派員) 42

북벌대의(北伐大義) 190

북유생(北遊生) 103

블라디보스토크(符拉迪沃斯托克) 40,
　51, 130, 152, 213

빅토리아 여황(維多利亞女皇) 158

ㅅ

사대부(士大夫) 90, 135

사실주의(寫實主義) 17, 141

사이토(齋藤) 62

사행(使行) 13, 31, 32, 45, 51, 53, 208,
　214

사행록(使行錄) 14, 50, 51

사회진화론(社會進化論) 159

산해관(山海關) 56, 60, 86, 185

삼보강(三寶姜) 171

삼보태감(三寶太監) 171

3·1운동(運動) 36, 70

『삼천리(三千里)』 24, 69, 77-81, 110,
　121, 130, 151, 152, 179, 188, 189,
　200, 223

상대(商代) 108

상수(湘繡) 127

상해(上海) 20, 21, 22, 40, 43, 49, 56,
　75, 84, 85, 100, 121, 122, 126,
　127, 140, 148-150, 152-156, 163,
　166, 178-180, 184, 209, 213, 219

색향(色鄕) 133

'서간도(西間島)' 47

『서도록(西徒錄)』 61, 62

서석화(徐錫華) 47, 53

서수붕(徐壽朋) 33

『서유견문(西遊見聞)』 32, 34

『서유록(西遊錄)』 20

서장(西藏) 56-58, 87, 216, 223

『서정록(西征錄)』 47, 53, 187, 195

서정희(徐廷禧) 200

서직문(西直門) 117

서천경일(西田畊一) 105

『서천선생문집(西川先生文集)』 110

서해생(西海生) 54, 187, 203

서호(西湖) 139-145, 147

서호도(西湖圖) 141

석전(石顚) 74, 137, 138

『석전시초(石顚詩鈔)』 74

석주(石洲) 60, 61, 112, 191

『석주유고(石州遺稿)』 47, 59, 110, 186

석총옥관(石塚玉棺) 164

선교사(傳敎士) 159

성리학(性理學) 99

「성림별기(聖林別記)」 97

성인(聖人) 90, 96

성지(聖地) 65, 89, 90, 92, 98, 100,
　104, 212, 218

성포(星浦) 66

소봉생(蘇峰生) 56

소수(蘇繡) 127

소제(蘇堤) 139

소주(蘇州) 56, 74, 122, 125-138, 148,

149, 212

소파(小波) 100

『소파녀사시집(小坡女士詩集)』 91, 110, 130, 150, 187

소항(蘇杭) 142

손권(孫權) 170

손봉상(孫鳳祥) 62, 165-167

송(宋) 118

송강부(松江府) 149

송원 시기(宋元時期) 156, 170

수구파(守舊派) 42

수당시기(隋唐時期) 138

수도계획(首都計劃) 123

수산금각(繡山錦閣) 115

『수파문집(守坡文集)』 47, 186

수향(水鄉) 127, 133

『숙신사(肅愼史)』 193

『숙야재총고(夙夜齋叢稿)』 74, 120, 130, 150

순망치한(脣亡齒寒) 114

순시검사기관(巡檢司) 156

숭덕(崇德) 186

스페인(西班牙) 157, 171

『시대일보』 66, 151, 223

시랑(施琅) 171

시모노세키조약(馬關條約) 32, 35

시박사(市舶司) 149

시베리아(西伯利亞) 20, 196

시사(詩社) 37, 103

식민주의자(殖民主義者) 19

식민지(植民地) 35, 86, 99, 107, 119,

153, 154, 165, 167, 171, 172, 176, 181-183

식민통치 시기(殖民統治時期) 154

신경(新京) 185

신계(新界) 157

신규식(申圭植) 47, 52, 150

신도비문(神道碑文) 48, 88, 98

『신라사(新羅史)』 193

『신보(申報)』 49

『신신보사(申新報社)』 100

신안현(新安縣) 156

신해혁명(辛亥革命) 94, 140

실업가(實業家) 37, 59, 66, 167, 203, 216, 223

심상지리 21, 85, 108, 126, 132, 212, 224

심양(瀋陽) 61, 85

심전(心田) 128

심형(沈瑩) 170

심훈(沈熏) 146, 147

십리보(十里堡) 209

십찰해(十刹海) 113

ㅇ

아리요시(有吉) 62

아마노 유노스케(天野雄之輔) 62

아메리카 대륙(非洲大陸) 181, 208

『아목루(兒目淚)』 47, 150

아미산(峨眉山) 87

아오키(靑木) 62

『아주기행(亞洲紀行)』 21, 63, 131,

177, 183
아편관(鴉片館) 170
아편금지정책(鴉片禁止政策) 169
아편전쟁(鴉片戰爭) 32, 35, 119, 148, 156, 219
악비(岳飛) 145, 146
악비묘(岳飛廟) 145
안경(安璥) 111, 131, 249
안동(安東) 58, 65, 85, 116, 183, 191, 192, 196, 209
안산(鞍山) 54, 209
안향(安珦) 48, 88, 98, 99
안효제(安孝濟) 47, 52, 186
안효진(安孝鎭) 62, 88, 98-100
애국계몽운동(愛國啓蒙運動) 45, 50, 51
애국지사(愛國志士) 201, 202
애신각라·황태극(愛新覺羅·皇太極) 186
양계초(梁啓超) 100, 159
양류촌(楊柳村) 67
양명학(陽明學) 111, 112
양무운동(洋務運動) 35
양일천(梁一泉) 77
양자강(揚子江) 129
양주(揚州) 56, 125, 138
여산(廬山) 56, 97, 98, 166, 167
여순(旅順) 56, 58, 116
여운형(呂運亨) 79, 151
여운홍(呂運弘) 179, 180
여제(女帝) 159

여진족(女眞族) 109, 186
여태후(女太后) 158, 159
여택(餘澤) 103
여항(餘杭) 138
연경(燕京) 15, 61, 109, 128, 185, 209
연계기정(燕薊紀程)』 128
『연계여유일기(燕薊旅遊日記)』 60-62, 64, 65, 112
연길 86
연나라(燕國) 109, 185
연성공(衍聖公) 89, 99, 106
연태자(燕太子) 111
연합군(聯合軍) 35, 42
연행도(燕行圖) 66
연행사(燕行使) 34, 89, 108, 129, 209
열강(列强) 32-34, 42, 55, 57, 99
염석산(閻錫山) 117
영구(營口) 56
영남(嶺南) 20, 65
영락연간(永樂年間) 171
영락제(永樂帝) 109
영은사(靈隱寺) 74
예대희(芮大僖) 49, 91
예루살렘(耶路撒冷) 104
오나라(吳國) 118, 126, 128, 149, 167, 170
오송강(吳淞江) 127
오월삼대5제(吳越三代五帝) 139
오제국(墺帝國) 115
오족협화(五族協和) 219, 223
오효원(吳孝媛) 37, 49, 100, 101, 218

온주(溫州) 87

왕도낙토(王道樂土) 219, 223

요나라(遼國) 61, 109

요녕성(遼寧省) 61, 85, 185

요동군(遼東郡) 185

요동반도(遼東半島) 35

요서군(遼西郡) 185

『요좌기행(遼左紀行)』 20, 195

용정(龍井) 86, 206

용정차(龍井茶) 144, 145

우(禹) 138

우장(牛莊) 41

우항(禹航) 138

원나라(元朝) 98, 99, 109, 111, 122,
　　139, 149, 170, 171, 190

원세개(袁世凱) 32, 100

원세훈(元世勳) 78, 79, 189, 204, 206,
　　207

원조(遠祖) 62

월나라(越國) 139

월수(粤繡) 127

『위문유생입로일기(慰問儒生入魯日記)』
　　74

위암(韋庵) 40

『위암문고(韋庵文稿)』 40

유광렬(柳光烈) 67, 110, 120

유교(儒敎) 14, 20, 21, 30, 36-39, 45,
　　46, 48, 50, 51, 53, 62, 74, 75, 86,
　　88-105, 107, 108, 113, 137, 140,
　　167, 190, 194, 196, 201, 202, 212,
　　215, 217, 218, 224

유기(遊記) 14, 42, 51

유길준 32, 34

유라시아대륙(亞歐大陸) 213

유럽(歐洲) 34, 38, 39, 45, 116, 171,
　　181, 183, 211, 213

유력(遊歷) 21, 127, 130

유서(柳絮) 69, 110

유야납(維也納) 115

유원(愉園) 161, 163, 165

유인석(柳麟錫) 45

유주(幽州) 109

유토피아(烏托邦) 86, 138, 212

『육일시화(六一詩話)』 136

윤병석(尹炳奭) 20

윤선자 22

윤치호 34

율계(栗溪) 62

융복사(隆福寺) 113

은좌(銀座) 179, 180

을사조약(乙巳條約) 14, 20, 33

응천부(應天府) 119

의병(義兵) 45, 160

의암(毅菴) 45, 46

의화단(義和團) 42

의화단운동(義和團運動) 35

의회(議會) 160

이갑수(李甲秀) 116, 118

이건승(李建昇) 46, 52, 186

이광수(李光洙) 77-79, 110, 121, 151

이기인(李基仁) 46, 49, 52, 91

이문치(李文治) 94

이백(李白) 148, 166, 167

이범진 34

이병헌(李炳憲) 20, 21, 37, 49, 88, 94, 95, 158-161, 163, 165

이상룡(李相龍) 60, 61, 64, 65, 112-114, 191-195

이수형(李壽衡) 67, 68, 110

이승희(李承熙) 20, 37, 49, 88, 91-94

이여성(李如星) 69, 151

이정하(李鼎夏) 48, 53, 187

이제마태(李提摩太) 159

이주(夷洲) 170, 185

이토 히로부미(伊藤博文) 101

이필(李泌) 139

이현덕(李鉉德) 48, 53

이화원(頤和園) 116, 117

이훈구(李勳求) 80, 121, 123

일국양제(一國兩制) 157

『일기(日記)』 34

일본외무성(日本外務省) 43

일제강점기(日帝强佔期) 17, 21, 26, 27, 90

일제 시기(日殖時期) 18

일제대동아공영론(日殖對東亞共榮論) 21

『일헌집(一軒集)』 46, 186

임원근(林元根) 78, 79, 189

임진왜란(壬辰倭亂) 211, 247

『임해수토지(臨海水土志)』 170

입헌군주제(立憲君主制) 159, 160

ㅈ

자강(自强) 35

자금성(紫禁城) 113

자정치명(自靖致命) 46

자주국(自主國) 32, 38

장계(張繼) 135, 136, 137

장도(張濤) 80

장백촌(長白村) 77

장석영(張錫英) 20, 195, 196, 201

장원(樟園) 161-163, 165

『장자(莊子)』 92

장지연(張志淵) 40, 51, 130, 131, 152

장춘(長春) 61, 183

장태염(章太炎) 75

재만동포협의회(在滿同胞合議會) 200

재현(重現) 17, 111, 145

적수담(積水潭) 113

전당현(錢塘縣) 138

전무길(全武吉) 77, 189

전무취체역(專務取締役) 181

절간(折贛) 140

정기(鄭琦) 62

정미7조약(丁未七條約) 160

정성공(鄭成功) 171, 174-176

정악승(鄭樂勝) 76, 189

「정야사(靜夜思)」 148

정원택(鄭元澤) 49, 213

정태(靜態) 128

정화(鄭和) 171

제(齊) 118

제2차 세계대전 157, 172

제국주의(帝國主義) 55, 95, 99, 150,
    158, 161, 170, 172, 177, 202
제남(濟南) 56, 104, 105, 107
제물론(齊物論) 92
조계지(租界) 149, 150, 153
조공(朝貢) 31, 38, 211, 222
조규철(曺圭喆) 75
조르주 바타유(Georges Bataille) 164
조명호(趙明鎬) 62
조병택(趙昺澤) 46, 52, 186
『조선왕조실록(朝鮮王朝實錄)』 89
『조선일보(朝鮮日報)』 22, 24, 67, 68,
    76, 77, 110, 116, 173, 188, 189,
    223
조선총독부(朝鮮總督府) 70, 154, 181,
    204
조장역(曹莊驛) 209
조정규(趙貞奎) 47, 53, 110
조창용(趙昌容) 40, 50, 51, 152, 153,
    213
조천사(朝天使) 108
조청관계(朝淸關係) 33
종주국(宗主國) 32, 33, 38, 172, 215,
    222
주나라(周國) 93, 109, 138
주요한(朱耀翰) 68, 69, 78, 79, 120-
    122
주자서(朱子書) 98
『주자서절요(朱子書節要)』 111
『중국기행(中國紀行)』 75
「중국의 예속(中國禮俗)」 65

「중국의 정류장 부근 가볼 만한 고적
    들을 이어서 적다(中國車站附邊古
    蹟可訪者)」 65, 112
중남해 116
중도(中都) 109
중산공원 116
중원(中原) 91, 141, 186, 190
『중유일기(中遊日記)』 21, 96, 97
중일전쟁(中日戰爭) 16, 28, 72, 119,
    217, 219, 223
중체서용(中體西用) 178
중화(中華) 14, 44, 94, 218, 222
중화민국(中華民國) 116, 119, 169, 172
중화세계관(中華世界觀) 215
『중화유기(中華遊記)』 20
중화인민공화국(中華人民共和國) 109,
    172
지나(支那) 57, 173, 178
「지나만유(支那漫遊)」 56, 151
지산(芝山) 98
『지산외유일지(志山外遊日誌)』 213
진(陳) 118
진강(鎭江) 74
진경지 21
진암(晉庵) 21, 94, 158, 161
진위진향사(陳慰進香使) 105
진정성 86, 91-93, 96, 224
진주(晋州) 88, 98, 99, 157
진한(秦漢) 109, 138, 156
진황도(秦皇島) 56, 60

ㅊ

창지씨(倉知氏) 43

채상녀(採桑女) 134

채이강(蔡爾康) 160

처변삼사(處變三事) 46

천진(天津) 43, 60, 85, 116

천징(天京) 119

천총(天聰) 186

청도(靑島) 56, 74, 86, 107, 209

『청석문집(淸石文集)』 47

청일전쟁(淸日戰爭) 13, 31, 32, 35, 38, 42, 45, 172, 211

『청하문집(聽荷文集)』 47

초민(楚民) 80

촉수(蜀繡) 127

총통부 116

최수(崔脩) 136, 137

춘원(春園) 77, 151, 188

춘추(春秋) 108

춘추전국시기(春秋戰國時期) 126, 185

춘추전국시대(春秋戰國時代) 88

춘포사(春圃社) 96

충렬왕(忠烈王) 98

취원(翠園) 161-163, 165

치외법권(治外法權) 153

친일문학(親日文學) 21

ㅌ

탈아입구(脫亞入歐) 181

탈중화주의(脫中華主義) 215, 220

태산(泰山) 97, 98, 166, 167

『태서신사요람(泰西新史要覽)』 160

태평천국군(太平天國軍) 119

태평천국운동(太平天國運動) 35, 125

태호(太湖) 132, 133

태화전(太和殿) 113

통신사(通信使) 34, 209

투안 29

툰문(屯門) 156

특사(特使) 38

ㅍ

파리강화회의(巴黎和會) 104

파사(派使) 34

팽호(澎湖) 170

팽호순검사(澎湖巡檢司) 171

팽호열도(澎湖列島) 35

편년연보(編年年譜) 88, 98

평도(平島) 209

평양제사소(平壤製絲所) 203

포르투갈(葡萄牙) 157

『포와유람기(布蛙遊覽記)』 34

「풍교야박(楓橋夜泊)」 136-138

풍류(風流) 125, 212

프랑스(法國) 35, 149, 157

ㅎ

하나라(夏朝) 138

하얼빈(哈爾賓) 183-185, 196, 213

한구(漢口) 56

한나라(漢代) 104

한민족(韓民族) 51, 141

한민학교(韓民學校) 40, 51, 152

한산사(寒山寺) 74, 135-138, 142

한설야(韓雪野) 68, 77

한일의정서(韓日議政書) 33

한일합병(韓日合倂) 20, 38, 39, 45, 46, 48, 55, 190, 197, 215, 217, 222

한일합병조약(韓日合倂條約) 32

한철주(韓鐵舟) 80, 173

항용(杭甬) 140

항일독립운동(抗日獨立運動) 20

항주(杭州) 23, 56, 74, 85, 86, 126, 128, 129, 131, 137-140, 142-145, 148, 149, 212

『해경당수초(海耕堂收草)』 46, 186

해관(海關) 149

『해상술회일십팔수(海上述懷一十八 首)』 40

해성(海星) 69, 110

『해조신문(海潮新聞)』 40, 130, 152

『해천추범(海天秋帆)』 34

『향대기람(香臺紀覽)』 21, 63, 166, 168, 174, 176, 182

허봉(許篈) 111

협화의학교 부속병원 116

호구사(虎丘寺) 74

호빈공원(湖濱公園) 140

호주(湖州) 132, 133

호항(滬杭) 140

홍기섭(洪起變) 128

홍콩(香港) 21, 23, 63, 86, 148, 153, 156-161, 163, 166-170, 213

홍콩경계확장조례(展拓香港界址條例) 157

홍콩섬(香港島) 157

화(華) 94

화하민족(華夏民族) 122

『환구일기(環璆日記)』 34

황강(黃崗) 173

황국신민화정책(皇國臣民化政策) 72

『황성신문(皇城新聞)』 36, 41-43, 54, 58, 110, 187, 215, 222

황포탄공원(黃埔灘公園) 163

회봉은행(匯豐銀行) 178, 179

회인현(懷仁縣) 46, 47

회헌(晦軒) 98

효릉(孝陵) 122

후금(後金) 186

후시미노미야(伏見宮) 174

후한(後漢) 109, 128

흑룡강성(黑龍江省) 185

흠차대신(欽差大臣) 33, 38, 215, 222

한중문화교류연구총서를 기획하면서

한자(漢字)는 전근대까지 동아시아에 공용되던 문자였다. 따라서 한국 한문학은 한국 내에서 지어진 한문학인 동시에, 동아시아 어디에서나 읽혀지던 문학이었다. 한자는 요즘에 세계 공용어라는 영어보다도 훨씬 더 국제적이고 보편적인 문자였으며, 한문학은 영문학보다 상대적으로 훨씬 더 많은 독자를 지니고 있었다. 우리나라 시골에 있던 선비들도 중국의 시문집을 원문 그대로 자연스럽게 읽었으며, 이들이 지은 글도 기회만 있으면 중국에서 읽힐 수 있었다. 교통과 통신, 그리고 무역이 불편했던 당시 상황을 고려해본다면, 중국의 최신 문학이 상당히 빠른 속도로 우리나라에 들어왔으며, 많은 지식인 작가들이 중국의 문학 흐름에 민감하였다.

그렇지만 이삼십년 전까지 한국 한문학을 연구하는 분들이 대부분 한국 한문학을 중국 문단과 떼어놓고 따로 연구하는 경향이 강했다. 그랬기에 비교문학이라는 범주가 따로 있었던 것이다. 한국 한문학의 작가들은 어릴 때부터 유학의 기본 경전과 중국 작품을 읽으면서 자랐고, 구체적으로 중국의 한 작가를 좋아하여 그의 작품을 주로 배우고 영향받은 경우도 많았다. 이렇게 따진다면, 한국 한문학의 작가들은 모두 비교문학의 대상이 될 수도 있을 것이다. 그러나 이제는 비교문학 이상의 차원에서 연구를 진행할 필요가 있다.

중국 시집이 조선에 유입되어 독자들에게 널리 읽힌 것은 당연하게 여겨지지만, 임진왜란 직후에 명나라 문인 오명제와 조선 비평가 허균이 함께 편집한 『조선시선』이 중국에서 간행된 이래, 조선 문인들의 시선집도 몇 차례 청나라 문인에게 보내져 비평을 받았다.

　박제가, 이덕무, 유득공, 이서구 등 후사가의 시선집인『한객건연집(韓客巾衍集)』이 1776년에 유금(柳琴)을 통해 청나라 문단에 소개되었다가 높이 인정을 받고 다시 조선 문단에서도 관심을 끌자, 그 다음 세대였던 역관 6명이 자신들의 시 235수를 모아『해객시초(海客詩鈔)』라는 시선집을 편집하고 청나라 문장가 동문환(董文渙)에게 보내어 평을 구했다. 이 책에 실린 역관 이용숙, 김병선, 강해수, 김석준, 변원규, 최성학은 모두 청나라에 널리 알려진 역관 시인 이상적(李尙迪)의 제자들인데, 이들은 평소에도 청나라에 드나들며 많은 시인들과 사귀었다. 이들은 동문환이 1862년부터『한객시록(韓客詩錄)』을 편찬하고 있다는 소식을 들었으므로, 이용숙이 1871년에 자문(咨文)을 가지고 북경에 갔던 길에 그를 찾아가서『해객시초』를 전해 주면서 비평을 부탁하였다. 내가 미국 하버드대학 옌칭도서관에서 발견한 이 책에는 동문환의 평이 덧붙어 있다. 나는 이 책이 조청(朝淸) 문학교류의 중요한 단서가 될 것이라고 생각했기에 석사논문을 지도받는 중국인 유학생 유정에게 논문 주제로 내주었는데,『해객시초 연구』로 석사학위를 받은 유정은 박사과정에서 청나라에서 편찬 출판된 조선시문집을 주제로 박사학위를 받았다.

　나는 대학원 박사과정에서 학위논문을 지도한 중국 유학생 제자들에게 출신학교의 특성에 따라 논문 주제를 주었으며, 이들이 쓰는 논문은 사실상 나와 공동작업의 성격을 지니고 있다. 시간이 되면 내가 논문으로 쓰고 싶었던 주제를 그들에게 나누어 주었으며, 자료도 함께 수집하였다. 이들이 학위를 받은 뒤에 중국으로 돌아가서 어느 기관 어느 직분에서 연구를 계속하건, 이들과 교류를 계속하면서 공동연구를 할 생각이었다.

최근에『연행록전집』이 나왔지만, 아직도 많은 자료들이 남아 있다. 최초로 바닷길을 통해 명나라에 사신으로 다녀왔던 안경(安璥)이 기록한『가해조천록(駕海朝天錄)』은 제목만 보더라도 말을 타고 가야할 중국 길을 배를 타고 갔다는 뜻이 나타나 있는데, 나는 이 책을 외국 도서관에서 찾아냈다. 이 책 경우에는 배를 타고 다녀왔다는 사실 자체가 당시 조선과 명나라, 후금(後金, 후일 청나라) 3국의 정치역학관계를 잘 보여줄 뿐만 아니라, 떠나는 배마다 파선되어 사신으로 임명되는 것을 기피했던 현상, 명나라 관원들의 기강이 무너져 부정부패가 극심했던 상황 등이 사실적으로 그려져 있다. 연행록 한 편만 가지고도 글로벌 한국학의 연구를 할 수 있다.

곽미선(중국 연변대) 교수의『김택영의 망명시기 문학활동연구』(2010), 천금매(중국 남통대) 교수의『18-19세기 조청문인 교류척독연구』(2011), 유정(이화여대 중문과) 교수의『19-20세기초 청인 편찬 조선한시문헌연구』(2011) 등이 계속 학위논문 심사에 통과하여 박사학위를 받고 본격적으로 학자로서의 출발을 하게 되자, 이들의 연구성과를 모아 한중문화교류연구총서를 간행하여 학계에 알려야 할 단계가 되었다. 나와 관련된 여러 대학의 젊은 학자들도 박사논문의 총서 편입을 요청해와, 총서의 목록이 곧바로 열 권 가까이 접수되었다. 글로벌 한국학 시대가 되면서 한중문화교류연구총서에는 더욱 알찬 연구성과가 축적될 것이라 기대된다. 마침 연세대학교에 미래융합연구원이 발족하면서, 글로벌한국학연구센터가 문을 열게 되었다. 앞으로는 외국의 박사학위논문도 받아들여, 글자 그대로 한중문화교류가 이 총서를 통해 활성화되기를 바란다.

2013년 7월
글로벌한국학연구센터에서 허경진

저자 **최해연**(崔海燕)

2016년 연세대에서 문학박사학위를 받고, 2017년 중국 연변대(外國語言文學世界一流學科)에서 포닥 과정을 거쳐 2019년부터 상해상학원 한국어학과에 재직중이다. 2021년에《近現代時期中韓旅行敍事文獻整理與硏究》라는 프로젝트로 중국 敎育部 人文社會科學硏究靑年項目을 현재 진행 중에 있다.

heayean225@naver.com

한중문화교류연구총서 5

20세기 초 조선인의 중국 여행기록 연구

2024년 6월 28일 초판 1쇄 펴냄

지은이 최해연
펴낸이 김흥국
펴낸곳 보고사

등록 1990년 12월 13일 제6-0429호
주소 경기도 파주시 회동길 337-15 보고사
전화 031-955-9797(대표)
팩스 02-922-6990
메일 bogosabooks@naver.com
http://www.bogosabooks.co.kr

ISBN 979-11-6587-736-1 94810
     979-11-5516-040-4 세트
ⓒ 최해연, 2024